中国诗歌的英译研究

贺娉婷 著

中国海洋大学出版社

图书在版编目（CIP）数据

中国诗歌的英译研究 / 贺娉婷著 .-- 青岛 : 中国海洋大学出版社，2017.12

ISBN 978-7-5670-1609-5

Ⅰ . ①中…　Ⅱ . ①贺…　Ⅲ . ①古典诗歌—中国—英语文学翻译—研究　Ⅳ① I207.22

中国版本图书馆 CIP 数据核字（2017）第 262755 号

出版发行　中国海洋大学出版社
地　　址　青岛市香港东路 23 号　　邮政编码　266071
出 版 人　杨立敏
网　　址　http://press. hunnu. edu. dcn
电子信箱　sjyybook@163.com
订购电话　010-60739092　　电　　话　0532-85902495
责任编辑　由元春
印　　刷　廊坊市广阳区九洲印刷厂
版　　次　2017 年 12 月第 1 版
印　　次　2017 年 12 月第 1 次印刷
成品尺寸　170mm × 240m
印　　张　13.5
字　　数　223 千字
定　　价　71.00 元

前　言

中国常被称为诗的国度。中国诗歌源远流长，杰出诗人多如繁星，优秀作品不胜枚举。中国诗歌，尤其是中国古典诗歌，成为中国文化典籍中的瑰宝，也成为中华民族优秀文化的代表。中国诗歌以其优美的形式、凝练的字词、和谐的韵律、丰富的意象等吸引了古今中外的众多读者，不仅受到国人的喜爱，也受到越来越多外国友人的青睐。

近年来，中国综合国力、国际地位和影响力不断提升，中外文化交流日益频繁，世界了解中国的愿望愈发强烈，对中国语言和文化感兴趣的人越来越多。中国诗歌作为中华文化的载体，成为中国文学英译的主要对象之一，更多的学者加入到了中国诗歌英译的行列，期望世界上更多的人能够领略中国诗歌的美。

中国诗歌英译是促进中西文化交流的一种途径，更是推动中国文化走出去的一种战略。当前，中国诗歌英译迈出了中西文化交流的第一步，但是还存在主观、偏激以及僵化等现象。这些现状也促使我们立足于更深高的理论层面，对中国诗歌英译的各个环节进行全面反思并提出建设性意见，以提高中国诗歌英译的文化交流效果，更好地开展诗歌英译活动。

本书首先介绍了翻译的基本理论、中国诗歌的基本知识以及中国诗歌英译的方法和发展情况。中国诗歌英译存在诸多争议，如中国诗歌可译与不可译、中国诗歌由谁来译、直译还是意译、形似还是神似等问题，一一进行思考，并指出这些争议是辩证统一的，要一分为二地看待问题，结合实际情况针对性地选择。翻译活动涉及两种语言，文化作为语言的一部分，对翻译有着重要影响。因此，不论哪种翻译，都要注重二者的文化差异。特此分析了翻译与文化的关系以及中国诗歌英译中的文化差异处理策略。认知语言学象似性理论认为，人类语言无论从形式上还是从结构上都与人类认知之间具有象似性。在该理论指导下，诗歌翻译可以看成模仿性地再创作。按照诗歌创作的一般思路，本书从形式对应、词汇表达、音韵节奏再到意境传达的过程，分析了各个过程中中国诗歌英译的方法策略和注意事项，为中国诗歌英译提出一些细节性的建议。在翻译策略分析中，尽管没有特意提出象似性理论，但基本都以象似性理论为指导，从语言形式与内容之间的映照关系提出翻译对策。最后摘选了中国经典的诗歌译文，以供欣赏、分析和体会。

本书是在借鉴了很多有关成果的基础上完成的，但是由于一个人的精力和时间有限，再加上自身才疏学浅，对中国诗歌英译的研究尚有许多需要提升之处，如英译角度更全面些，英译方法更系统些以及分析得更透彻些。尽管有不足之处，但这也正是促进我今后不断求研求真的动力所在。中国诗歌英译任重而道远，还需更多的人共同努力，不断提升译作的质量，促进中国诗歌稳步进入世界文学的宝库。

目录

第1章 中国诗歌与翻译

1.1 翻译的基本理论

1.1.1 翻译的概念

汉语中关于翻译的记载,最早出自《礼记·王制》,其中提到"五方之民,言语不通"。为了实现"达其志、通其欲",各方都有专人,而"北方曰译"。后来的佛经翻译人员在"译"字前添加了"翻"字,自此形成"翻译"一词。

1.词典里对翻译的解释

关于什么是翻译,国内外一些权威典籍、辞书中都有明确的阐述。

(1)英国著名语言教育家霍恩比所编的《牛津高阶英语词典》对翻译概念的解释为:"express(sth. spoken or esp. written)in another language or in simepler words to turn into one's another language."

(2)美国《韦氏新编国际英语词典》给翻译下的定义是:to turn intoone's own or another language(转换成本族语或另一种语言)。

(3)《辞源》对翻译概念的解释是:"把一种语言文字的意义用另一种语言文字表达出来,亦指方言与民族共同语、方言与方言、古代语与现代语之间的对译。"

(4)《现代汉语词典》给翻译的概念为:"把一种语言文字的意义用另一种语言文字表达出来;把代表语言文字的符号或数码用语言文字表达出来。"

(5)《中国翻译词典》给翻译的定义为:"翻译是语言活动的一个重要组成部分,是指把一种语言或语言变体的内容变为另一种语言或语言变体的过程或结果,或者说把用一种语言材料构成的文本用另一种语言准确而完整地再现出来。"

上述各个定义间的区别微乎其微,其对内容的描述具有客观、简洁、固定、通俗以及便于理解的特点,符合辞书描述的特征,并且都以最朴素、原始的形态将翻译作为两种语言间转换的概念进行了高度浓缩。但是,上述定义却仅仅停留在对翻译活动的表层的认识上,没有更深入一层(如从社会功能或学科的视角)对其本质加以把握,因而这些概念并不全面,不能完全让人们对翻译有深刻的认识。

2.从学科角度看翻译的概念

由于翻译活动的复杂性和精微性,对翻译概念的认识遵循由表及里、由形式到内容、由宏观描述到微观剖析的过程。对翻译概念、内涵的探讨在20世纪以来也伴随着学科理论呈现出多元化的局面。

(1)翻译的符号学概念。

在翻译研究中引进符号学开始于19世纪末20世纪初,符号学研究者将文化背景和语境视为影响信息传递的主要因素,并将翻译定义为牵涉到全人类交际系统的交流活动。

20世纪著名的美籍俄裔语言学家、文艺理论家和符号学家罗曼·雅各布逊(Roman Jakobson)(1896—1982)认为"翻译"是"an interpretation of verbal signs by means of some other language",并将翻译过程看作"a substitution of message in one language not for separate code-units but for entire messages in some other language"。

中国著名翻译家许钧认为:"翻译是以符号转换为手段、意义再生为任务的一项跨文化交际活动"。①

杨贤玉的翻译解释也在某种程度上借鉴了翻译符号学的概念。他认为翻译有广义和狭义之分,他把广义的翻译称作"符际翻译",强调"基本信息"的转换,此概

① 许钧.翻译论[M].武汉:湖北教育出版社,2006.

念的外延相当宽泛，不仅包括本族语言与非本族语言，方言与民族共同语，方言与方言，古语与现代语，语言与非语言(符号、数码、体态语等)之间的信息转换，还包括不同语言间的翻译，语言变体间的翻译和语言与其他交际符号的转换等。狭义的翻译一般是指“语际翻译”，即用一种语言符号解释另一种语言诸如英译汉，汉译英，法译英等不同语言之间进行的翻译。①

这种对翻译的概念不再仅仅局限于语义的转换，而是将其对象扩大到言语符号，并覆盖了人类的整个交际系统。但这种对翻译概念的定义是对语言学研究的拓展或延伸，继承了语言学定义中转换和对等的思想，并在很大程度上受制于语言学定义的束缚。

(2)翻译的文化学概念。

传统观点对翻译的研究一直将语言分析和文本对照作为其根本任务。但就实际来看，翻译还涉及两种语言所负载的文化。从文化学的角度对翻译进行概述也和符号学相关的概念有着密切的联系。翻译的文化学的概念建立在符号学概念的基础之上，将文化交际理论的研究带入翻译研究领域中。

国外关于此翻译研究最有影响的要属兰伯特(Lambert)和罗宾斯(Robyns)两人，他们认为“翻译等同于文化”(they view translation as identical to culture)。

国内资深翻译理论家张今(1927—2013)也从文化交际的角度对翻译进行概述。他认为，“翻译是两个语言社会(language-community)之间的交际过程和交际工具，它的目的是要促进本语言社会的政治、经济和文化进步，它的任务是要把原作中包含的现实世界的逻辑映像或艺术映像，完好无损地从一种语言移注到另一种语言中去”。

我国著名翻译家沈苏儒(1919—2009)认为，翻译是把具有某一文化背景的发送者用某种语言(文字)所表达的内容尽可能充分地、有效地传达给使用另一种语言(文字)、具有另一种文化背景的接受者。

翻译的文化学角度的概念扩大了翻译的范围，将注意力从译品和翻译过程的

① 杨贤玉.英汉翻译概要[M].中国地质大学出版社，2010.

研究转向了整个翻译行为,并将翻译活动视为跨文化交际的活动,对翻译的社会功能进行了强调。

在对上述翻译概念的总结和比较的基础上,将翻译的基本概念概括为:"翻译是以促进社会进步和人类思想文化交流为功能,按照特定的目的将一种语言符号所负载的信息尽量近似地用另一种语言符号再现出来的创作性活动。"

(3)翻译的文艺学概念。

从文艺学的角度对翻译加以定义具有浓郁的文艺学的气息,并普遍将翻译认为一种艺术创作的形式。中外不同的文艺学派的学者和文艺学家针对翻译概念的阐述也独具匠心。

西方文艺学派的典型代表巴斯纳特(Bassnett)、兰伯特(Lambert)、拉斐维尔(Lefevere)以及赫曼斯(Hermans)等人这样认为:"翻译是对原文的重新摆布。"

我国当代著名文学家茅盾(1896—1981)认为:"文学的翻译是用另一种语言,把原作的艺术意境传达出来……"

我国翻译家王以铸(1925—)将翻译的概念阐述为:"好的翻译绝不是把原文的一字一句硬搬迁来,而主要的却是要传达原来文章的神韵。"

英国翻译研究界的元老彼得·纽马克(Peter Newmark)将翻译的概念阐述为:"Translation is a craft consisting in the attempt to replace a written message and/or statement in one language by the same message and/or statement in another language. Translating is rendering the meaning of a text into another language in the way the author intended the text."根据其观点,翻译是一门富于创造性的艺术,它是把一个文本的意义按作者所想的方式移译入另一种语言。

很显然,上述概念在内容上有些笼统,并大都局限于文学翻译,将艺术性作为翻译的追求,但这些定义也无形中从侧面涉及了对文体学、修辞学、美学的探讨和对翻译作品的研究甚至对翻译结果的评价。同时,这些概念也很像译者零碎的感悟或总结,但这些观点却在对翻译活动的认识层面起了过渡性的作用,人们对翻译本质概念的认识逐渐由无规律的形式上的归纳向有规律的内容分析的方向发展,译者也开始倾向于向系统翻译理论进行探索。

(4)翻译的语言学概念。

从语言学学科的领域对翻译进行研究开始于 20 世纪五六十年代。

苏联翻译学家费道罗夫(A. V. Fedorov)认为,翻译就是用一种语言把另一种语言在内容与形式不可分割的统一中所业已表达出来的东西准确而完全地表达出来。

英国翻译理论家约翰 · 卡特福德(J. C. Catford)认为:"Translation may be defined as follows:the replacement of textual material in one language(SL)by equivalent textual material in another language(TL)."即翻译是一种语言(源语)的语篇成分由另一种语言(目标语)中对等的成分来替代。

中国翻译学家张培基(1921—)对翻译这样概述:"翻译是运用一种语言把另外一种语言所表达的思维内容准确而完整地重新表达出来的语言活动。"①

此类定义从文本内容和语言实体着手,并尝试分析形式与意义间的固有联系,对翻译加以量化,从而建立对翻译活动普遍适用的模式的标准。从语言学理论对翻译的研究将翻译活动纳入一种规范化的操作体系,并将注意力引向了对意义转换本质的探讨。这种角度的学科定义虽然有其固有的局限性,但其追求等值的思想理念也是翻译所要追求的目标之一。形式化程度越高,越利于人类交际的便捷化,这有利于促进智能化翻译的发展。

此外,关于翻译概念的说法还有很多,以上只是结合影响翻译的几个重要方面对翻译的概念加以梳理,以得到对翻译更深入的理解。

1.1.2 翻译的影响因素

翻译是一项非常复杂的工作,影响翻译效果好坏的因素涉及多个方面。

1.社会文化因素

社会文化因素包括一个民族或社会的价值观、人际关系、政治经济关系、传统观念、风俗习惯等,处理好翻译中的社会文化因素难度更大一些。社会文化大致可以分为以下几个方面。

① 何江波.英汉翻译理论与实践教程[M].长沙:湖南大学出版社,2010.

(1)价值取向。

英语社会文化推崇自信、善于表现自我,很少有自谦的说法。汉语社会文化价值推崇谦虚、低调,所以汉语中有较多的谦辞,如:在下、鄙人、犬子、拙文等,在写文章的时候也常常用“浅谈”“刍议”等表示自己的观点还不成熟的谦辞,在翻译时应加以区别对待。

(2)人际关系。

西方国家家庭成员居住分散,崇尚个人独立,对于长幼、血缘关系不太看重,如仅 aunt 就可以表示姑妈、姨妈、舅妈、婶婶等含义。中国封建社会历时漫长,尤其重视长幼尊卑、血缘关系,对姻亲和血亲分辨清晰。在封建大家族中,常常几代同堂,家庭人口众多,所以称谓上的词汇数量丰富,语义明确,如爷爷、奶奶、外公、外婆、叔叔、伯伯、舅舅、姑妈、姨妈、婶婶等。

(3)英汉民族对颜色的喜好和禁忌。

在英语中,红色象征着血腥、暴力;汉语中的红色象征欢乐、喜庆、美好、热闹等内涵。例如:

The thief was caught red-handed.

小偷当场被捕。

本例中,red-handed 指的是“当场”而不是“红手”。翻译时不能望文生义,应对文化内涵加以分析。

此外,社会文化还包括其他的内容,如风俗习惯、道德观念、经济制度、政治理念等领域。

2.语言因素

翻译涉及两种语言间内容和意义的转换,因而语言因素具有重要的影响。英汉两种语言因其所属的印欧语系和汉藏语系的不同,其语言文字的语音、词汇和句法等都具有独特的特点。当语言表达形式上的这些特点本身作为信息,在内容传达、翻译时会受到语言因素差异的限制。主要表现在以下几个方面:

(1)语音层面。

英语是属于表音体系的拼音文字;汉语是属于表义体系的象形文字。例如,语音方面的谐音和口音、英语中的头韵、汉语中的双声和叠韵等都会对翻译产生一定的影响。

(2)词汇层面。

英语有词形的屈折变化,基本依赖语法手段;汉语句子中的时、数、态等则全靠词汇手段解决。文化色彩浓厚的词汇,如成语、习语、谚语和汉语的歇后语等,凸显语言本身生动活泼的特点,原作者使用这类表达法的目的在于取得一定的效果,在翻译时应注意对原作意义的传达。

(3)句子结构层面。

汉语句子结构"主题—述题"特征明显要靠意念建构衔接,汉语没有关系代词和关系副词,主题或主语变换频繁,句子直线推进,线性特征明显,词序十分重要,且句子一般短小;英语却是"主语—谓语"结构特征突出的语言。英语的关系代词和关系副词使英语句子伸缩自如,句子结构复杂而且较长,应注意结合译入语句法结构特点来翻译。

(4)文体风格层面。

翻译内容涉及各种体裁、时代特征、民族特征和个人特征等因素。由于英汉两种语言分属于不同的语系,有些语言文化上的差异如头韵、双声叠韵、双关语、拆字技巧几乎是不可译的。

因此,在英汉语言互译的实践中,译者应当学会判断,原作价值越高,其中的语言因素的价值也越高,有必要尽可能地传达给译文读者。但是,有时语言文化因素的价值对整个译文并不重要,译者可以根据需要灵活处理。

3.意识形态因素

翻译活动是在特定的社会政治和文化历史语境下进行的,因而必然受制于意识形态因素,且意识形态对翻译的影响无处不在。具体体现在以下方面:

(1)对翻译文本选择的影响。

源语所表达的意识形态上的信息要符合或基本符合译语意识形态的要求,这样翻译的目的才能得以实现。例如,新闻文体(特别是政治新闻)包含极为浓厚的意识形态色彩,译者选择什么样的新闻材料进行翻译在很大程度上受制于意识形态这一重要因素。

(2)对翻译策略的影响。

英汉翻译涉及英汉两种文化的交流和碰撞,不同翻译策略会使译文出现汉化或西化的现象。归化法是尽可能迎合译文读者以求得读者对译文的接受;而异化法是在引导读者去接近原文本。

4.译者因素

翻译工作者作为翻译活动的主体,其个人因素在很大程度上影响着译文的水平和质量。具体而言,包括译者的工作态度、译者的理解能力、译者的表达能力、译者的专业素养、译者的知识面等。

(1)译者的工作态度。

翻译工作者肩负着传播先进文化,促进社会进步和世界文明发展的历史使命,必须具有对社会负责的精神和对语言文字进行钻研的韧劲,对这项工作需倾注极大的热情,做好长期伏案工作的准备。同时,严谨的译风和善于学习、精益求精的工作态度是对译者最基本的要求。翻译本身是一项严肃认真、需要以一丝不苟的心态来对待的工作,译者的态度对翻译有很重要的影响,如果译者态度细心、认真,重大的翻译失误就会避免;如果译者态度不端正,就可能出现胡译、乱译的现象。

(2)译者的理解能力。

翻译是包括源语和目的语两种语言的活动,译者进行英汉翻译,必须熟悉英汉两种语言的异同,有较强的双语言应用能力,才能够在翻译中得心应手、驾驭自如。翻译工作者要想做好翻译,必须夯实语言基本功,不仅要有上乘的中文功底和对自己母语的高水平理解运用能力,还要具备全面的英语语言知识,积累大量的英语词汇及习惯表达法。

理解能力是影响译者所译文本质量的重要关卡。假如译者不能对原文有一个正确的理解,翻译出来的文本自然会背离原文的宗旨,这样的译文显然是不符合要求的。

具体来讲,影响翻译理解能力的因素主要有如下几个。

①词汇量。例如:

Here the captured comrades were jammed together like sardines.

误译:这里被俘的同志像沙丁鱼一样被驱赶在一起。

正译:这里被俘的同志挤得像罐头沙丁鱼。

本例中的误译在于译者翻译错了 jam 一词,这是词汇量不足所致。由此可见,译者词汇量的大小对其理解原文有着根本性的影响。

②词组、语法结构。例如:

They stopped to talk to me.

误译:他们停止和我讲话。

正译:他们停下来开始和我讲话。

本例中的误译在于译者理解错了 stop to do sth 的含义,其正确含义是停止当前的活动而开始做另一件事。因此,译者对语法结构、惯用表达的掌握程度也是影响理解能力的重要一项。

③语境。英语单词 black 在字典中的基本含义是"黑色的",而事实上,它在不同的搭配中往往对应着不同的汉语表达。例如:

black tea 红茶

black despair 绝望

black mark 污点

in a black mood 情绪低落

a black stranger 完全陌生的人

a black ship 被抵制装卸的船

(3)译者的表达能力。

表达是翻译的第二步,所以表达能力自然也是考查译者素质的一个重要标准。然而,翻译与写作的不同之处在于,翻译中译者的任务不单纯是表达自己的所见、所闻、所感,而是灵活变通地用目的语传递原作的内容和风格。这就要求译者具有雄厚的双语功底,从而使译文表达更流畅、自然,符合目的语表达习惯,有时还要具有一定的美感。例如:

There's no pot so ugly it can't find a lid.

译文 1:没有丑到配不上一个盖子的罐子。

译文 2:罐儿再丑,配个盖子不发愁。(姑娘无论多么丑也能配个汉子。)

通过对比以上两种译文可知,译文 1 读来平板滞重;而译文 2 的表达则意韵合拍,风趣隽永,可称得上是妙笔佳句。

此外,多阅读中英文原著,提高自身文化素养和对源语文化的感知能力。否则,翻译时如果对原文一知半解,很难把原文很好地传达,抑或外语不精通,不能正确理解以外语为原作的思想内容,更谈不上把握作者的语言风格、神韵色彩和思想脉络,许多错译都是源于此。

(4)译者的专业素养。

翻译不是无目的的盲目活动,它要求译者具有良好的专业素养,主要包括以下几个方面。

①对各类翻译技巧和基本的翻译理论知识的掌握。翻译技巧是经实践检验过行之有效的翻译方法,熟练地掌握这些技巧有利于在实践中灵活地使用。翻译理论知识可以帮助译者更好地了解翻译的性质、标准、过程等,有利于翻译工作上的理论性指导。

②跨学科文化知识的积累。翻译往往不仅仅涉及一门学科的知识,积累和掌握跨学科领域的知识和文化有利于译者翻译时的灵活转换和处理。跨学科文化知识的积累也往往是译者专业素养的体现,对译者的翻译实践具有重要影响。

③广博的文化知识体系。对译者而言,知识结构的体系越完备,对所译资料的专业知识越了解,对翻译越有利。这里的文化知识从广义上而言,主要包括以下两方面:

第一,涉及政治、经济、军事、外交、历史、地理、风土人情、民族心理、自然风貌、文学艺术、文化传统、宗教信仰等的文化背景知识以及由两种语言所反映的中外文化差异。例如:

After lunching in the basement of the Medical School,Philip went back to his rooms.It was Saturday afternoon,and the landlady was cleaning the stairs.

在医学院地下室吃过饭后,菲利普回到自己的寓所。那是一个星期六的下午,女房东正在打扫楼梯。

在英国,常有人把房屋分间出租供人住宿,出租房屋的人就被称为 landlord 或 landlady。如果不了解有关背景知识,容易把此例中的 landlady 误译为"女地主"。

在现代城市生活中,街道妇女为城市的安全与稳定做出了很大的贡献。

译文 1:In modern urban life, street women have made a great contribution to the security and stability of the city.

译文 2:In modern urban life, housewives of the neighborhood have made a great contribution to the security and stability of the city.

汉语中的"街道妇女"与英语中的 street woman 在字面上似乎对等,但意思却大不相同。前者指"居家的家庭主妇",而后者则指"街头出卖色相的妇女",是"妓女"的代名词。译文 1 由于不了解中英语文化的差异,只是对原文字面意思的翻译,而译文 2 则准确地把原文的含义传达了出来。

第二,翻译工作所涉及相关领域的专业知识。例如,翻译科技著作必须掌握相关的科技知识;翻译人文社科文章必须懂得相关的人文社科知识;翻译文学作品必须具有一定的文学素养。例如:

Liabilities or creditor's equity are the obligations or debts the firm must pay in money or service at some time in the future.

负债即债权人权益是企业在将来的某一时间必须用货币或劳务来抵偿的义务或债务。(会计、金融领域)

The documents will be presented to you against your acceptance of the draft in the usual way.

贵方按惯例承兑汇票后,方可获取相关单证。(外贸领域)

South African leopard-spot policy came under fierce black fire…

南非实行的"豹斑"式的种族隔离政策受到了黑人的猛烈抨击……(国际政治领域)

1.1.3 翻译的价值认知

翻译活动既是一种事实存在,又是一种价值存在。作为事实存在,它有它的本质特征和规律，而作为价值存在则表征着能满足人类进步与社会发展需要的性质。① 翻译的价值认知是价值主体用思维去反映、评估翻译功能的产物。

1.翻译的社会价值

翻译的社会价值与时代的变化和发展共存。翻译的社会价值具体体现在翻译对社会交流与发展的推动作用中，它取决于翻译活动的社会性。

下面一段话能更加清楚地阐释翻译的社会价值："翻译是人类社会历史最悠久的活动之一，几乎与语言同时诞生。从原始部落的亲善交往，文艺复兴时代古代典籍的发现和传播，直至今天世界各国之间文学、艺术、哲学、科学技术、政治、经济的频繁交流与往来，维护世界的稳定和持久和平，翻译都发挥了不可估量的作用。"这段话是廖七一在《当代英国翻译理论》一书开篇做的结论性论述，它精要地阐述了翻译活动渊源之久，以及翻译在克服阻碍交流的语言差异和为人类从相互阻隔走向相互交往，从封闭走向开放，从狭隘走向开阔中所起的推动性作用，这是翻译最为本质的作用之一。

此外，翻译的社会价值还在于对民族精神和国人思维的深刻影响。具体体现在以下两个方面。一是翻译有利于民族精神的塑造；二是翻译通过改造语言最终改造国人的思维方式。

2.翻译的文化价值

目前，人们对翻译的认识与理解在不断深入与提高。同时，翻译也在不断地促进文化的积累与创新。翻译与民族之间的交往共生，与文化间的互动同在。因此，翻译的文化价值也备受重视，其文化价值指的是应该从文化的高度去认识翻译，去理解翻译。

翻译因人类相互交流的需要而生，以寻求思想沟通，促进文化交流为其目的或任务。一个民族或个人的文化价值观也会影响其对其他文化的态度。例如，对待异族文化的融合或排斥、宽容或狭隘、友好或敌对的态度。甲午后，上至朝廷士大夫，下到民间读书人，个个反思洋务。中国知识界对西方文化的态度发生了较大的

① 吕俊.价值哲学与翻译批评学[J].外国语，2006.

变化,"中学为体,西学为用"被证明难以担负救国强国的重任,维新派取代洋务派走上了历史舞台。进而一些仁人志士意识到要救亡图存,只有从政治制度上去学习外国,当时就有人重视翻译外国的"政事之书",即政治、法律、教育、哲学等社会科学方面的书籍。尽管数年之后,文学翻译尤其是以政治小说、科学小说和侦探小说为代表的通俗文学的翻译在数量和影响上都大大超过了科学著作的翻译。当时的译者就带有明确的翻译目的和价值判断,这些价值判断符合新的文化价值观,服务于当时政治改良、文化改良以及启迪民智的需求。并且当时的人们迫切想在政治小说中祈望新的民主制度,在科学小说中领略科技的魅力,在侦探小说中获得公平的法制。总而言之,当时的译者对翻译的文化价值已经有所认识。

3.翻译的创造价值

张泽乾认为:"好的文学翻译不是原作的翻版,而是原作的再生。它赋予原作以新的面貌、新的活力、新的生命,使其以新的形式与姿态面对新的文化与读者。"此句中的"再"字,连接着具体翻译过程中所涉及的出发语与目的语、原作与译作,说明了翻译是一个继承和创新的过程。翻译的创造价值具体可以体现在以下三个层面。

(1)从社会层面而言,翻译作为一种以交流为基础的社会活动,不同语言间的交流有利于思想的拓展和解放,同时也为译者的创造力奠定了基础。

(2)从语言层面而言,为了真正导入新的事物、观念和思路,翻译中就不可避免地要进行大胆的创造。例如,文学语言艺术的翻译就是在源语的基础上对语言符号的转换并创造的过程。

(3)从文化层面而言,翻译中导入的任何异质因素,都是激活目的语文化的因子,具有创新性。其创造价值蕴藏着一种求新求异的敢于打破自我封闭局限的创造精神。在与"异"文化的交流、碰撞与融合中完善、丰富和发展自我本身,这也是翻译的精髓所在。

4.翻译的历史价值

纵观人类文明发展史,不难发现历史的每一次重大进步与发展都和翻译有着密切关系。重大的文化复兴也往往伴随着翻译的高潮,如古罗马、古希腊文化的复兴就以翻译作为先导。然而翻译作为跨文化的人类交际的活动,也有着不可避免的历史局限性。

乔治·穆南(George Mounin)在其《翻译的理论问题》一书中认为:"翻译活动的成就是相对的,它所能达到的交流思想的水平是变化发展的。"也就是说,翻译活动很大程度上受制于人类认识水平和世界认识水平等诸多因素。这句话指出了翻译的历史价值观,包含以下两方面的含义。一是可以基于人类的翻译实践去考察人类的历史发展进程。二是可从历史发展的角度来看翻译活动不断丰富和发展的内涵以及不断扩大的可能性。

就具体的翻译活动来说,翻译对原文的理解和阐释都不是译者一次就能彻底完成的,需要一代又一代的译者去不断挖掘。在翻译实践中,既要清醒地意识到翻译活动的历史局限性,又要以辩证发展的眼光来看待这种局限性。

综上,翻译的社会价值在于交流,翻译的文化价值在于传承,翻译的创造价值在于创造,翻译的历史价值在于发展。交流、传承、创造与发展,这四个方面恰好构成了翻译的本质价值所在,也是翻译精神的重要体现。

1.1.4 翻译的标准原则

翻译不是自己随心所欲的创作,也不是借用原文的思想来写文章,翻译具有一定的标准。关于翻译的标准,《译学词典》指出:"翻译标准指翻译活动必须遵循的准则,是衡量译文质量的尺度,是翻译工作者不断努力以期达到的目标。"①可见,明确翻译的标准是开展翻译活动的关键。其中对中国翻译影响较大的翻译标准阐述如下。

1.信、达、雅

"信、达、雅"标准是严复(1854.1.8—1921.10.27)在其《〈天演论〉译例言》中提出的。这里对严复的生平做一简单介绍。严复,原名宗光,字又陵,后改名复,字几

① 方梦之.译学词典[M].上海:上海外语教育出版社,2004.

道，汉族，福建侯官县人，近代著名的翻译家、教育家、新法家代表人。先后毕业于福建船政学堂和英国皇家海军学院，曾担任过京师大学堂译局总办、上海复旦公学校长、安庆高等师范学堂校长，清朝学部名辞馆总编辑。在李鸿章创办的北洋水师学堂任教期间，培养了中国近代第一批海军人才，并翻译了《天演论》、创办了《国闻报》，系统地介绍西方民主和科学，宣传维新变法思想，将西方的社会学、政治学、经济学、哲学和自然科学介绍到中国，提出的“信、达、雅”的翻译标准，对后世的翻译工作产生了深远影响，是清末极具影响的资产阶级启蒙思想家、翻译家和教育家，是中国近代史上向西方国家寻找真理的“先进的中国人”之一。

《〈天演论〉译例言》中关于“信、达、雅”的三个标准：“译事三难：信、达、雅。求其信，已大难矣！顾信矣，不达，虽译，犹不译也，则达尚焉……译文取明深义，故词句之间，时有所颠倒附益，不斤斤于字比句次，而意义则不倍本文。假令仿此(西文句法)为译，则恐必不可通，则删削取径，又恐意义有漏。此在译者将全文神理，融会于心，则下笔抒词，自善互备。至原文词理本深，难于共喻，则当前后引衬，以显其意。凡此经营，皆以为达；为达即所以为信也。《易》曰：‘修辞立诚’。子曰：‘辞达而已’。又曰：‘言之无文，行之不远’。三者乃文章正轨，亦即为译事楷模。故信、达而外，求其尔雅。”

“信”，即译文必须抓住全文的要旨，而词句在不失去原意的情况下，可以做适当的颠倒或增删。在真实的翻译中，为读者准确传达原作的内容。译文需要完整而准确地表达原作的内容，不允许有任何篡改、歪曲、遗漏或任意增添的现象。

“达”也是翻译过程中必须考虑的一个问题。只信而不达，译了也等于没译；只有做到达，才真正能实现信。要做到达，译者要先认真通读全文，做到融会贯通，然后再展开翻译。为了更好地表达原意，译者可以在词、句两个方面做适当的调整和改动。在真实的翻译中，译文应尽量运用读者常见的表达方式。译文语言应通俗易懂，避免出现文理不通、结构混乱、逻辑不清的现象。

此外，严复还指出，“译文要雅，否则没有人看。‘雅’是指‘古雅’，要采用汉代以前使用的文言文”。在真实的翻译中，现代翻译学家赋予了“雅”新的含义，要求译文具有美学价值，译文的风格要尽量体现原文的风格。

总之,严复的“信、达、雅”翻译标准,引起了翻译界诸多人士的广泛关注和评论,对我国翻译发展产生了巨大影响。

2.忠实、通顺、美

“忠实、通顺、美”的标准是林语堂在其《论翻译》中提出的。实际上,“忠实、通顺、美”的标准继承并拓展了严复的标准,用“美”的标准代替了严复“雅”的标准。林语堂认为,译者除了要求达义,还必须要使译文忠实于原文之字神句气与言外之意,以达到传神的目的。

3.神似论

“神似论”是由现代翻译家、学者傅雷在《高老头》译序中提出的,即以效果论,翻译应该像临画一样,追求的是神似而非形似。事实上,翻译比临画难很多。因为临画与原画,至少其是素材相同的,法则也是相同的。然而,译作与原作文字,是完全不同的,且各种文字又各有特色,有着各自不可模拟的优点,也有着各自无法补救的缺陷,且有着不能侵犯的戒律。要传神达意,铢悉两称,自非死抓字典,按照原文句法拼凑堆砌所能济事的。

4.化境论

钱钟书在《林纾的翻译》中提出了“化境论”的翻译标准。他认为,“化”是文学翻译的最高标准。在将文学作品从一国文字转换成另一国文字时,不会因语言习惯的差异暴露出牵强的痕迹,且又能完全保存原有的风味,那就达到了化境。此外,“好的译文应当仿佛是原文作者的译人语写作”。可见,与“神似”相比,“化境”是更高一层的翻译标准,也可以说是翻译的最高标准。

5.翻译标准多元互补论

“翻译标准多元互补论”是由辜正坤教授于 1989 年提出的。他提出,翻译标准多元互补论是一个由若干个具体标准组成的相辅相成的标准系统,它们有着各自的功能。此外,辜正坤还指出,翻译标准不是一元的,而是多元的。具体来说,翻译标准能分成抽象标准与具体标准两大类,二者关系密切,互相制约、互为补充,并形成一个有机系统。

1.2 中国诗歌发展及分类

1.2.1 中国诗歌的发展

诗歌是“诗”与“歌”(歌词)的合称。早期的诗以歌咏为主,与歌本不分家。虽然今人已经明确区分了诗和歌的文体概念与使用范围,但诗与歌作为同样以语言为符号进行表现的文学艺术方式,无论其传播方式与接受对象有何不同,二者在创作本质上仍然具有坚实且广泛的同一性。因此,模糊地称其为诗或诗歌,往往是被默许的。

中国是一个诗歌大国。中国诗歌是在人们的劳动、歌舞中渐渐形成和发展起来的。诗歌产生于文字发明之前,早在远古时代,在人们中间就已经流传着神话传说和民间歌谣等口头文学。保留在古代典籍中的文献资料表明,《夸父逐日》《女娲补天》《大禹治水》等神话故事,闪耀着中华民族文明智慧的光辉。《弹歌》:“断竹、续竹、飞土、逐肉。”歌唱原始打猎的英武;《涂山氏女之歌》:“候人兮猗。”记录了中国原始歌唱中第一首情歌。

公元前 11 世纪至公元前 6 世纪的西周时期,《诗经》出现,成为中国第一部诗歌总集。《诗经》共 305 篇,按音乐的不同,分为“风”“雅”“颂”三类。“风”是《诗经》中的精华,内容包括 15 个地方的民歌。“雅”分大雅和小雅,都是用于宴会的典礼歌,内容主要是对从前英雄的歌颂和对现时政治的讽刺。“颂”是统治者祭祀的乐歌,有祭祖先的,有祭天地山川的,也有祭农神的。

《诗经》的思想内容反映的社会生活非常广泛。有的诗篇揭露了统治者的腐朽,发出反剥削,反压迫的呼声,如《硕鼠》《伐檀》;有的诗篇表达了对徭役兵役的憎恨,如《伯兮》《君子于役》;有的诗篇歌颂了男女之间真挚的爱情,和对美好婚姻生活的向往,如《静女》《蒹葭》;有的则表现了妇女婚姻的不幸,如《氓》。总之,当时社会生活的各个方面，以及劳动人民的思想感情，都在《诗经》中得到了真切的反映。它具有鲜明的时代感和人民性。在艺术上，《诗经》音调流畅，语言朴素，常用赋、比、兴的手法来表情达意。赋的手法是直陈其事，比即打比方，兴是感物起兴，先咏他物来引发情意。后世把《诗经》奉为学习诗的最高典范。

春秋战国时期，列国纷争，游说之士蜂起。在百家争鸣的政治文化环境中，产生了一批政治家和思想家，写作了大量以说理透辟、逻辑严密、言辞锋利、善用比喻为特点的论说散文，又称诸子散文。诸子散文各具特色:《论语》雍容和顺富有哲理性、《孟子》雄畅犀利富有鼓动性、《墨子》朴实谨严富有逻辑性、《荀子》淳厚富赡富有学术性、《韩非子》峻峭透辟富有政治性、《老子》玄妙精警富有思辨性、《庄子》汪洋谲怪富有浪漫性。在诸子散文中，文学性最强当数《庄子》《孟子》《荀子》《韩非子》。与诸子散文辉映一时的，是以记言记事为主的历史散文。《左传》《国语》和《战国策》，或以年为序，或以国为别，多出于各国史官之手。其中许多优秀篇章，情节曲折，人物生动，剪裁得体，有很高的艺术性，如《左传》中的《鞍之战》《郑伯克段于鄢》，或叙述激烈的战争进程，或表现统治集团内部的争斗，在叙事写人方面均很出色。《战国策》中的人物形象更有个性光彩，描写技巧愈加高明，是历史散文中文学价值最高的一部。

战国后期(公元前 4 世纪)，楚国以其自身独特的文化基础，加上北方文化的影响，孕育出了伟大的诗人屈原。以屈原为代表的楚国诗人，在学习楚民歌基础上，创造了具有楚文化独特光彩的新体诗——楚辞。楚辞体诗句式以六言、七言为主，长短参差，灵活多变，多用语气词“兮”字。诗歌充满着神奇瑰丽的想象，洋溢着楚地特有的文化浪漫。楚辞发展了诗歌的形式。它打破了《诗经》的四言形式，从三、四言发展到五、七言。在创作方法上，楚辞吸收了神话的浪漫主义精神，开辟了中国文学浪漫主义的创作道路。伟大的爱国主义诗人屈原，运用这种诗歌形式，创作了古代文学史上第一抒情长诗《离骚》、优美动人的《九歌》11 篇、言志述怀诗《九章》9 篇，以及《天问》等，共 25 篇楚辞作品。屈原的后继者有宋玉、唐勒、景差等人。《离骚》作为楚辞艺术的颠峰之作和代表，在文学史上与《诗经》并称“风骚”，垂范于后世。

秦代实行文化专制政策，焚书坑儒，二世而亡，几乎无文学可言。除留存下来少数歌颂秦皇功德的刻石文字外，李斯《谏逐客书》是这一时期少有的优秀散文篇章。

两汉崇文，大一统的鼎盛帝国，要求用文学来歌舞升平。于是一种以铺写帝王和都市生活为主的文学样式——辞赋——便应运而生。赋是两汉最流行的文体，是一代文学的标志。其体式是导源于荀子的《赋篇》，并吸收了楚辞的某些形式要素而形成的。汉初贾谊、淮南小山的赋，尚未脱楚辞形迹，被称为骚体赋；枚乘的《七发》奠定了汉代大赋的形式格局；至汉武帝时代，献赋诵赋风气大盛，产生了一大批赋家。司马相如的《子虚赋》《上林赋》，极写帝王苑囿之盛、田猎之乐，稍后的扬雄，有《甘泉》《羽猎》诸赋。这些赋写得铺张扬厉：多以歌功颂德为宗旨。到了东汉，班固的《东都赋》《西都赋》，张衡的《东京赋》《西京赋》仍是散体大赋中的皇皇巨作。随着社会矛盾的日益激化，帝国强势不再，一些有识之士开始用辞赋来抒情志、来刺时世。张衡的《归田赋》，赵壹的《刺世疾邪赋》，蔡邕的《述行赋》等是这方面的名作。他们的创作突破了大赋原有的体制，对以后魏晋时期的抒情小赋和唐宋时期的散文赋产生了积极的影响。

诗经、楚辞之后，诗歌在汉代又出现了一种新的形式，即汉乐府民歌。汉乐府民歌流传到现在的共有100多首，其中很多是用五言形式写成，后来经文人的有意模仿，在魏晋时代成为主要的诗歌形式。两汉文学中最有价值的是乐府诗中的民歌。乐府本是国家音乐管理机构，负有采编民歌民谣，配乐演唱的职能。后人将乐府机构配乐演唱的歌称名为汉乐府诗。汉乐府民歌和《诗经》是一脉相承的，《诗经》是“饥者歌其食，劳者歌其事”；汉乐府以“感于哀乐，缘事而发”的现实主义精神，深刻反映了两汉社会生活的各个方面，表现当时劳动人民的生活愿望和要求。汉乐府中著名的篇章有揭露战争灾难，控诉统治者穷兵黩武的政策的《十五从军征》，有表现女性不慕富贵的《陌上桑》《羽林郎》，有对社会下层人民的不幸表示深切的同情的《东门行》《妇病行》《孤儿行》。有揭露封建礼教、封建家长制的罪恶，以及表达对真挚爱情的向往的《孔雀东南飞》《上邪》《有所思》等等。当然最为著名的还是长篇叙事诗《孔雀东南飞》。这首诗讲述了一个凄婉的爱情故事。焦仲卿与刘兰芝相爱至深，因为焦母与刘家的逼迫而分手，以致酿成生离死别的人间惨剧。汉乐府民歌最重要的艺术特色是它的叙事性，《孔雀东南飞》是汉乐府叙事诗的最高峰。汉乐府民歌多采用口语化的朴素语言表现人物的性格，故人物形象生动，感情真挚。汉乐府民歌虽然多数为现实主义的描绘，但许多地方都有着程度不一的浪漫主义色彩，如《孔雀东南飞》的最后一段文字，即表现出浪漫主义与现实主义的巧妙结合。而《诗经》以抒情为主，汉乐府长于叙事铺陈，标志着古代叙事诗的完全成熟。《孔雀东南飞》是中国古代汉民族第一叙事长诗。

汉代文人诗歌一直无所成就。到东汉，文人在乐府民歌影响下试作五言诗，五言诗是中国古典诗歌的主要形式，它从民间歌谣到文人写作，经过了很长的时间，到东汉末年，文人五言诗日趋成熟。班固的《咏史》诗，写得质木无文，极少诗味，但是是现存最早文人五言诗。东汉末年产生的《古诗十九首》，才成为文人五言诗成熟的标志。《古诗十九首》是东汉末年无名氏文人创作的一组抒情短诗。它并非成于一人一时，抒发了处于动乱时代的下层文人伤感，有一定的社会意义。与汉乐府民歌长于叙事不同，长于抒情，善用比、兴手法是《古诗十九首》最大的艺术特色。诗的内容多叙离别、相思，以及对人生短促的感触，它委婉含蓄自然质朴中显出精练工切的艺术特色，前人有“五言之冠冕”的赞誉。

汉末建安时期，“三曹”（曹操、曹丕、曹植）、“七子”（孔融、陈琳、王粲、徐干、阮籍、应旸、刘桢）继承汉乐府民歌的现实主义传统，并普遍采用五言形式，第一次掀起了文人诗歌的高潮。他们的诗作表现了时代精神，具有慷慨悲凉的阳刚气派，形成为后世称作“建安风骨”的独特风格。七子中成就最高的是王粲，其代表作《七哀诗》三首是汉末战乱现实的写照。曹氏父子是建安文坛的风云人物，其中曹植所取得的艺术成就最高。曹植(192—232)的诗歌内容富于气势和力量，描写细致，词藻华丽，善用比喻，因而具有“骨气奇高、词采华茂”的艺术风格，代表诗作为《赠白马王彪》。建安时代的诗，是从汉乐府发展到五言诗的转变关键，曹植是当时的代表诗人。他的诗受汉乐府的影响，但却比汉乐府有更多的抒情成分。

建安时代之后的阮籍(210—263)是正始时代的代表诗人，他的《咏怀诗》进一步为抒情的五言诗打下基础，他常用曲折的诗句表达忧国、惧祸、避世之意。与阮籍同期的还有嵇康(223—262,或 224—263),他的诗愤世嫉俗,锋芒直指黑暗的现实。他们两人的诗风基本继承了“建安风骨”的传统。

魏晋之交,随着世风的变易,诗歌创作呈现出与建安时代不同的风貌。阮籍、嵇康的作品,或沉郁艰深,或风调峻切,他们继承了建安文学的优秀传统,进一步推动了五言古诗的发展。西晋太康时期诗歌繁荣,诗人有“三张二陆两潘一左”之称,但多数作品流于华彩繁缛,唯左思的诗歌骨力遒劲,承传建安文学的精神。其《咏史》诗开启了咏史和咏怀结合的新路子。东晋在玄学的影响下,“理过其辞,淡乎寡味”的玄言诗泛滥一时,能够超越流俗的大诗人便是陶渊明。陶渊明的时代,“真风告逝,大伪斯兴”,他因贫而出仕,目睹官场黑暗,不愿同流合污,决心辞官归隐,保持自我的人格精神。他的田园诗描绘自然风光的美丽,歌颂田园生活的平和,也表现了亲身参加农业生产劳动的喜悦和辛劳。创造了情、景、理交相融合,平淡和醇美统一的艺术境界。《归园田居》《饮酒》是他的田园诗的代表作。陶诗的风格以自然冲淡为主流,但《读山海经》(“精卫填微木”)、《咏荆轲》等也显示了诗人“金刚怒目”的一面。可以看出诗人内心并不静穆,他没有忘怀世事。陶渊明诗对后世影响很大,尤其是唐代的山水田园诗派受其直接影响。陶渊明的文学成就是多方面的,他的散文、辞赋,数量虽不多,却非常出色,著名的有《桃花源记》《归去来兮辞》《感士不遇赋》等。

与陶渊明差不多同时的谢灵运(385—433)是开创山水诗派的第一人。他的山水诗特点是,能把自己的感情贯注其中,但有些诗字句过于雕琢,描写冗长,用典、排偶不够自然。

南北朝时期是中国诗歌史上的又一发展时期,这表现在又一批乐府民歌集中地涌现出来。它们不仅反映了新的社会现实,而且创造了新的艺术形式和风格。这一时期民歌总的特点是篇幅短小,抒情多于叙事。南朝乐府保存下来的有 480 多首,一般为五言四句小诗,几乎都是情歌。北朝乐府数量远不及南朝乐府,但内容之丰富、语言之质朴、风格之刚健则是南朝乐府远不能及的。如果说南朝乐府是谈情说爱的“艳曲”,那么,北朝乐府则是名副其实的“军乐”“战歌”。在体裁上,北朝乐府除以五言四句为主外,还创造了七言四句的七绝体,并发展了七言古诗和杂言体。北朝乐府最有名的是长篇叙事诗《木兰诗》,它与《孔雀东南飞》并称为中国诗歌史上的乐府“双璧”。

南北朝时期最杰出的诗人是鲍照(约414—466)。鲍照继承和发扬了汉魏乐府的传统,创作了大量优秀的五言和七言乐府诗。《拟行路难》18首是他杰出的代表作。他成熟地运用七言句法,表现了个人的不幸和对社会不平的抗议。

此外,南北朝乐府民歌也足以与汉乐府诗前后辉映。南朝的吴歌、西曲明丽柔婉,北朝少数民族歌曲则多刚健亢爽,风格各异,但都情意真切。

南齐永明年间,“声律说”盛行,诗歌创作都注意音调和谐。这样,“永明体”的新诗体逐渐形成。这种新诗体是格律诗产生的开端。这时期比较著名的诗人是谢朓(464—499)。谢朓以山水诗著名,诗风清新流丽。他的新体诗对唐代律诗、绝句的形成有一定影响。

诗歌发展到唐代,迎来了高度成熟的黄金时代。在唐代近300年的时间里,留下了近5万首诗,独具风格的著名诗人约五六十个。大唐王朝国力空前强盛,国家从长期分裂复归于统一,封建经济和文化获得了充分发展的良好条件,再加上朝廷在各方面采取了较为开放的政策,中外文化交流频繁,尤其是确立了以诗赋取士的科举制度,打破了魏晋以来门阀对仕途的垄断,使大批有才华的寒门子弟脱颖而出,最终创造了唐代文学的空前繁荣,在唐朝,作家作品数量之多,成就之高,影响之大,都是前未曾有的。

唐代诗歌堪称一代文学标志,中国古典诗歌的顶峰,唐代是诗歌史上的黄金时代。初、盛、中、晚各期都名家辈出,大家纷呈。诗歌创作几乎遍及社会各个阶层的男女老少,《全唐诗》收录的诗人就有2000余家,诗作近5万首,而实际远不止此数。

初唐时期,宫廷诗歌承齐梁余风,流行靡丽软艳的“上官体”诗。初唐四杰是唐诗开创时期的主要诗人。这四杰分别是王勃(649—676)、杨炯(650—693)、卢照邻(637—689)、骆宾王(646—684)。他们的诗虽然因袭了齐梁风气,但诗歌题材在他们手中得以扩大,五言八句的律诗形式也由他们开始初步定型。他们和稍后的陈子昂,上承汉魏风骨,力扫齐梁宫体诗颓风,使唐诗开始由宫廷走向社会,由艳情转向现实，由靡靡之音变为清新健康的歌唱。同时期的宋之问和沈佺期在诗歌的形式上也做了大胆的探索，他们共同为唐诗的发展铺平了道路。

盛唐时期，出现了两大诗歌流派和我国诗歌史上的“双子星座”。以王维、孟浩然、储光羲等人为代表的山水田园诗派，上承陶渊明、谢灵运而别开生面。王维诗歌“诗中有画，画中有诗”。收在《辋川集》中的五言绝句，如《鹿柴》《辛夷坞》等，善于将绘景状物与阐发禅趣相结合，意境幽美，艺术精妙。以高适、岑参、王昌龄等人为代表的边塞诗人，诗风刚健，韵味深长，唱出盛唐强音。高适的《燕歌行》和岑参的《白雪歌送武判官归京》等七言歌行体诗，描绘雄奇的边塞风光和艰苦的军旅生活，或悲壮浑厚，或奇逸峭拔，都是唐代边塞诗的佳篇。李白与杜甫是古今诗坛的“双子星座”。李白诗歌豪放飘逸，史称“诗仙”。如《将进酒》《行路难》《蜀道难》，无不显示了诗人独特的情感色调和艺术个性。杜甫诗歌号称“诗史”，风格沉郁顿挫。他用诗歌创作抒发了忧国忧民之心，像《三吏》《三别》这样的诗歌，实录了唐王朝由盛转衰过程中一系列重大的事件，最负盛名；那些优美的写景述怀诗，也不忘忧国忧民，如《登高》就是这方面的代表作。

安史之乱以后，进入中唐时期。经过短期的衰退之后，诗歌创作又形成了一个新的高潮。这时期的作品以表现社会动荡、人民痛苦为主流。刘长卿、韦应物的山水诗，是王维、孟浩然一派的继续；卢纶、李益的边塞诗，是高适、岑参一派的余绪。以白居易、元稹为首的现实主义诗人，倡导了一场新乐府运动。提出“文章合为时而著，歌诗合为事而作”“惟歌生民病，愿得天子知”的创作主张，并以巨大的热情投入了新乐府诗的创作实践。他们的新乐府诗，往往选择具有典型意义的社会现象，加以集中概括，对朝廷一系列错误政策和由此造成的社会弊端进行讽谕批评，主题明确，题材集中，有鲜明的形象性和强烈的战斗性，诸如《卖炭翁》《杜陵叟》等篇章，千百年来传诵不绝。白居易的诗歌创作成就是多方面的，《长恨歌》和《琵琶行》，也堪称古代叙事诗中的杰作。这一时期，和元白诗派齐名而诗风殊趣的是韩(愈)孟(郊)诗派。韩孟诗派以才学为本，以议论见长，作诗力避平俗而求生硬奇险，开了后世宋诗的风气。韩愈(768—824)是著名的散文家，他善以文入诗，把新的语言风格、章法技巧带入了诗坛，扩大了诗的表现领域，但同时也带来以文为诗，讲才学，追求险怪的风气。孟郊(751—814)与贾岛(779—843)都以“苦吟”而著名,追求奇险,苦思锤炼是他们的共同特点。此外各具艺术个性的著名诗人还有柳宗元、刘禹锡和李贺。刘禹锡(772—842)是一位有意创作民歌的诗人,他的许多《竹枝词》描写真实,很受人们喜爱。此外,他的律诗和绝句也很有名。柳宗元(773—819)的诗如他的散文一样,多抒发个人的悲愤和抑郁。他的山水诗情致婉转,描绘简洁,处处显示出他清峻高洁的个性,如《江雪》就历来为人们所传诵。李贺(790—816)在诗歌的形象、意境、比喻上不走前人之路,拥有中唐独树一帜之风格,开辟了奇崛幽峭、浓丽凄清的浪漫主义新天地。《苏小小墓》《梦天》等都是充分体现他的独特风格之作。李贺以其浓丽浪漫的诗风独树一帜,并启迪了晚唐的李商隐。

到了晚唐,随着李唐王朝走向没落,诗歌气格染上了浓厚的衰亡感伤色彩。当时最有成就的诗人是杜牧和李商隐。世称“小李杜”。杜牧(803—852)的诗以七言绝句见长,可与盛唐“七绝圣手”王昌龄并肩。他的咏史怀古诗,风格俊爽高绝。写景也自然清丽,如《山行》让人百读不厌。《江南春》《山行》《泊秦淮》《过华清宫》等是他的代表作。李商隐(813—858)以爱情诗见长。他的七律学杜甫,用典精巧,对偶工整,沉博绝丽,以爱情诗独擅胜场,如《马嵬》就很有代表性;他的七言绝句也十分有功力,《夜雨寄北》《嫦娥》等是其中的名作。他的《无题》诗,工于比兴,用典甚多,往往意蕴深永,耐人寻味,部分作品则未免有晦涩难解之病。

晚唐后期,出现了一批继承中唐新乐府精神的现实主义诗人,代表人物是皮日休、聂夷中、杜荀鹤。他们的诗锋芒毕露,直指时弊。

诗发展到宋代已不似唐代那般辉煌灿烂,但却自有它独特的风格,即抒情成分减少,叙述、议论的成分增多,重视描摹刻画,大量采用散文句法,使诗同音乐关系疏远。

最能体现宋诗特色的是苏轼和黄庭坚(1045—1105)的诗。黄庭坚诗风奇特拗崛,在当时影响广于苏轼,他与陈师道一起开创了宋代影响最大的“江西诗派”。宋初的梅尧臣(1002—1060)、苏舜钦(1008—1048)并称“苏梅”,为奠定宋诗基础之人。欧阳修、王安石(1021—1086)的诗对扫荡西昆体的浮艳之风起过很大作用。国难深重的南宋时期,诗作常充满忧郁、激愤之情。陆游是这个时代的代表人物。

与他同时的还有以“田园杂兴”诗而出名的范成大(1126—1193)和以写景说理而自具面目的杨万里(1124—1206)。文天祥(1236—1282)是南宋最后一个大诗人,高扬着宁死不屈的民族精神的《过零丁洋》是他的代表作。

源于唐代的词,鼎盛于宋代。

词是在唐代随燕乐而兴起的新诗体。它起源于民间,敦煌曲子词是现存最早的民间词。中唐以后,文人才士倚声填词才渐成风气,《菩萨蛮》、《忆秦娥》挂名为李白所作,缺少确凿的证据。温庭筠(812—870)、韦庄都是晚唐曲子词创作的佼佼者。唐末的温庭筠第一个专力作词。他的词词藻华丽,多写妇女的离别相思之情,被后人称为“花间派”。五代时,西蜀和南唐成为词的创作中心,中国第一部文人词总集《花间集》问世于西蜀。而词人中成就最高的是南唐后主李煜(937—978),在词的发展史上占有较高的历史地位。他早期作品多写宫廷享乐生活,国破被俘以后,以词抒写家国身世之恨,感慨遥深,形象真切,语言朴素自然又珠圆玉润,《虞美人》(“春花秋月何时了”)、《浪淘沙》(“帘外雨潺潺”)等均是小令中妙品。他后期的词艺术成就很高,《虞美人》《浪淘沙》等用贴切的比喻将感情形象化,语言接近口语,却运用得珠圆玉润。

词发展到宋代,进入了鼎盛时期,成为一代文学的主要标志。据《全宋词》所载,作品有2万余首,词人1400余位。唐诗。宋词,堪称中国文学的双璧。北宋初期,朝廷提倡享乐,君臣晏安,词风继承花间一派的婉约绮靡而视为正宗。晏殊的词风雍容闲雅,有富贵气。晏殊之子晏几道,由于其个人遭遇的不幸,词风有异于晏殊,较多低回感伤的色彩。范仲淹镇守边塞,生活经历不同,他的词中开始出现了境界开阔、格调苍凉之作,给宋初词坛注入了一股新鲜感。

词到柳永手上,有了第一次革新。柳永从都市中下层人民生活中汲取创作素材,以写男女离别相思和个人流落江湖的羁旅之愁见长。他大量创作篇幅较长、结构复杂、音调更为繁复美听的慢词。他的词多用铺叙白描之法,层次分明,语言通俗,从内容到形式都富于平民色彩,在当时市民中传唱极盛。《八声甘州》(“对潇潇暮雨洒江天”)、《雨霖铃》(“寒蝉凄切”)等词借景寓情,俗而能雅,是他的精心之作,尤传诵于后世。苏轼作为词的革新家,又不满于柳永词沉吟于风花雪月之中,肆力打破诗词界限,把艺术的笔触伸向了广阔的现实生活和个人极其丰富的内心世界,扩大了词的题材,提高了词的意境,丰富了词的表现手法,使词成为独立的抒情诗体。这就是所谓"以诗为词"。苏轼的词达到了"无意不可入,无事不可言"的境界。他用词来写景、抒情、怀古.感旧、记游,甚至说理谈禅,风格多样。《江城子》("十年生死两茫茫")、《水龙吟》(次韵章质夫杨花词)词笔细腻、风情婉转,《念奴娇》(赤壁怀古)、《水调歌头》("明月几时有")高歌入云、逸怀浩气,都有很高的艺术成就。给宋词带来了新气象,启迪了南宋豪放词派的诞生。这时的秦观、赵令畤、贺铸、黄庭坚等人也各有自己的成就,他们共同创造了北宋词坛多种风格相互竞争的繁荣局面。

集北宋婉约词之大成的是周邦彦。周邦彦基本承袭了柳永词的余风,仍表现男女恋情和羁愁行役等传统内容,但由于他妙解音律,有很高的艺术修养,在使词艺趋于精美化方面功不可没。读他的词,可以感受到他的章法结构变化的多样性、表现技巧的丰富性、音律语言的谐畅精工。南宋的格律派词人,无不在艺术上受到他的熏染。

在南北宋之交,还出现了我国古代最优秀的女词人李清照。她的词意境深厚,感情宛曲,造语清新,尤其是南渡以后的作品如《声声慢》("寻寻觅觅")等,将国破家亡的悲愤与身世漂泊的伤痛融合一气,缠绵抑郁,感人心魄,其审美价值大大超过了早期主要抒写闺情的篇什。

宋室南渡以后,宋词跨入了一个新的发展时期。感时伤乱,抒发爱国情怀,成为词的一大主题。南宋初词人大多亲历靖康之变,故其词作突破了北宋末年的平庸浮靡,表现了鲜明的时代特征。著名的有张元干、张孝祥、陈与义、向子諲、朱敦儒等,他们上承苏轼一脉,下启辛派词风,是两者之间的重要过渡。南宋最伟大的爱国主义词人当推辛弃疾。辛弃疾生当南宋衰世,有出将入相之才,满怀抗金报国的凌云之志,但受朝廷妥协苟安政策的羁缚,壮志难酬,郁愤深积,只得将一腔爱国情怀寄之于词,使宋词的思想境界和精神面貌达到了光辉的高度。他继承东坡词的豪放风格而加以发展,尤其是他驾驭语言的功力极深,能将经史子集之语熔铸入词而一如己出,前人称其"以文为词",辛词又深于寄托,融传统的婉约和豪放于一体，人称他的词作是“色笑如花，肝肠如火”。把词的艺术提高到一个新的境界。名篇如《破阵子》（“醉里挑灯看剑”）打破传统的章法结构；《永遇乐》（“千古江山”）壮怀激烈，豪气逼人；而《摸鱼儿》（“更能消几番风雨”）缠绵哀怨之中有“裂帛之声”；《清平乐》（“茅檐低小”）清新活泼，都各具特色。同时的陈亮、刘过等，风格似辛却有点剑拔弩张。后世属于辛派的词人还有刘克庄、刘辰翁。

南宋词人姜夔继承周邦彦，走上了尚风雅、主格律的创作道路。他的词作以纪游、咏物、怀人为主要内容，意境清空，格调骚雅，音律严整，在艺术上冠绝一时。史达祖、高观国等人是他的羽翼。在词风偏于疏宕的南宋，吴文英词却倾向于密丽的风格，人称“七宝楼台”，可谓一枝独秀。由宋入元的重要词家尚有张炎、周密，王沂孙等，随着南宋王朝的覆灭，他们哀怨衰飒的词作成了宋词的尾声余韵。

词在南宋已达高峰，元代散曲流行，诗词乃退居其后。

明代诗歌是在拟古与反拟古的反反复复中前行的，没有杰出的作品和诗人出现。

清代诗词流派众多，但大多数作家均未摆脱拟古主义和形式主义的套子，难有超出前人之处。清末龚自珍（1792—1841）以其先进的思想，打破了清中叶以来诗坛的沉寂，领近代文学史风气之先。他的诗常着眼于社会、历史和政治的观点来揭露现实，使诗成为现实社会的批判工具。后来的黄遵宪（1848—1905）、康有为（1858—1927）、梁启超（1873—1929）等新诗派更是将诗歌直接用作资产阶级改良运动的宣传载体。

“五四”文学革命中，中国的现代文学诞生了。1917 年胡适（1891—1962）首先在《新青年》上发表了白话诗 8 首，并提出“诗体大解放”的主张，倡导不拘格律、不拘平仄、不拘长短的“胡适之体”诗。在新诗诞生过程中，刘半农、刘大白、康白情、俞平伯是创作主力。经过他们的努力，新诗形成了没有一定格律，不拘泥于音韵，不讲雕琢，不尚典雅，只求质朴，以白话入行的基本共性。最早出版的新诗集有：胡适的《尝试集》、俞平伯的《冬夜》、康白情的《草儿》和郭沫若的《女神》。

郭沫若的《女神》带着狂飙突进的“五四”时代精神，带着不同于其他白话诗的鲜明艺术性，为新诗奠定了浪漫主义的基础。《女神》也是新诗真正取代旧诗的标志。它成功地创造、运用了自由体形式,将新诗推向新的水平。

经过开辟阶段,新诗形成了以自由体为主,同时兼有新格律诗、象征派诗的较为完善的形态。

文学研究会的作家们创作了大量的自由体诗,他们的诗多以抒情为主,表现了觉醒后的小资产阶级知识分子的追求与苦闷。其中朱自清的成就较为突出。他的诗突出地表现了积极进取的精神,如《光明》一诗表达了作者不靠施舍、踏实求索的愿望。还有《匆匆》《自从》《毁灭》等诗都表现了历经坎坷与幻灭,追求理想之心不渝的坚韧。文学研究会中自成一家的冰心,受泰戈尔《飞鸟集》的影响,创作出版了《繁星》《春水》两部诗集。她的这些诗都被称作"繁星体"。她的"繁星体"诗多表现母爱、童真和自然之情,满蕴温柔、忧愁之风。

怒吼的诗指的是瞿秋白和蒋光赤等共产党员作家的政治抒情诗,其中蒋光赤(1901—1931)的诗最多。他的诗中具有鲜明的社会主义色彩,如《太平洋中的恶象》《中国劳动歌》《哭列宁》等诗一扫当时许多新诗中的缠绵悱恻之调,充满了阳刚之音,但他的政治抒情诗存在内容较空泛的弊病。

在新诗创作中,爱情诗这一领域当属湖畔诗社的诗最为引人注目,汪静之(1902—1996)、应修人(1900—1933)、潘漠华(1902—1934)和冯雪峰(1903—1976)是其中的主力。他们的诗中所描写的爱情大胆而袒露,其间所显现出的质朴、单纯的美是最打动人的地方。

写自由体诗的冯至(1905—1994)也是比较有成就的诗人。他的诗既写爱情,也写亲情和友情,出版有《昨日之歌》《北游及其他》等诗集。

提倡格律诗的是新月派。闻一多(1899—1946)为格律诗理论做出了很大贡献。为建设新格律诗,闻一多提出建设诗歌的音乐美、绘画美、建筑美,并为此进行了艰苦的创作实践。闻一多有两部诗集《红烛》和《死水》。在他的作品中,爱国主义情感贯串始终。此外,他的诗还表现了"五四"时期积极向上,进取追求的精神风貌。他的艺术表现方法是浪漫主义的。他常选择某一形象来托物寄情。他善用贴切的比喻以增强诗的形象性和艺术感染力。他的诗具有他所提出的音乐美、绘画美、建筑美,这一特点对整个格律派产生过重大影响。徐志摩(1896—1931)是新月社的另一重要诗人。他的诗主要表达对光明的追求、对理想的希冀、对现实的不满。表现个性解放、追求爱情的诗在徐志摩的创作中占有重要地位。他的诗风婉约,文字清爽、明净,感情渲染浓烈、真挚,气氛柔婉、轻盈,表现手法讲究而多变。他的诗多收于《志摩的诗》《翡冷翠的一夜》《猛虎集》《云游》等诗集中。

几乎在新月派活跃的同时,象征派的诗也出现在中国的诗坛上。象征派的诗既不真实描写,也不直抒胸臆,而是常采用不同于常态的联想、隐喻、幻觉、暗示等手段制造朦胧、神秘的色彩。李金发(1900—1976)是象征派的代表人物,著有《微雨》《为幸福而歌》等诗集。他的诗反映了"五四"之后一些知识分子面临茫然的前途时而产生的悲观情绪。李金发被人称为"诗怪",是因其诗怪诞,可读性较差,但他的诗也有许多成功之处,如诗中大量形象鲜明的比喻、形象化的语言、表现强烈的感觉等皆为许多人所不及。其他成绩较为突出的象征派诗人还有王独清、穆木天和冯乃超。

20 世纪 30 年代,左翼诗派以高昂的战斗激情领诗坛一派风骚。殷夫(1909—1931)是重要的政治抒情诗人。他的诗热情颂扬无产阶级革命,生动描绘工人运动的战斗场面。因为有实际斗争经验,所以他的诗感情充沛而真挚又不流于空泛,艺术风格朴实、粗犷,代表作品有《血字》《1929 年的 5 月 1 日》《我们的诗》等。左翼诗派的重要代表团体是中国诗歌会。他们的艺术主张是诗歌大众化,倡导诗歌面向下层人民,歌唱抗日救亡运动,代表诗人是蒲风(1911—1942)。

新月派之后,描写现代人在现代生活中的现代情绪的现代诗派兴起,戴望舒(1905—1950)是现代诗派的主要诗人。他因 1928 年发表的《雨巷》一诗而获"雨巷诗人"的美名,曾出版过《我的记忆》《望舒草》等诗集。这些诗作集中表现了知识分子在大革命失败后的幻灭感和孤独感。他的诗大量采用象征意象,但因贴近主观情绪,诗意虽曲折、朦胧但并不过于晦涩。他常用的譬喻也新鲜而贴切。富于节奏感是他的诗的另一特色。

抗战开始后诗坛上最重要的诗派是七月派。七月派的重要诗人是胡风、艾青、田间、亦门、鲁藜、邹荻帆等。在他们的创作中,政治抒情诗占有很大比重,内容多充满爱国主义激情,呼唤人们的抗敌斗志。七月派在艺术上注重以炽烈的激情去撞击人们的心灵,而不讲究文学的雕琢、修辞。质朴、粗犷、奔放是七月诗人共有的艺术特色。

40年代后半期,被后来称为民歌体的新诗在解放区农村成熟了。民歌体新诗的突出成就表现在李季与阮章竞的叙事诗中。

马凡陀是袁水拍(1906—1982)40年代中期发表讽刺诗时用的笔名。他在这一时期的诗结集为《马凡陀的山歌》,这是当时国统区最有影响的政治讽刺诗集。它多以市民熟悉的民谣、小调写成,轻松、诙谐而又锐利、泼辣,锋利的笔锋扫荡了末日社会的各个角落。

1949年中华人民共和国成立后,诗歌进入新的发展阶段,新题材、新主题伴随着新生活应运而生。诗人们满怀激情抒写了一首首新时代的颂歌。同时,新的社会也造就出一批诗坛新人和崭新的作品。他们是:邵燕祥和他的《歌唱北京城》《到远方去》,森林诗人傅仇和他的《伐木者》,严阵的《老张的手》,未央的《祖国,我回来了》,李瑛的《军帽下的眼睛》,公刘的《边城短歌》和《黎明的城》,顾工的《喜马拉雅山下》等。此外,诗歌形式有所创新,吸取民歌营养的信天游、接受外来影响的阶梯式、新格律诗等形式相继出现。

50年代末60年代初,诗歌兴起了新民歌运动,发展了传统民歌。政治抒情诗以独立的艺术形式在60年代出现,郭小川、贺敬之是当时两位优秀的政治抒情诗人。这一时期诗歌创作的另一突出成就是长篇叙事诗的丰收。郭小川的《深深的山谷》《将军三部曲》以新颖的形式和深邃的思想享誉诗坛,李季的《杨高传》、闻捷的《复仇的火焰》、韩起祥的《翻身记》、王致远的《胡桃坡》、臧克家的《李大钊》、田间的《赶车传》等也都别具特色。

但取得成绩的同时,这一时期的诗歌创作也存在着题材、主题、形式、风格不够丰富的缺点。

新时期以来,沉寂十载的诗坛呈现出百花齐放的新景象。诗歌在表现手法上,得以向古今中外广泛借鉴,形式则更趋于松散的自由体,风格千姿百态。新时期初期,欢呼胜利、反思历史的诗歌继承了现实主义的传统,并使之继续发展。与此同时,一批青年诗人,如舒婷、顾城、江河等在70年代末、80年代初快速成长起来。

他们的诗通常表现出一种晦涩的、不同于寻常的复杂情绪，人们谓之“朦胧诗”。

80年代中后期以后，诗坛又出现了自称为“第三代诗人”的现代派潮流。所谓“第三代诗人”是相对于1949－1976年间的第一代及以朦胧诗为代表的第二代诗人所界定的概念，泛指朦胧诗以后到90年代这段时间出现的一批诗人。第三代诗歌被看作中国当代诗歌的分水岭。这类诗歌呈现出反理性，反崇高，反英雄倾向，倡导小人物，平民意识；重视流派与理论建设；在创作上具有高度的语言意识，用口语化的语言拓展了当代新诗发展的空间。

进入21世纪，随着中国社会多元文化格局的生成定型及环境的日益宽松，诗歌写作在语言风格、表现手法、题材取向、美学形态等方面呈现出新时期以来罕见的丰富性与驳杂性。从语言角度来看，“书面语写作”“口语写作”以及“书面语加口语”的“复合型写作”并行不悖，且持各种语言写作向度的诗人人数众多，蔚为大观。诗歌写作中，出现了两个颇为鲜明的艺术“增长点”。一个明显的“增长点”是“人性化写作”倾向的出现。“人性化写作”在诗歌的内容上普遍增强人性体验的深度与广度，显示出对人的日常生存境遇与生命本身的关注。除了“民间写作”与“知识分子写作”的代表性诗人写出一批力作之外，独立于“两大诗歌阵营”之外的一大批诗人均创作出了“人性化写作”的文本。另外一个明显的“增长点”便是近些年出现的“长诗热”现象。新世纪以来，许多诗人投入大量精力与心血进行着长诗的创作，意图通过营造在结构上较具规模与难度的诗歌文本来实现自己某种宏大的艺术追求。

1.2.2 中国诗歌的分类

中国诗歌可分为古代诗歌和现代诗歌。

(一)古代诗歌

古代诗歌可以从音律和内容划分为更细的类别。

1.按音律分

按音律分，中国古代诗歌可分为古体诗和近体诗两类。古体诗和近体诗是唐代形成的概念,是从诗的音律角度来划分的。

(1)古体诗。

包括古诗(唐以前的诗歌)、楚辞、乐府诗。“歌”“歌行”“引”“曲”“吟”等古诗体裁的诗歌也属古体诗。古体诗不讲对仗,押韵较自由。

①楚辞体。是战国时期楚国屈原所创的一种诗歌形式,其特点是运用楚地方言、声韵,具有浓厚的楚地色彩。东汉刘向编辑的《楚辞》,全书 17 篇,以屈原作品为主,而屈原作品又以《离骚》为代表作,后人因此又称“楚辞体”为“骚体”。

②乐府。本是汉武帝时掌管音乐的官署名称,后变成诗体的名称。汉、魏、南北朝乐府官署采集和创作的乐歌,简称为乐府。魏晋和唐代及其后诗人拟乐府写的诗歌虽不入乐,也称为乐府和拟乐府。如《敕勒歌》《木兰诗》《短歌行》(曹操)。一般来说,乐府诗的标题上有的加“歌”“行”“引”“曲”“吟”等。

③歌行体。是乐府诗的一种变体。汉、魏以后的乐府诗,题名为“歌”“行”的颇多,二者虽名称不同,其实并无严格区别,都是“歌曲”的意思,其音节、格律一般都比较自由,形式采用五言、七言、杂言的古体,富于变化,以后遂有“歌行”体。到了唐代,初唐诗人写乐府诗,除沿用汉魏六朝乐府旧题外,已有少数诗人另立新题,虽辞为乐府,已不限于声律,故称新乐府。此类诗歌,至李白、杜甫而大有发展。如,杜甫的《悲陈陶》《哀江头》《兵车行》《丽人行》,白居易的许多作品,其形式采用乐府歌行体,大多三言、七言错杂运用。

(2)近体诗。

与古体诗相对的近体诗又称今体诗,是唐代形成的一种格律体诗,分为两种,其字数、句数、平仄、用韵等都有严格规定。一种称“绝句”,每首四句,五言的简称五绝,七言的简称七绝。一种称“律诗”,每首八句,五言的简称五律,七言的简称七律,超过八句的称为排律(或长律)。律诗格律极严,篇有定句(除排律外),句有定字,韵有定位(押韵位置固定),字有定声(诗中各字的平仄声调固定),联有定对(律诗中间两联必须对仗)。例如,起源于南北朝、成熟于唐初的律诗,每首四联八句,每句字数必须相同,可四韵或五韵,中间两联必须对仗,二、四、六、八句押韵,首句可押可不押。如果在律诗定格基础上加以铺排延续到十句以上,则称排律,除首末两联外，上下句都需对仗，也有隔句相对的，称为“扇对”。再如，绝句仅为四句两联，又称绝诗、截句、断句，平仄、押韵、对偶都有一定要求。

(3)词。

又称为诗余、长短句、曲子、曲子词、乐府等。其特点：调有定格，句有定数，字有定声。字数不同可分为长调(91字以上)、中调(59～90字)、小令(58字以内)。词有单调和双调之分，双调就是分两大段，两段的平仄、字数是相等或大致相等的，单调只有一段。词的一段叫一阕或一片，第一段叫前阕、上阕、上片，第二段叫后阕、下阕、下片。

(4)曲。

又称为词余、乐府。元曲包括散曲和杂剧。散曲兴起于金，兴盛于元，体式与词相近。特点：可以在字数定格外加衬字，较多使用口语。散曲包括有小令、套数(套曲)两种。套数是连贯成套的曲子，至少是两曲，多则几十曲。每一套数都以第一首曲的曲牌作为全套的曲牌名，全套必须同一宫调。它无宾白科介，只供清唱。

2.按内容来分类

可分为送别诗、边塞诗、山水田园诗、怀古诗(咏史诗)、咏物诗、悼亡诗、行旅诗和闺怨诗。

(1)怀古诗。

一般是怀念古代的人物和事迹。咏史怀古诗往往将史实与现实扭结到一起，或感慨个人遭遇，或抨击社会现实。如，苏轼《念奴娇·赤壁怀古》，感慨个人遭遇，理想和现实的矛盾，年过半百，功业无成。辛弃疾《永遇乐·京口北固亭怀古》表达对朝廷苟且偷生的不满，抨击社会现实。也有的咏史怀古诗只是对历史做冷静的理性思考与评价，或仅是客观的叙述，诗人自身的遭遇不在其中，诗人的感慨只是画外之音而已。如，刘禹锡的《乌衣巷》，今昔对比，表达了诗人的历史沧桑之感。

(2)咏物诗。

咏物诗的特点：内容上以某一物为描写对象，抓住其某些特征着意描摹。思想上往往是托物言志。由物到人，由实到虚，写出精神品格。常用比喻、象征、拟人、对比等表现手法。

(3)山水田园诗。

南朝谢灵运开山水诗先河,东晋陶渊明开田园诗先河,发展到唐代,有山水田园诗派,代表人物是王维、孟浩然。山水田园诗以描写自然风光、农村景物以及安逸恬淡的隐居生活见长,诗境隽永优美,风格恬静淡雅,语言清丽洗练。

(4)战争诗。

从先秦就有了以边塞、战争为题材的诗,发展到唐代,由于战争频仍,统治者重武轻文,士人邀功边庭以博取功名比由科举进身容易得多,加之盛唐那种积极用世、昂扬奋进的时代气氛,于是奇情壮丽的边塞诗便大大发展起来了,形成一个新的诗歌流派,其代表人物是高适、岑参、王昌龄。

(5)行旅诗和闺怨诗。

古人或久宦在外,或长期流离漂泊,或久戍边关,总会引起浓浓的思乡怀人之情,所以这类诗文就特别多,它们或写羁旅之思,或写思念亲友,或写征人思乡,或写闺中怀人。写作上或触景伤情,或感时生情,或托物传情,或因梦寄情,或妙喻传情。鉴赏这类诗要在整体感知的基础上确定情感类别;抓住意象,构建图景;抓住关键词语,体味艺术特点。

(6)送别诗。

古代由于交通不便,通信极不发达,亲人朋友之间往往一别数载难以相见,故古人特别看重离别。离别之际,人们往往设酒饯别,折柳相送,有时还要吟诗话别,因此离情别绪就成为古代文人一个永恒的主题。因各人的情况不同,故送别诗所写的具体内容及思想倾向往往有别。有的直接抒写离别之情,有的借以一吐胸中积愤或表明心志,有的重在写离愁别恨,有的重在劝勉、鼓励、安慰,有的兼而有之。

(二)现代诗歌

现代诗歌的分类也有多种方法,根据不同的原则和标准可以划分为不同的种类。基本的有以下几种:

1.叙事诗和抒情诗

这是按照作品内容的表达方式划分的。

(1)叙事诗。

诗中有比较完整的故事情节和人物形象,通常以诗人满怀激情的歌唱方式来表现。史诗、故事诗、诗体小说等都属于这一类。史诗如古希腊荷马的《伊里昂记》和《奥德修记》;故事诗如我国诗人李季的《王贵与李香香》;诗体小说如英国诗人拜伦的《唐璜》,俄国诗人普希金的《叶甫盖尼·奥涅金》。

(2)抒情诗。

主要通过直接抒发诗人的思想感情来反映社会生活,不要求描述完整的故事情节和人物形象。如,情歌、颂歌、哀歌、挽歌、牧歌和讽刺诗。这类作品很多,不一一列举。当然,叙事和抒情也不是绝然分割的。叙事诗也有一定的抒情性,不过它的抒情要求要与叙事紧密结合。抒情诗也常有对某些生活片断的叙述,但不能铺展,应服从抒情的需要。

2.格律诗、自由诗和散文诗

这是按照作品语言的音韵格律和结构形式分类的。

(1)格律诗。

格律诗是按照一定格式和规则写成的诗歌。它对诗的行数、诗句的字数(或音节)、声调音韵、词语对仗、句式排列等有严格规定,如,我国古代诗歌中的“律诗”“绝句”和“词”“曲”,欧洲的“十四行诗”。

(2)自由诗。

自由诗是近代欧美新发展起来的一种诗体。它不受格律限制,无固定格式,注重自然的、内在的节奏,押大致相近的韵或不押韵,字数、行数、句式、音调都比较自由,语言比较通俗。美国诗人惠特曼(1819－1892)是欧美自由诗的创始人,《草叶集》是他的主要诗集。我国“五四”以来也流行这种诗体。

(3)散文诗。

散文诗是兼有散文和诗的特点的一种文学体裁。作品中有诗的意境和激情,常常富有哲理,注重自然的节奏感和音乐美,篇幅短小,像散文一样不分行,不押韵,如,鲁迅的《野草》。

1.3 中国诗歌英译的方法

1.3.1 中国诗歌英译的标准

翻译标准是翻译活动必须遵循的准绳,是衡量译文质量的标尺,也是译者应努力达到的目标。中国诗歌英译标准在遵循翻译的基本标准外,还应遵循不同于小说、散文等体裁的独特标准。

1.侧重原语的标准

国内早期的诗歌翻译标准从无到有,从略具雏形逐渐发展到系统化,早期的诗歌翻译标准大多以原语为中心。谈到"理想的译诗",成仿吾指出,"第一,它应当自己也是诗;第二,它应传原诗的情绪;第三,它应传原诗的内容;第四,它应取原诗的形式"。除第一点侧重译诗的"诗"质外,论者提出的后三点分别强调了"原诗"情绪、内容和形式的重要性。吴钧陶指出:"一个译者的最大的职责(如果不能说是唯一的职责)就是尽可能用另一种语言文字忠实地再现原文的精神和面貌。"刘重德结合自身翻译实践,提出了"信达切"翻译标准:信——保全原文意义,达——译文通顺易懂,切——切合原文风格,或曰信于内容、达如其分、切合风格。汪榕培曾多次用"传神达意"来概括自己的译诗原则。他在"国人译汉诗"一文中明确表示"要说我自己的翻译标准……只有四个字——更确切地说是一条四字成语——'传神达意'。关于这四个字还要两条注释。第一,'传神'就是传达原作的神情,包括形式(form)、语气(tone)、意象(image)、修辞(figure of speech)等等;'达意'就是表达原作的意义,尤其是深层意义(deep meaning),尽量照顾表层意义(surface meaning)。第二,这四个字不是并列结构('传神'和'达意'不是并重的),而是偏正结构('传神'是'达意'的状语,即'传神地达意')"。一首好的译诗首先要表达原作的基本意义,传神是在达意基础上的传神,是锦上添花,不达意则无神可传。在《陶渊明诗歌英译比较研究》前言中，他再次强调："我的翻译原则还是那四个字：传神达意。"在译作《诗经》收入"大中华文库"出版之际，汪榕培对"传神达意"的诗歌翻译标准做了进一步阐释：

首先，"达意"是翻译的出发点，我们试图准确地体现自己对于诗篇的理解和阐释。中国自古以来就有"诗无达诂"的说法，与当代的"读者接受论""译者主体性"，乃至"解构主义"等观点有相通之处，我们在译文中就是要表现我们对诗篇内容的解读思路……其次，单纯的"达意"还不够，必须是"传神地达意"，因为"传神"是翻译文学作品，尤其是翻译诗歌的精髓。"传神"既包括传递外在的形式，也包括传递内在的意蕴。关于内在意蕴方面的"传神"，自然是从整个篇章出发，涉及的内容是很广泛的，包括诗篇的背景、内涵、语气乃至关联和衔接等……从通过外在形式来"传神"的角度看，只有以诗歌的形式来译诗才能达到最佳的效果，因为诗歌跟一般的叙事作品的最大的区别在于它的主要功能不是表意的交际功能，而是表情的美学功能。诗歌的外在形式包括诗节、分行、节奏、韵律、意象等等，尽管由于语言、文化等方面的差异，诗歌翻译的时候必然会失去某些原有的特点，但是完全可以通过补偿的方式使其获得新的生命。

国外译者和翻译理论家的译诗标准也有侧重原语的，尽管他们的译诗实践并不一定符合自己提出的译诗标准。翟理斯在《古文选珍》1883 年版的总序中这样描述原作和译文的关系："必须永远牢记的是译者最多只不过是叛逆者，翻译作品只能是月光和水，而原作则永远是阳光和酒。"庞德的译诗目的是以意象派诗学改变译语主流诗学，虽然他的译诗错讹较多，但不能否认，他强调的仍然是偏重原语特质的译诗标准，而且正是中国诗歌鲜明的意象和简约的风格等成了意象派的精髓和生命力。祝朝伟认为，"庞德检验诗歌翻译的标准是译者是否传达了原作者的'思想状态'(state of mind)，是否传达了原作的'情感之力'，达到了理想的'效果'，实现了事物本身的'美'"。庞德认为译文应该忠实于原文的"意义"与"气氛"。这里所说的"气氛"是指文本内与文本之外的联想意义。庞德强调，翻译中最重要的是保留诗中"无法毁坏"的东西，不是细枝末节、词语的前后秩序等小问题。

2.侧重译语的标准

早期的许渊冲提出的翻译标准尽管也强调“忠实于原文的内容”,但他更加重视“通顺的译文形式”以及“发挥译语的优势”。所谓发挥译语优势,就是尽可能利用最好的译语表达方式,而不一定是对等的方式。1982 年许渊冲又在《中国翻译》发表《扬长避短,发挥译文优势》,后来改名为《扬长避短优化论》,这是许渊冲提出的第二个翻译新论,这个新论就更加旗帜鲜明地提出了以译语为中心的口号。之后,“书销中外六十本,诗译英法惟一人”的许渊冲提出了诗歌翻译的“三美论”——意美、音美和形美。许渊冲还指出:总之,在译诗竞赛中,应用三条标准:第一,译文是否达意,能使读者知之(理解),这是低标准;第二,译文是否传情,能使读者好之(喜欢),这是中标准;第三,译文能否感动读者,使其乐之(愉快),这是高标准。知之或者达意,标准容易统一。好之或者传情,乐之或者感动,可能因人而异。不论其译诗标准是否有“过于理想化”的弊端,不难发现,其关注点更多地是译诗在译语文化中的文学品性,他的诗歌翻译标准无疑是侧重译语的。美国诗人斯奈德说:“我从不立刻寻找字词。诗于我总是始于意象和节奏、诗形、情感、诗类和心灵深处的舞蹈。”他对原诗在译语中的表现形式和表现内容也倍加关注。此外,王红公的“同情观”也是侧重译语的。

诗歌翻译标准的多元化一方面反映了诗歌翻译理论的发展和进步,同时也暴露出诗歌翻译标准研究所存在的争论,有必要进一步深入探讨。而且,不难发现,以上列举的具有一定影响的翻译标准都较为宽泛、抽象。而为了在中国诗英译中实现英译的文本目的和文化目的,有必要构建较为具体的操作性较强的翻译标准。

1.3.2 中国诗歌英译的方法

尽管中国诗歌数量众多,但其翻译方法基本包括以下几种。

1.模仿原文的篇章组织形式

不仅原文的内部句式特点可以模仿,原文独特的篇章组织形式也需要译者仔细思索推敲,尽量模仿保留,能使译文读者获得与原文读者类似的美学享受,感受到原作的精妙。以元曲《天净沙・秋思》英译本为例进行分析：

天净沙・秋思

枯藤老树昏鸦，
小桥流水人家。
古道西风瘦马，
夕阳西下，
断肠人在天涯。

Cyril Birch 译本翻译如下：

Autumn Thought

Dry vine,old tree,crows at dusk.
Low bridge,stream running,cottages,
Ancient road,west wind,lean nag,
The sun westering
And one with breaking heart at the sky's edge.

Cyril Birch 保留了原诗的特点，用几个词组构成的简单意象成诗，保留了这种陌生化的表现形式，其长度与原诗大致相符，符合原诗简练的特点。意象派领袖人物庞德正是通过翻译中国古代诗歌，在其译作中直接保留意象并列的陌生化表现形式，从而开创了意象派，引领了英美诗歌的革新。

2.模仿原文的句式特点

对于原文中的一些特殊句法形式，译者应当充分利用汉语的灵活性，模仿原文的句式特点，以期取得与原文相类似的艺术效果，如陆游的《钗头凤》：

红酥手，
黄藤酒。
满城春色宫墙柳。
东风恶，
欢情薄。
一杯愁绪，

几年离索。

错、错、错！

许渊冲将其翻译成：

Pink hands so fine,

Gold-branded wine,

Spring paints the willows green palace walls can't confine.

East wind unfair,

Happy times rare.

In my heart sad thoughts throng:

We've severed for years long.

Wrong, wrong, wrong!

许先生的译诗用了三组尾韵，音响效果非常好。就保留原诗的句式而言，译诗采用长短句交错的方式，用字上与原句完全对应，音节数近似，尤其最后一句作者大胆模仿原文句式，保留了原文的形式美，是难得的文苑瑰宝。

3.模仿原诗的语音特点

在诗词中，诗人往往会采用独特的韵式，这样做除了使声音更加和谐悦耳之外，还有助于诗歌主题的传达。

如杜甫的《登高》一诗中有这样两句：无边落木萧萧下，不尽长江滚滚来。这里的"萧萧"和"滚滚"因使用了迭音迭字手段而产生一种音乐美效果，同时兼具视觉审美效果，于是许渊冲先生根据"三美"原则将其译为：

The boundless forest sheds its leaves shower by shower;

The endless river rolls its waves hour by hour.

这里，原诗的"无边"和"不尽"对仗工整，译文"boundless"和"endless"也是音、形、意俱美(-less/对-less，产生音、形双美；boundless 对 endless，产生意似之美)，而且可以看到"boundless"和"endless"，"leaves"和"waves"，"hour"和"shower"全都押韵，在模仿原作的语音特点方面，译者可谓费了不少心思。

4.模仿原文的造词法

杜甫曾在一首诗中写道:"为人性僻耽佳句,语不惊人死不休",即是诗人对诗词语言、造词严格要求的体现。"陌生化是诗歌语言的奇葩,是诗人高超艺术手法的体现。"如何在翻译中体现原诗千锤百炼的语言,传达作者的匠心,是值得译者深思的问题。以毛泽东的《七绝·为女民兵题照》为例:

飒爽英姿五尺枪,
曙光初照演兵场。
中华儿女多奇志,
不爱红装爱武装。

最后一句"红装""武装"的对比生动形象,读起来朗朗上口,辜正坤将其翻译为"Who love battle array instead of gay attire in show"传达了原文的意思,但是太直白,没能体现原文的精彩。为了补偿这种形式美,许渊冲将其翻译为:(They love) To face the powder and to power the face,这里重复"face"和"powder",第一个face是动词"面对",第二个是"名词";第一个"powder"是名词,指火药、硝烟,第二个则指"涂脂抹粉",形象地传达了"红装武装"的美。但也有人将其翻译为:they love to be battle-dressed and not rosy-dressed,这个译文里,dress既有"着装"之意又有"化妆"之意。这样还可以保留原文中"装"字在形式上出现两次的审美效果。

1.3.3 中国诗歌英译的步骤

遵循中国诗歌英译的基本步骤,可以使翻译顺序高效进行。中外译者经过多年实践,总结出来的翻译步骤值得我们借鉴。

1.诗歌翻译三步法

斯奈德以翻译寒山诗为例,说出了自己的译诗三步法。

(1)彻底了解原诗的文字。

(2)专心致志地把诗中的景象映射到脑海里,就像拍电影一样,用自己的语言写下在心中所看到的。

(3)把译诗与原诗加以对照以确定使之吻合。

2.诗歌翻译八步法

罗伯特·勃莱详细提出了诗歌翻译八步法:

(1)直译。把原诗直译成英语,然后对比原诗与译诗,发现译诗意义与原诗不合的地方。这是译诗的初稿。

(2)挖掘原作的意义。在这方面,我们最好能取得原文读者的帮助,弄清词语的细微意义。在这一阶段结尾,译者应自问:他是否领会了原作的思想感情。如果还没有领会,他最好放弃翻译的意图。

(3)如果我们决定继续翻译,我们就得在直译的译作中补充进去我们第一次翻译时失去的东西——意义。我们就得重新翻译,并考虑用自然的英语来表达。这样我们获得了译诗的第二稿。

(4)把原诗译成美国英语,如果诗歌是为美国读者翻译的话。因为我们要有生动活泼的翻译,就必须运用活的口语。这就像写作一样的道理。在这一阶段,我们需要运用我们的耳朵,听听每一个短语,每一个句子。这样,我们再重写译文,这是第三稿。

(5)这一阶段,我们需要考虑原诗的语气、情调和气氛。我们还需运用我们的耳朵——这一次不是用耳朵去听语言的声调或节奏,而是去听诗人的心声。因此,译者最好自己是个诗人,有写诗的经验,才能体会原作诗人的情绪和原诗的气氛。这时,我们重新翻译时,就要纠正在第四阶段只注意活的口语而造成的在语气、情调和气氛上的问题。我们要使译诗的情调尽可能地接近原诗。这样,我们就有了第四稿。

(6)第六步,我们得考虑音调和节奏。要体会原诗的音调和节奏,最好的办法是反复背诵原诗。然后模仿原诗的节奏修改译诗。这是第五稿。

(7)在这一阶段,我们又得依靠原文读者的帮助来阅读我们的译稿,并进一步检查领会某些词语的隐含意义,然后再做出修改。这是第六稿。

(8)最后,我们要定稿了。在定稿过程中,我们要重读所有的草稿,也许会发现某些可取之处,并做最后的音调和节奏调整。在这最后阶段,我们也可借鉴前人的翻译和评论。

勃莱的八步法值得借鉴,但也有许多问题。比如,林同端曾提出,“很明显地当然是要掌握原诗的内容,也就是其中的思想感情,尤其是主题。我觉得在下笔之前必须把原诗不断地吟哦诵读”。的确,对原诗吟哦诵读有助于译者理解原诗的情感、主题和音乐美等。在唐诗英译中,译者不可能找到原作者与其商榷,却可以查阅相关的文献资料、研究成果,以更好地理解原诗的意义和情感。第四步提到,“运用活的口语”也不一定适用于所有的译诗。如果原诗具有口语化的风格,当然可以运用活的口语,但如果原诗正式而典雅,就应该采用相应的表达方式,以再现其风格特征,而不能以口语风格代替原诗的风格。尽管第五步是调整的过程,可适当调整与原诗风格不符之处,但如前所述,第四步却是走了一段小小的冤枉路,不如直接否定第四步“运用活的口语”这一提法。第六步所说的“模仿原诗节奏”也不适用于汉英之间的翻译,因为汉英之间差别巨大,模仿原诗的节奏没有什么意义。而在第八步中借鉴前人的翻译和评论,在操作步骤上也似嫌太晚。

3.诗歌翻译五步法

根据翻译三步法和八步法,本书尝试提出诗歌英译的五步法。

(1)明确翻译的文本、文化目的。翻译包括创作成分,但翻译不是创作,只有以原诗文本、文化内涵为中心进行翻译,才能保留所译诗歌的文本意义和文化内涵。

(2)理解原诗的意义和风格。查阅与原诗相关的背景资料,历代诗论精华,学术研究成果,辨别其中的误读误释,剔除其中的偏颇之论,阅读甚至大声朗读需要翻译的诗歌,体会原诗的平仄、重点、结构、主题、意义和风格等。

(3)选择诗体、韵律等试译。考虑原诗诗体的特点,选择适当的诗体尝试翻译。如古体诗可用自由体译出,近体诗则考虑用格律体译出。但采用怎样的格律需要在译诗中根据诗意诗境的再现做出合理的选择。试译过程中,可以参考古今中外译文,对已有译文做出批评性鉴赏,学习已有译诗的长处,但不为已有译文的诗体、韵律等所限囿。

(4)根据译诗标准修改译诗。诗歌翻译的三层次标准——和谐说—格似意合境类—诗歌八美标准——可以指导译者客观应对中西诗歌之间的差异,从宏观、中观和微观层次上评估诗歌翻译的质量,保证译诗对原诗意义、风格、意境等的再现。

诗不厌改,译诗也要精益求精。重复第三、第四步,使译诗尽量达到诗歌翻译三层次标准的要求。

(5)定稿之前的工作。诗歌翻译可以由译者独立进行,也可以听取同行专家的意见修改完善。如果译诗能够传达原诗的文本意义和文化内涵,能达到诗歌翻译三层次标准的要求,就可以定稿。如果有合作译者,则应在沟通、交流的基础上重复第四步,直到所有合作译者达成一致,方可定稿。

1.4 中国诗歌英译的发展

中国诗歌英译作品出现于20世纪初,源于中西方文化的交流。最初由英美译者翻译,后有一些中国译者加入。研究中国诗歌的英译,应了解其发展历史。

1.4.1 中国诗歌英译的初期

19世纪中期,鸦片战争迫使中国向西方列强打开了国门,政治、经济上的强势使西方国家形成强烈的民族优越感。在物质利益和宗教文明的扩张本性下,西方国家利用翻译向中国兜售其文化精神产品,推行文化话语霸权,同时构建出野蛮落后的中国"他者"形象,以凸显自身的文明形象①。因而当时中西文化处于劣势和优势、被动和主动的对立地位,中国文化作品的对外翻译数量极少,文化交流无法以平等对称的方式进行。

在20世纪初,中国文化和西方文化皆处于转型阶段,面临各自的政治、精神危机,双方都产生向他者学习借鉴的迫切需要。中国需要为古老的传统加入现代文明的新鲜血液,而西方需要借助东方文化促进物质文明和精神文明的均衡发展。

对中国而言,这一时期中国的有识之士已经具有向西方学习的自觉意识,他们

① 刘文军.翻译·文学·形象他者建构[J].外语与翻译,2010(4).

不但翻译了大量文献,介绍西方先进的科学技术和政治经济体系,而且逐渐重视国外文学对于重建思想文化和中国文学的作用,对西方文学作品的输入有了大幅增长。而西方世界为了克服物质文明的发展所带来的空前的精神危机,亟须挣脱西方文化中心主义的桎梏,从东方文化的精神资源中寻求摆脱精神危机的途径。1922 年英国哲学家罗素说:“不同文化之间的交流过去已被多次证明是人类文明发展的里程碑。希腊学习埃及,罗马借鉴希腊,阿拉伯参照罗马帝国,中世纪的欧洲又模仿阿拉伯,而文艺复兴时期的欧洲则仿效拜占庭帝国。”罗素表现出对异质文化价值的重视和对文化交流作用的肯定,在一定程度上代表了西方有识之士对东方文化的迎纳心态。罗素还特别将中国文化与西方文化进行了对比,认为前者在三方面优于后者:第一,在艺术方面,象形文字高于拼音文字;第二,在哲学方面,儒家的人本主义优于宗教的神权思想;第三,在政治方面,“学而优则仕”高于贵族世袭制。

为了征服人与自然、物质与精神相分裂所造成的精神危机,一批西方作家极目东眺,承载着中国文化精髓的中国古典文学遂成为他们的精神甘泉。中国古典文学中优美宁静的风光、物我两忘的意境以及淡薄平和的生存智慧,成为抚慰西方读者心灵创伤的良药。于是,中国古典文学(尤其是诗歌)以空前的规模走进了西方世界。

向英语读者系统地介绍中国诗歌的英语学者首推理雅各(James Legge)。理雅各是英国传教士,在中国办学和传教长达 30 年。他熟谙中国文化,在中国学者王韬的协助下,将一系列中国古典文学作品译成英文,题为《中国经典》(*The Chinese Classics*,1861—1870),其中包含有《诗经》和《楚辞》的翻译。而另一位英国汉学家翟理斯(Herbert A. Giles)曾任英国驻华大使和剑桥大学中文教授,对中国文学经典兴趣浓厚,他编译的《古文选珍》(*Gems of Chinese Literature*,1884)介绍了大量中国历代诗文作品,为中国文学的西行传播铺垫了坚实的基础。循此蹊径,20 世纪的头 30 年迎来了中国诗歌英译的第一波高潮。

而美国的中国诗歌英译活动得益于意象派的诗歌革新,最早见于诗人庞德的《神州集》、洛威尔的《松花笺》等作品。诗歌英译促进了意象派诗歌的产生和发展,对现代英美诗坛产生了重大的影响。意象派诗歌是对英美传统诗歌的创新和突破,强调意象的简洁、客观和自身的表现力,摒弃矫揉造作的冗赘诗风,颇类似于中国诗歌"不著一字,尽得风流"的意境表现手法.给英美诗歌的发展带来了健康的影响。美国哥伦比亚大学出版的《中国诗选》中说:"如果没有中国诗的存在,简直很难想象今天英美诗的面目。"

这一时期英美出版了多种中国诗歌英译本,上述译作之外,较有影响的还包括:英国汉学家克莱默-宾编译的《玉琵琶:中国古诗选》、韦利的《汉诗一百七十首》、弗莱彻翻译的《汉诗精华》和《汉诗精华续编》、美国诗人译者宾纳与中国学者江亢虎合译的《群玉山头:唐诗三百首》等。这些作品译者们的译诗风格、方法各不相同,有些还必须依赖中介语言或他人的合作,但他们的作品受到许多英美读者的欢迎,有些甚至跻身于英美文学经典之列。

1.4.2 中国诗歌英译的繁荣期

在20世纪50年代后,中国诗歌英译进入了繁荣期。第二次世界大战之后,西方世界进入后殖民时期的资本主义阶段,经济快速复苏,然而知识分子精神上的隔离、孤独、压抑等病态表征并未随之消失,而是演变为消解、迷失、破裂等后现代精神病状,对西方商业文明和物质神话痛感失望。通过开展以反对男权、反对战争扩张、反对种族歧视为代表的一系列社会运动,人们希望找回与自然、与社会、与内心相和谐的生活环境和方式。在这样的社会历史背景下,代表中国传统思想文化的儒、释、道哲学思想走进西方视界,"天人合一""回归自然""中庸之道"和"平和宁静"等观念再度受到关注,掀起了诗歌英译的繁荣期。从20世纪50年代起,中国诗歌影响英美诗坛和思想文化领域,涉及范围之广、持续时间之久,远胜于二三十年代,各个时期的中国诗歌都受到了英美学术界不同程度的关注。

英国汉学家继续在这一领域产生重要影响,白英(Robert Payne)编译的《白驹集:中国古今诗歌新译》(1947)所选诗歌自《诗经》始,经屈原、陶渊明、杜甫、李白、白居易和苏东坡等,至现当代中国诗人,此译本以选材广泛和译文上乘等特点在英语世界产生很大影响,并启迪了后来的学者对中国诗歌的喜爱之情。而韦利翻译的《九歌》(1955)、霍克斯翻译的《楚辞》(1959—1985)、葛瑞汉翻译的《晚唐诗》(1965)都是英国汉学研究的杰出代表作品。

而美国已成为战后英语世界的汉语研究中心。庞德(1954)和麦克诺顿凭借各自的独特理解分别翻译出版了《诗经》的英译本,使儒家经典诗歌深入西方文化。华兹生(Burton Watson)编译的《中国韵文》和《哥伦比亚中国诗选:从早期至13世纪》是影响较大的中国诗歌选集,尤其是后者涵盖了中国诗歌史上最具代表性的诗人及其作品,是英美翻译介绍中国诗歌的重要译著。长期在美国工作的英国汉学家白之(Cyril Birch)于1965年和1972年分别出版了《中国文学选集》的第一卷和第二卷。该选集兼收并蓄,材料丰富,除了收入他自己英译的中国诗歌外,还有其他30多位译者的译诗,集中体现了20世纪中期英美学术界翻译和研究中国古典文学的水平和成就。

美国华裔学者的翻译、研究力量也不断壮大。罗郁正和柳无忌合编的中英文版中国古典诗词选集《葵晔集》1975年出版,该书收录了145位诗人的近千首诗词曲作品,由多位美国和加拿大知名译者翻译,内容丰富,体例完备。对有意深入了解中国文学的西方读者具有重要的参考价值。叶维廉翻译的《汉诗英华》选译了自《诗经》至元曲的150多首中国诗歌,被英美许多大学作为教材并多次重印。

这一阶段,唐诗依然在中国古典诗歌的翻译介绍中占据很大比例。而且对于唐代诗人及作品的选择,英美翻译家和读者的兴趣也在发生变化,他们除了继续对李白、王维、白居易的作品表现出兴趣之外,还将视野扩展到其他一些诗人。例如杜甫虽然在中国文学史上地位极高,被誉为"诗圣",但其诗作在诗歌英译的初期受到的关注较少,这可能与其作品精巧深邃、典故较多、不易被人理解有关。而到了这一时期,杜甫诗歌明显受到了重视。洪业(William Hung)著译的《中国最伟大诗人杜甫诗歌注释》由美国哈佛大学出版社出版,是这方面最为突出的成就。此外,雷克斯洛斯经过艰苦努力,翻译发表了《汉诗百首》,其中收录35首杜甫诗,而库柏(Arthur Cooper)著有《李白与杜甫》,收有多首李白与杜甫诗作译文①。

---

① 朱徽.中国诗歌在英语世界——英美译家汉诗翻译研究[M].上海:上海外语教育出版社,2009.

另一位值得提及的是诗僧寒山。唐代诗人英才辈出,寒山在中国文学史上并不醒目。但其诗作是禅宗佛学的生动体现,反映了回归自然和反抗社会习俗的精神,主题与基调都与20世纪50至70年代英美和西方社会文化的特殊需求不谋而合,因而寒山的诗歌被斯奈德、白之、华兹生等人译介之后,随即在美国文坛和美国社会引起热切关注。寒山诗歌中所包蕴的恢复人的本性、追求人与自然和谐的禅味在思想上直接影响了"垮掉的一代"作家的创作,并且成了"披头族"的精神食粮,为他们挣脱现代文明的罗网、体味自然和真我、实现身心统一提供了精神支柱。

可以看出,第二次世界大战以后至70年代,英美国家对中国诗歌的译介范围、理解深度和接受程度在不断拓展,此期中国文学对西方文学的影响虽非全面,但却深刻。政治、军事、经济格局的变化深刻影响了社会意识形态、主流诗学和读者需求,英美国家的出版社和研究机构敏于时势,鼓励、赞助译者译介中国文化经典作品,而英美汉学家和诗人们则积极回应时代召唤。结合个人学术倾向、选取符合社会需求的中国古典文学作品进行翻译。他们通过孜孜不懈的努力,取得了良好的文化交流效果,为西方读者解读中国经典、了解中国文化打开了一扇智慧之门。

1.4.3 中国诗歌英译的新时期

1.中国诗歌在英美的翻译情况

进入世纪之交的新阶段,东西方政治、经济领域的合作多于纷争,国家之间的翻译活动日益频繁,翻译的文本类型不断多样化,而文学作品的翻译比例反而相对缩小。资料显示,同20世纪初期及70年代相比,现在的西方读者对中国诗歌的热衷程度呈现下降趋势,诗歌译集的出版种类和数量相对减少,英译中国诗歌在英语国家的文学地位有所回落。然而回落并不代表停止,相对降低的比例并不意味着绝对数量的减少,全球化的总体趋势和翻译的专业发展促使英美国家对中国古典诗歌继续译介。老一辈汉学家再接再厉,新一代诗人译者层出不穷,在个人译著、文学选集、学术著作几个方面都有不俗的表现。

老一辈汉学家华兹生六七十年代翻译过苏东坡、寒山、陆游等的多部诗作,此时依旧勤耕不辍,再创佳绩,出版了新作《白居易诗选》和《杜甫诗选》。两本译集分别挑选了120多首诗篇,而华兹生的翻译不仅涉及广为传诵的名篇,也包括个人认为值得鉴赏的诗作,充分显示了译者的风格和主体特征。

美国哈佛大学的汉学家翻译家宇文所安(Stephen Owen)在七八十年代已经声名显著,发表过多部译著,对中国诗歌传统、尤其是初唐和盛唐诗歌有深入研究。在90年代后期,他凭借深厚的积累和不懈的努力,编译出版了《诺顿中国文学选集:从初始至1911年》,收录了从《诗经》至清代的经典文学作品,时间跨度长达2500多年,涵盖了诗歌在内的各种中国古典文类。这既是一部系统的中国文学选集,又是宇文所安的个人译著,他也因此获得美国翻译协会颁发的"杰出翻译奖"。不仅如此,宇文所安又延续对于唐诗的前期翻译和研究,于2006年出版了译集《晚唐:9世纪中期的中国诗歌(827—860)》,为英美读者呈现了一幅唐诗发展的完整历史画卷,也为唐诗西行做出了不可估量的贡献。

新时期出版的个人译著当中,也有的是对以前版本的再版或修订补充,反映了译本的经典化地位和译者的高超译技。

新旧世纪交替之际,新一批汉学家和翻译家也崭露头角。英国作家维克拉姆·塞思(Vikram Seth)人生阅历异常丰富,在英国、美国、中国和印度分别生活过多年,擅长小说和诗歌创作。他1993年翻译出版了《三大中国诗人》(Three Chinese Poets)向英语读者介绍了三位风格迥异的唐代著名诗人:王维、李白和杜甫。

另一位成就斐然的是美国当代译家大卫·辛顿。辛顿曾在台湾学过中文,他翻译过多位中国古代诗人的作品,如:《陶潜诗选》《李白诗选》,其译作符合现代英文表达习惯,同时又能生动传递原作的特质与精神。他还编译出版了《中国古诗选集》。该书收录了有代表性的近500首诗歌作品,附有作品历史背景的介绍,作品题材丰富,翻译流畅自然,展现了富于美感和洞见的诗境。

当代美国诗人兼译者萨姆·哈米尔(Sam Hamill)也是致力于中国古典诗词译介的新时期代表人物。为了丰富自己的创作源泉,哈米尔广泛阅读古希腊语、拉丁语、爱沙尼亚语、日语和汉语等外语文学作品。在雷克斯洛斯的诗歌英译作品的启发和影响下,他开始热爱并翻译中国古典文学,其译作包括《道德经》、《庄子》、陆机

《文赋》及诗词等中文典籍作品。哈米尔的诗歌英译代表作是 2000 年出版的《越过黄河:中国古诗三百首》。这本译诗集选材全面、风格简约,力求保持原诗的朴素意境,受到读者的广泛好评。

多部收录了中国诗歌的大型权威文学选集也在英语世界相继涌现。首先罗郁正的《葵晔集》自从 1975 年出版之后,直至 1998 年的近 30 年间一直不断地再版,影响长盛不衰。此外,汉学家梅维恒(Victor Mair)主编的《哥伦比亚中国古典文学选集》、美国汉学家闵福德和中国学者刘绍铭合编的《中国古典文学译文集》、耶鲁大学著名学者梅纳德·迈克(Maynard Mack)主编的《诺顿世界文学杰作选集》,各有侧重地收录了不同时代和文体的中国古典文学作品,其中的诗歌部分多选择英美名家的译作,旨在让英语世界读者通过他们熟悉的语言去品味中国古典文学,都受到了学术界广泛好评。

综上所述,今日英美国家的社会文化环境发生了巨大的变化,东西方政治关系的缓和、经济的蓬勃发展、全球一体化的趋势,都使中西文化交流日益频繁。虽然意识形态的变化和阅读需求的多样化使中国诗歌作品英译的百分比相对下降,但出版发行的个人译著、文学选集和学术著作的绝对数量仍然持续增长。英美国家对中国文化的传播,尤其是典籍文化的译介,总体表现出鼓励、开放和接受的态度。

诗歌英译在英美文学翻译体系依然占据重要的一隅。一些诗歌选集早已跻身文学经典之列,如今在前人的基础之上,译者们利用良好的交流环境和创作条件,使译本的质量越来越高,满足了英美读者了解东方文化精髓的持续需求。从出版的个人译著和文学选集看来,各个时期的中国诗歌作品都得到了译介,但针对唐诗的译介依然是重中之重,即使是在综合性的诗歌选集中,唐诗所占比例一般都比较突出。而在专门的唐诗译本中,李白、杜甫、王维、白居易等公认的优秀诗人及其作品仍然是译者们的选择偏爱。

英美文化的翻译传统更注重译作的可接受性和社会功能,而不太关心原作的形式和文化特征,因而他们既欢迎直接翻译又接纳间接翻译。一些早期的诗歌英译者(如:庞德、洛威尔、雷克斯洛斯)对汉语不够精通甚或完全不懂,加上译者有自己独特的诗学目的和翻译观念,他们往往借助于间接翻译或合作翻译。葛瑞汉甚至直言,“中国诗最好的译者多半是诗人或爱好写诗的人,依靠修改别人译的初稿来翻译”。但这些译作依然获得了读者的认可和青睐,并对中西文化交流起到了举足轻重的历史作用。时至今日,中西交流、学习条件日益便捷,汉语及汉语文化的影响不断扩大,间接翻译的形式已基本让位于直接翻译。直接翻译的倡导者和实践者越来越多,这与读者对原语文化的关注程度成正比,他们期待在不影响可读性的基础上,译文能够尽量准确地传达原文信息和特点。

2.中国诗歌在中国的英译情况

在英美国家开展诗歌英译的过程中,出版社或译者有时也会吸收中国译者的参与,如:蔡廷干编译的《唐诗英韵》1923 年由美国芝加哥大学出版社出版;初大告留学英国时编译的《中华隽词》,1937 年由剑桥大学出版社出版;而理雅各、宾纳、白英、雷克斯洛斯等英美译家的作品都离不开中国学者的帮助。但总体而言,英美学界对中国人独立从事诗歌英译活动基本持否定怀疑态度,英国汉学家格雷厄姆(A. C. Graham)的观点十分典型:“……在翻译上我们几乎不能放手给中国人,因为按照一般规律,翻译都是从外语译成母语,而不是从母语译成外语的,这一规律很少例外。”事实上,除开叶维廉、柳无忌等华裔学者的翻译成果,20 世纪 80 年代之前的诗歌英译领域几乎由英美译者占尽风采,而本土中国译者却接近一种失声状态。

尽管中西文化交流取得了巨大进展。西方国家对中国文学的译介总量也在逐渐增加,但是这种译介总体来说还不够系统、充分。以《诗经》英译为例,李玉良认为,“中国学者并不十分认同西方学者的译本。……(西方学者)不能够真正了解中国文化的历史渊源和精神实质,即便他们学养深厚,他们的翻译也难免有臆测和人为的曲译误译等貌合神离的弊端”。在诗歌英译领域,经过了众多译者一个多世纪的努力,西方读者对中国诗人及其诗作的了解有所加深,但英美译者对于诗歌的选材范围和理解深度还有很多局限,使其诗歌英译摆脱不了如下缺陷:

有的译者不懂汉语,只能依靠间接翻译或合作翻译,其选择余地和精确程度大打折扣;有的译者对中文(尤其是古文用法)的掌握还不娴熟,对富有文化内涵的意象或典故不够了解,容易产生望文生义、似是而非的译文;还有的译者比较精通中文,但翻译目的和意识形态的影响使他们刻意译介更符合自身文化需求的诗作，致使翻译的题材过于集中，翻译方式过于随意；而翻译的固有损失特性也常常令英美译者放弃一些精巧美妙的诗作，而将选择限于那些经过翻译之后诗意损失较小的诗歌。

随着全球一体化和中国国力提升的进程加速，中国以前所未有的主动和开放姿态走上了国际舞台，带来了中西文化交流的发展新阶段，诗歌英译领域也呈现出新的时代特色。

国内学界的共识是，在全球化的时代背景下，中国文化需要在世界多元文化格局中占据一席之地。中国文化曾经在世界历史上有过盛极一时的辉煌地位，但古典文化只有与现代发展相融合，才能焕发新的光彩；中国文学只有走出国门，才能既在他国文学的参照下显示独特的艺术价值，又在与他国文学的交流中吸收精华、发展壮大。1978 年以来，中国翻译工作者已主动将大量中国文化典籍和现当代中国文化科学精品翻译成外文，《大中华文库》《汉英对照中国古典名著丛书》《古诗苑汉英译丛》《经典的回声》《中国文化汉外对照丛书》等多种对外出版丛书为国外读者架起了解中国的桥梁。

中国新时期的诗歌英译领域异彩纷呈，中国译者乘着改革开放之风，向世界发出了自己独特的声音，取得了令人瞩目的成绩。一批学贯中西的中国译者潜心钻研、奋笔耕耘，出版了多部诗歌英译力作，其中贡献较为突出的译者有：翁显良、许渊冲、杨宪益、孙大雨、汪榕培、吴均陶、郭著章、文殊、徐忠杰等。他们的译文形式多样，各具特色，比起国外汉学家，他们在译出作品的选择上考虑更周全，在对诗歌意蕴和精髓的理解上更准确，力求更加系统深入地向国外读者译介博大精深、独具魅力的中国文化。

然而，新时期中西方文学交流中的失衡现象仍然十分明显。西方文化中心主义的影响余势未消，与同期中国文坛对西方文学的译介数量相比，西方译界对中国文学的译介成果大为逊色。刘文军认为，“目前东西方之间翻译流通和文化互动的失衡状态仍然没有改变，甚至有加剧的趋势。……中国已被置于西方的象征统治之下而处于尴尬的境地”。为此，中国政府和文化工作者深深感受到改善中西文化交流现状的迫切需要，并做出了实质性的努力。

近年来,“我国同大多数国家和地区及联合国教科文组织等建立了多种形式的文化交流机制,已与145个国家签订了政府间文化合作协定,签署了近800个年度文化交流执行计划。同时我国在海外的文化阵地建设也不断加强,已在海外设立96个使领馆文化处(组)、9个中国文化中心、322个孔子学院”。对于精品书籍的翻译出版工作,有关部门也非常重视。2004年起国务院新闻办公室与新闻出版总署启动了“中国图书对外推广计划”,旨在通过资助出版中国的图书和向国外图书馆赠送图书的模式,使各国读者更完整、更真实地了解和认识中国。目前多个国内外出版、发行机构已参与到该计划当中,截至2016年底,该计划的工作小组已经同美国、英国、法国、德国,荷兰、俄罗斯、澳大利亚、日本、韩国、越南,巴西、南非、阿联酋等71个国家的603家出版机构签订资助协议2676项,涉及图书2973种,文版47个①。这些工作对增进国际理解和互信、提升我国的国际影响力、维护世界文化多样性都发挥了积极作用。

目前我国虽然在对外文化交流中取得了一定的成绩,但是在国际文化交往中的话语权还远远不够,文化的“走出去”的力度仍然相对薄弱,中华文化的国际影响力需要进一步增强。以诗歌英译为例,国内译者以弘扬中华文化为已任,在该领域已取得累累硕果,出版了多部诗歌译著,然而中国译者的国际学术影响仍然相当有限,种种语言、文化因素使他们的国内外学术地位相差悬殊。因此,针对如何实施“文化走出去战略”工程,国家提出了5项措施,其中包括“完善译制、推介、咨询等方面扶持机制,开拓国际文化市场。加强海外中国文化中心和孔子学院建设,鼓励代表国家水平的各类学术团体、艺术机构在相应国际组织中发挥建设性作用。组织对外翻译优秀学术成果和文化精品”。这是国家以官方形式强调翻译工作在文化交流中的重要作用,将对外翻译看成增强中国文化的国际影响力、对抗欧美文化霸权、推动多元文化共存互动模式的一种有效方式。可以认为,今日中国的翻译政策是宽松开放的,政府和有关部门对包括诗歌在内的典籍英译工作十分支持鼓励。

---

① “中国图书对外推广计划”项目十年进展情况介绍.中国图书对外推广计划网,http://www.chinabookinternational.org.

第2章 中国诗歌英译的相关问题

2.1 中国诗歌的可译性问题

不同的文化产生不同的语言,语言与语言之间的沟通要通过翻译。研究语言的可译不可译,有助于回顾我们的翻译工作,修订我们的翻译标准,完善我们的翻译理论。中国诗歌自身独特的特点及中西语言、文化的差异,使得诗歌英译困难重重,这也引发了关于中国诗歌究竟是否可译的争论。下面首先分析什么是可译性。

2.1.1 何谓可译性

翻译理论中的所谓"可译性",指双语转换原语的可译性程度。翻译的可译性、不可译性,取决于翻译过程中语言之间的"对等语"的存在与否。这个对等语从翻译理论的角度来看是存在的,而从具体翻译实践角度可以分为三个层次:认知表达层次是可译的;文化层次是部分可译的;艺术层次是不可译的。之所以这样分层,是基于翻译中对等语所要达到在译文读者和原文读者心目中产生同样的审美意境的交际效果的理论原则。

语言的共性是可译性的理论基础,但还必须认识到不同的语言在文化层面上确实存在一些不可译的内容,从而产生可译性限度。从语言结构障碍与文化障碍的角度来分析汉英互译过程中的可译性限度现象,我们可以发现语际间的转换确实是有限度的。

在西方翻译理论中,首先提出"可译性限度"及"不可译性"概念的是语言学派的理论家。迄今为止,西方翻译理论对可译性的研究仍属于描写性的探索,理论上有待深化。譬如,卡德福特提出,不可译性可以分为“语言上的不可译性”与“文化上的不可译性”两个方面,前者产生于一词多义、词语与语法的“同形异构”等现象。例如,“bank”可以指“银行”,也可以指“河岸”,因此当这个词进入词义双关的语境时,在目的语(如法语)中就造成不可译。卡德福特举了下例:“…there was no small change but many checks on the bank were in the wild time grew and grew”句中 bank(银行)在法语中是 banque,适用于上文,但不适用于下文。因为在下文中,这个词的意思是“河岸”而“河岸”在法语中是“river”不是“banque”。在英译法中这个双关语成了“不可译”。“文化上的不可译”通常情况下与民族起源、文化认同、不同的社会结构、政治制度、经济结构、思维意识、认知方式等方面有关。因此翻译的“不可译性”与“可译性限度”的存在是不可避免的。

翻译的可译性限度,一直以来是翻译界研究的一个核心问题。民俗文化的不可译性及其相应的处理方法和策略问题,也是一个翻译工作者必须研究探讨的问题。在民俗文化的翻译过程中,我们必须承认民俗文化不可译性的存在并分析其产生根源。从文化的三个方面(物质文化、精神文化和风俗制度)对文化不可译性做一些适当的探讨和研究并进行分析,是民俗文化能够被正确翻译和处理的有效途径。但是我们也必须承认民俗文化的不可译性是相对的,它可以通过采用一定的方法和策略得到解决。除了直译和意译以外,语义翻译和交际翻译、异化和归化、语用翻译、语境翻译等翻译策略也是翻译民俗文化的有效方法。如何应用这些具体方法来解决文化翻译的不可译性,应该是对文化不可译性及其解决方法策略研究的最有效方法。

翻译中的可译性与不可译性以及两者的限度,历来是翻译界争论不休的热门话题。现代翻译理论已经比较科学地论证了可译性问题,提出语言和思维辩证统一的关系是可译性的根本依据。不同的语言和人类的共识之间构成了一个巨大的异构同质(意义)的向心结构,翻译正是以此为基石。然而,理论上的可译性与翻译的具体实践是有区别的。我们不能因为翻译已有两三千年的历史而证明可译性是绝对的。同样,也不能因为无法找到绝对完美的译文而断定不可译性是普遍的。

2.1.2 诗歌的可译性和不可译性

1.诗歌的可译性

虽然关于诗歌是否可译的争论一直在持续,众多学者对诗歌翻译的尝试和努力却并没有停止。在我国潜心于中国诗歌的外译(尤其是唐诗英译)研究中,令人耳熟能详的当代著名翻译家就有许渊冲、吕叔湘、翁显良、丰华瞻、孙大雨、杨宪益、丁祖馨、文殊、徐忠杰等人。他们通过自已精妙优美的译文,更加深入地向西方译介博大精深的中国文化,使中国古典诗歌的翻译得到了进一步的发展。在西方,也有诸如 Arthur Waley, H. A. Giles, Ezra Pound 等译者致力于中国诗歌的英译工作。无可否认,他们在诗歌翻译过程中会遇到种种困难,然而大量成功的诗歌翻译实践证明了诗歌的可译性。

诗歌可译性问题的探讨发生了变化。这个变化正从过去的绝对不可译朝着相对可译的方向发展,这一观点正在逐渐地得到人们的认同。雪莱虽然认为诗歌无法从一种语言变换成另一种语言,但是它可以用来移植。把种子放入新土壤,它还可以发芽、生长。译者的任务就是决定把种子放在哪里,然后开始移植。那么,译诗还存在原有的生命力吗?在德·凯坡斯(Haroldo de Campos)看来,“诗歌无国界,或者说,它的范围超越国界”。那么文本既然不属于某个体文化,译者就可以在语际间转换。

诗歌翻译从弗罗斯特的不可译到今天可译走过了一条漫长的路。后现代主义者的努力使得原语和目的语的界限变得不那么清晰,使得一首诗以另一种语言的形式存在成为可能,唯其如此,译诗的精髓才可能不会丢失,才能通过译者的努力保留下来。认为诗不可译的王以铸,也认为译诗“可以不拘一格”。

当然,诗之所以可译,更是因为它是世界文化活动的一部分,各民族之间尽可以千差万别,但是人类文化具有共同的基础,人类具有相同的理解力和感受力,这就为诗歌的可译性提供了基础。此外,因为不同语言文化背景的人需要交流,需要共享优秀文化(文学)成果,而翻译是民族文化交往的产物,也是文化交流的见证,这也使得诗歌翻译成为必要。

2.诗歌的不可译性

诗歌作为文学性最高的文学体裁,翻译时所面临的矛盾和对立关系也最为复杂,难度也最大。甚至有人认为诗歌根本就是不可翻译的。持诗歌不可译观点者有翻译家,也有诗人和哲学家。声言诗歌不可译最著名者包括美国诗人弗罗斯特(Robert Frost)、德国诗人歌德(Johann Wolfgang von Goethe)、德国学者洪堡(Wilhelm von Humboldt)等。作为美国20世纪最具影响力的诗人,弗罗斯特给诗歌下的定义是:“诗歌是在翻译中失却了的东西。(Poetry is what gets lost in translation)”这从一个方面揭示了诗歌作为一种特定语言和文化背景下的特有产物的固有属性和不可替代性,在诗歌翻译界也引起了关于诗歌可译与不可译的诸多争论。弗罗斯特此语看似诗的定义,实则道出了诗歌翻译的艰难。诗在翻译过程中究竟失去了什么,是意境、风格,还是音韵?《唐诗三百首选译》的英译者索姆·詹宁斯(Soame Jenyns)认为:“从某种意义上说,译诗是徒劳的。因为诗之美妙不在于诗人表现的内容,而在于诗人如何表现。这种诗人个性的表现,犹如一枝娇嫩异常的鲜花,根本无法嫁接到异株;翻译时,即便其意可存,其音律结构却是注定要丧失的。”约翰·德纳姆(John Denham)认为:“诗具有一种微妙的精神,当你把它从一种语言移入另一种语言的时候,那股精神完全消失了。如果你不把一种新的精神加入译文,那么,译出来的东西除了一堆渣滓之外就什么也没有了。”如此看来,诗歌在翻译中,无论是其意境、形式还是音韵,均可能丧失,最为严重的是其神韵的丧失。不管是汉诗英译,还是英诗汉译,这种现象均可能出现。

英国诗人雪莱(Percy Bysshe Shelley)曾经对译诗有过形象比喻:如同把紫罗兰扔进坩埚,你会发现它原来的颜色和气味。这和将一首诗从原语转换成目的语的道理是一样的。这种植物必须重新发芽,不然就不会结果。言外之意是:诗是不可译的。

在我国持诗不可译观点者也不乏其人。茅盾就说过:“诗经过翻译,即使译的极谨慎,和原文极吻合,亦只能算是某诗的Retold(译述),不能视为即是原诗。”鲁迅、林语堂也都认为诗不可译,朱光潜更直截了当:“说诗可翻译的人大概不懂得诗。”翁显良认为,如果要求译作与原作绝对等值,艺术效果绝对相同,那当然永远做不到。但如果只要求二者大致等值，艺术效果大致相同，问题就不是永远无法解决，而是不断在实践中求得解决。雷海宗把翻译的文字分为三大类：一为需要尽可能逐字逐句直译的，一为需要特别灵活译出的，一为中间的类型。他把诗歌归为第二类，认为诗歌特别难译。一切好的翻译都多少带有创造性，诗歌的翻译是更须具有创造性的，原文的精神与情调远比原文的字句重要，精神与情调必须译出，原字原句往往反倒是可以伸缩的。王以铸认为，"诗这种东西是不能译的。理由很简单：诗歌的神韵、意境，或说得通俗些，它的味道（英语似为 flavour），即诗之所以为诗的东西，在很大程度上有机地融化在诗人写诗时使用的语言之中。这是无法通过另一种语言（或方言）来表达的"。因此他的结论是：译诗"可以不拘一格"。

闻一多先生于 1926 年在《英译李太白诗》一文中专门评论日本著名翻译家小畑熏良（Shigeyoshi Obata）英译本《李白诗集》。闻一多先生引了小畑译的太白绝句："峨嵋山月半轮秋，影人平羌江水流。夜发青溪向三峡，思君不见下渝州。"译后，小畑声明太对不起原作了。闻一多先生说："其实应该道歉的还多着，岂只这一首吗？"并且说这一类的绝句"恐怕不只小畑熏良先生，实在什么人译完，都短不了要道歉的，所以要省了道歉的麻烦，这种诗还是少译为好"。

思果说："诗不能译，译就是毁灭。译者只能再创造，把一首诗用另外一种文字重新写出来。音调、韵律、辞藻是诗的性命，一经翻译，就烟消云散了。只有另创音调、韵律、辞藻；不过这已经不是翻译，而是创造。"思果对诗歌翻译的创作论除了以上内容，还谈到中诗英译的最大难点是中诗的"无一字无来处"。中国写诗的人很容易集古人的诗句，甚至是某一人的诗句，成一首自己的诗，不可译皆因为此。这是其一。其二，有些诗并没有多少意义，它们的存在只在于语言美和音调和谐，如果把这两点去掉，剩下的那点诗意和感情就和没有灵魂、血肉的骷髅差不多了。这种诗译出来，如果没有新的优点加进去——语言的美、音调的动听、典故的贴切——定韵味尽失。他举苏东坡的《章质夫送酒六壶，书至而酒不达，戏作小诗问之》里面两句，以见一斑。"岂意青州六从事，化为乌有一先生。"这一联巧对非常聪明，说穿了一文不值。不用说译成外文人家不懂得"青"对"乌"、"六"对"一"、"从事"对"先生"的工，也不知道"青州从事"指酒，"乌有先生"指没有；就是译成中文白话,滋味也和嚼蜡一般。读旧诗的人肚子里先有了典故、成语,知道对仗的规律,自然一读就舒服愉快,叹为佳作。

中国古典诗词之神韵集中体现在其意象性、视觉性和空灵感等特点上,在翻译中最易丧失的也正是这些特点。"寻寻觅觅,冷冷清清,凄凄惨惨戚戚"(李清照《声声慢》)看似浅近的几个重叠词,却把诗人在国破家亡之时凄凉寂寞、忧郁沉痛的心情勾画得淋漓尽致。这种字字情韵缠绵、行行溢满苦酸的意蕴每每让许多翻译家望而却步。吕叔湘在《中诗英译比录》的序言中指出:"以原则而言,从事翻译者于原文不容有一词一语之误解。然而谈何容易?以中国文字之艰深,诗词铸语之凝练,译人之误会在所难免。"纵然翻译家们使出了浑身的解数,但意境遭破坏,音律形式变形,语义被曲解的现象在汉诗英译中依然司空见惯。

因此,从上述分析中,可得出诗歌在一定程度上的不可译性。

2.1.3 中国诗歌英译的限度

译诗难,译中国诗歌更难,这是文学翻译界公认的事实。因为诗的翻译不仅是追求语言的转换,而应是意境、神韵、韵律及艺术效果的转换。在诗歌翻译过程中,译者往往保得住内容而保不住形式,或者保得住形式而内容已经改变,因此,让人产生诗歌不可译的错觉。后来人们认为诗歌具有可译性,但是也有一定的限度。下面以两个诗歌英译的例子来说明诗歌可译性限度的存在。

1.《春怨》的英译

金昌绪《春怨》:"打起黄莺儿,莫教枝上啼;啼时惊妾梦,不得到辽西。"

这首诗中反映的是唐代不合理的兵役制度和对外战争给妇女带来的痛苦。在这里,辽西不但代表丈夫,而且代表战场。我们可以看看以下几种译文:

(1)Oh, drive the golden orioles
From off our garden Tree!
Their warbling broke the dream wherein
My lover smiled to me.

—— Fletcher 译

(2)Drive the orioles away,

All their music from the trees…

When she dreamed that she went to Liao-his

To join him there, they wakened her.

——Bynner 译

(3)Drive orioles off the tree

For their songs awake me

From dreaming of my dear

Far off on the frontier.

——许渊冲译

从第一种译文中,已经看不出唐代连年战争给妇女带来的痛苦。作品中的艺术意境被抹上一层风花雪月的色彩。第二种译文是客观主义的译文,因为外国读者不可能懂得 Liao-his(辽西)的寓意。在这方面,第三种译文远胜于前两种,这和许渊冲先生深厚的国学背景不无关系。

2.《赠内人》的英译

张祜《赠内人》:"禁门宫树月痕过,媚眼惟看宿鹭窠。斜拔玉钗灯影畔,剔开红焰救飞蛾。"Jenyns 译为:

Streaks of moonlight pass through the trees within the Forbidden City.

Her seductive eyes dwell upon the nesting heron.

Leaning aslant in the shadow of the lantern she plucks out a jade hairpin

And picks at the flame to save the flying moths.

在这里,译者用 seductive(妖媚的)一词,歪曲了历史现实。因为中国封建社会的宫女都是命运悲惨的妇女。她们远离家人,在宫中断送了自己的青春,在寂寞孤苦中了结自己的一生。而译者却把她们描写成荡妇。这位译者既谈不上洞察历史现实,也谈不上揭示女主人公的内心秘密。而另一位译者 Bynner 就比他高明了。试看 Bynner 的译文:

When the moonlight, reaching a tree by the gate,

Shows her a quiet bird on its nest,

She removes her jade hairpins and sits in the shadow,

And puts out a flame where a moth was flying.

从译文中可以看出,译者也像原作者一样,力求去表现女主人公的内心世界:她看到窠中的孤鸟,想到自己很孤单,又看到飞蛾,联想到自己有如飞蛾投火,这才去剔开红焰救飞蛾。当然,译文中也有一些问题可以商榷。如单就第四联而论,Bynner 的译文似乎不如 Jenyns 的译文。

由此可见,既要准确地反映诗词的深刻内涵,尊重原著,又要考虑英语语言应用者的理解能力,并赋之以完美的语言形式,实在不是一件简单的事。从以上诗歌英译实例分析,我们不难发现诗歌英译困难重重,其可译性限度是客观存在的。

2.2 中国诗歌的译者问题

中国诗歌的翻译应该由谁来担任,一直是中国学界讨论的问题。

2.2.1 诗歌译者的多重身份

译者作为翻译的主体拥有多重身份。田德蓓认为,译者同时具有读者、作者、创造者及研究者四重身份①。陈历明认为,一名译者同时具备 8 种身份,"既是读者、作者、改写者、研究者,同时也是调解者、征服者、代言者、权力的运作者"②。对于中国诗歌译者,主要有诗人身份、学者身份和文化身份。

1.诗人身份的译者

无论是否具有诗人身份,译者大都同意"译诗为诗"的翻译原则。而拥有诗人

① 谢天振.翻译的理论建构与文化透视[M].上海:上海外语教育出版社,2000.

② 陈历明.翻译:作为复调的对话[M].成都:四川大学出版社,2006.

身份的译者更倾向于在译诗中采用更富于诗性的表达方式，以再现原诗的诗意和诗境。加切奇拉泽谈论诗歌翻译时说："诗歌的译者必须首先是诗人，不论他本人是否写诗，更不论他是否发表过诗。他必须是诗人，包括他对原诗的理解和他利用本族语再现原诗的两个方面。"无论诗人身份是否得到了公认，诗人的才情、诗情都应该体现在译诗的过程中。应该承认，诗人译者特殊的诗人身份会对他们的翻译策略选择产生潜移默化的影响。作为诗人的译者更懂得如何在译诗中表现出诗意，不管有时候他们所表现出的诗意是不是更接近于原诗的诗意。诗人傅雷提出，"不会作诗的人千万不要译诗，弄得不仅诗意全无，连散文都不像"。英国汉学家葛瑞汉则称，中国诗最好的译者多半是诗人或爱好写诗的人，依靠修改别人译的初稿来翻译。而叶维廉认为，只有诗人译者才能既懂得原诗文辞，又能体会到文辞所蕴涵着的"诗"感。可以说，强调诗人译诗"似乎是中外翻译理论界的共识"①。唐诗英译中，诗人译诗的最典型例子应该是庞德、王红公和斯奈德。对他们来说，唐诗的"翻译"更像是将原作作为素材进行的诗歌创作。在他们的译诗中，难以找到固定的规律，唯一能够在译诗中嗅到的就是他们诗人的敏感和才情，尽管有时候这种敏感和才情与阅读原诗时所感受到的有所不同，甚至迥然相异。国内格律体译者代表许渊冲、吴钧陶、孙大雨，自由体代表杨宪益、黄新渠等也是诗人，他们从年少时代就开始进行中英诗歌创作和翻译，积淀了深厚的诗学修养，而且，他们对中国诗歌的理解远胜庞德等外国诗人译者，他们的译诗不仅更加忠实于原诗，在诗意再现方面，也不逊于外国诗人译者。

2.学者身份的译者

学者译诗通常会注重文献考证，研究已有成果和最新成果，比诗人译者更强调对原诗的忠实再现。唐诗英译中最典型的学者代表当属宇文所安以及大多数的华裔译者和中国译者。

宇文所安在几十年的学术研究生涯中，先后出版以唐诗研究为主的专著 15 部，论文 40 余篇；凭借其在唐诗研究领域的卓越成就，1991 年入选"美国国家艺术

---

① 马红军.从文学翻译到翻译文学[M].上海：上海译文出版社，2006.

与科学院”(American Academy of Arts and Sciences)院士，1994 年入选“美国学术团体理事会”(ACLS)，并获得“梅隆杰出成就奖”(Mellon Distinguished Achievement Award，2005)，成为美国唐诗研究领域的领军人物。作为学者而不是诗人的宇文所安在其译诗中充分发掘关于该诗的诗评、诗论以及相关研究成果，在译诗中尽最大可能忠实于原诗。

华裔译者刘若愚的学者身份也是其诗歌英译风格形成的一个重要因素。刘若愚通过介绍原诗的韵脚，原作者为增强音乐感而采用的双声、叠韵、叠字等手法，特殊的表达方式、修辞手法等，让读者了解汉诗的音韵之美、含蓄之美等。更重要的是，他在诗歌译介中采用翻译加评析的方式，深层次剖析原诗的创作背景、创作意图，历代诗论精华、诗中的典故、主题的解读方法等，以学者严谨的治学态度对待翻译。刘若愚英译的大量李商隐诗作就是很好的例子。

3.文化身份的译者

对不同国家、不同文化状态中的译者而言，其译诗策略的选择必然存在差别。考察译者的文化身份，有助于我们了解其译诗策略的选择原因。段峰指出，文化翻译过程中，译语文化对源语文化的影响首先表现在译语文化的文化过滤(cultural filter)作用上。译者在理解原著的文化意义、洞察原著的文化心理以及感受原著的文化气质的同时，译者自身的文化心理、作用于译者的译语文化心理以及由此文化心理所形成的译语文化期待形成了译语文化的文化过滤机制。

译者的文化身份在文化过滤中起着重要的作用，担任传教士或外交官而形成的特殊的文化身份对译者的影响有时不亚于其诗人身份或者学者身份。对早期唐诗英译做出过不同程度贡献的早期汉学家中，许多人都是传教士出身，如英译杜牧诗的马礼逊和较早尝试唐诗英译的理雅各、淮烈、丁韪良等。第一个通过英译将唐诗整体化、系统化地介绍给英语世界的汉学家翟理斯，以译介李白及其作品开始唐代诗人专门研究的艾约瑟，第一本断代唐诗英译本的作者弗莱彻，还有戴维斯、庄延龄等这些唐诗译介者都是外交官出身。他们是“中英之间一个特殊的文化群落和矛盾集合体，在他们身上体现着英国文明和中华文化的碰撞、交汇和融合：他们肩负着让东方蛮族皈依天主的神圣使命，又企图用东方的哲学来挽回西方世道人心;他们既是西方炮舰政策的执行者,又是中华文化的仰慕者;他们是西方文艺复兴以后人文精神向东方的移植者,更是中华文化向英国流播的拓荒者和奠基人"。

文化身份在海外华裔译者身上表现得尤为显著。华裔译者具有"双重边缘"的文化身份,他们并不属于中国文化,却具有中国传统文化和中国语言文字的深厚修养;他们不能完全融入西方文化,却生活其中,熟悉西方的文化、文学传统。他们处在第三种文化状态——"离散"(diaspora)之中,他们在"文化放逐中完成文化使命",摇摆在"归化"和"异化"的文化状态中,这种独具特色的两难的文化困境让他们一方面重视文化因子在译诗中的再现,在译诗中再现原诗所蕴涵的丰富的历史、文化底蕴;另一方面,又考虑到译语读者的接受程度,而采取类比趋同的手法,让读者更好地接受其中的异国文化传统。

叶维廉的文学研究和翻译以中国诗歌和诗学为重点,就是出于一种特殊文化身份下长期的文化郁结。他少年时代的流浪生活,日本侵略者的暴行,香港的殖民地特征等,留下的尽是酸楚而惨痛的记忆。西方列强对中国进行了领土、物质和意识形态的多重侵略,把中国逼到了绝境,这使有良知的中国学者对中华文化即将被摧毁抱有沉重的忧患意识,进而产生出一种使命感,要继承和保护中国文化。看来这似乎是出于学者们的个人感受,其实是反映出了整个中华民族的感情。正是这种使命感,使叶维廉毕生从事以中国诗歌和诗学为重点的中西比较文学研究。

英译寒山之所以成为经典,也与斯奈德这位译者的文化身份息息相关。斯奈德所译寒山诗数量最少,然而影响却最深远,其首要原因或许是他本人的行为和思想活脱就是一个现代美国式的寒山,从而赢得了读者的青睐。正是因为喜欢斯奈德与寒山类似的行为风格所形成的特殊文化身份,读者才更加深爱寒山这位在中国文学史上一直默默无闻的疯癫诗人。

2.2.2 中国诗歌的合适译者

中国诗歌的译者可能存在于各行各业的学者之中,但最为合适的译者应主要包括两类。

1.诗人

在可能的情况下,中国诗歌最好的译者应该是诗人。正如同英国诗人屈莱顿(John Dryden,1631—1700)说过:“译诗的工作只能由诗人来做。(This only for apoet to translate a poem)”作为译者,必须懂诗、写诗,具备足够的天赋,能够参透诗人内心深处的感情,然后才能够译诗;而且只有诗人才能够较好地把握对原诗意义的理解,才能对一个时代的诗意情况和语言情况的认识更深刻,并用另一种语言文字表达出来,所以最好由诗人译诗。

2.懂诗的人

懂诗的人,此类译者可以不是诗人,但必须具备诗人的禀赋和鉴赏力,和原作者必须有相近的气质,否则难以把握原文幽微精妙的诗意,并通过同样微妙的技巧在译文中表达出来。这与译者和原作者之间属于“同情关系”之表述非常相符,即每位作者都有自己的个性和文风,对于各种不同的风格有擅长和不擅长之别,因此如何选择与自己个性相近、文风相近的作者以扬长避短对于译作的成功与否十分重要。

2.3 中国诗歌的直译和意译问题

中国诗歌的翻译思路有直译和意译两种。关于翻译应该直译还是意译的争论,持续了几个世纪,赞同直译者坚定不移,赞同意译者也有充分的理由。对于中国诗歌的翻译,应该采用哪种思路,下面在对直译和意译的理解基础上,再做深入探讨。

2.3.1 关于直译和意译

1.直译

英语与汉语的语言结构与文体结构有相同的一面,汉译时可照译,即所谓“直译”——既忠实原文内容,又符合原文的语言与文体结构。由于人们在感情,在对客观事物的感受及社会经历等方面会有相似之处,英汉语言表达中有少量相同或近似的表达方式,这些表达方式的字面意义、形象意义相同或近似,隐含意义相同,也就是说,这些表达方式的字面意义和形象意义所传达出的文化信息是相同的,可以互译。

直译作为一种翻译策略常用于以下领域的翻译:(1)科技资料翻译;(2)外语教学中,为让学生了解两种语言结构的差异,多用直译;(3)文学翻译。

2.意译

由于文化因素的影响,在翻译时无法保留原语的字面意义和形象意义,可将原文的形象更换成另一个译文读者所熟悉的形象,从而转达出原文的语用目的,译出隐含意义。意译是指从意义出发,只要求将原文大意表达出来,不需过分注重细节,但要求译文自然流畅。意译法有以下特点:(1)以目的语为导向;(2)用规范的目的语把原文的意思表达出来;(3)注重译文自然流畅,不一定保留原文的结构及修辞手段。

英汉两种语言不同的发展历史,民族文化,风俗习惯造成了两个民族独特的语言与独特的表达方式。因此,翻译时必须对两种语言文化基础有基本的认识,不能逐字翻译。凡语言都有习惯表达,言外之意。在深入领会原作的精神实质的前提之下,不拘泥于原作的字面形式,创造性地表达原作思想,但不可添枝加叶,改变原作的风格。

3.直译和意译的联系与区别

直译法和意译法存在着一定的联系与区别,需要我们深入挖掘并加以比较。

(1)直译和意译二者之间的联系。直译要求翻译者忠实于原文内容,同时保持原文的特定语言风格。而意译则赋予了翻译者一定的自由,即其在确保忠实原文的基础上,可以不必纠结于对原文形式的再现。直译与意译相互关联、互为补充,同时,它们又互相渗透,不可分割。我们在这里研究直译法和意译法的联系,目的在于更多地了解到在运用直译与意译的时候所应该掌握的技巧、遵循的原则,便于最终提高翻译能力及水平。

(2)直译和意译二者之间的区别。一般而言,直译法通常适用于专业术语、成语、陈述句等句型的翻译。例如,warm-hearted——“热心”,secondhand——“二手”等。通过直译法,能够增进对西方文化的了解,并且使外国公众对中华文化也加深了解。借助直译法,亦能够使读者感受到原文的语言风格和语言魅力。不过对于一些文学名著的翻译,如若使用直译法,尽管能够确保译文忠实于原著,但同时也使翻译后的作品丧失了神韵,因此,对于一些文学名著的翻译,由于文化色彩较浓,会有很多不易被读者理解的措辞,那么就应当采取意译法。比如英国著名作家简·奥斯丁的代表作之一《傲慢与偏见》的翻译过程中,就大量运用了意译法。

2.3.2 直译和意译的争论

在国外,直译和意译这对矛盾互生的概念早就被提出来讨论、研究。古罗马时期,西塞罗(Cicero)等就提出了“意译”的概念,以区别于当时宗教翻译中的“直译”。西塞罗等认为,“直译是缺乏技巧的表现。应当避免逐词死译;翻译应保留的是词语最内层的东西,即意思”。约翰·德纳姆爵士(Sir John Denham)也反对过于直译的做法,他在所译维吉尔《伊利昂记》序言中说:“诗的灵魂如此精微,把它从一种语言倾倒入另一种语言,它就会蒸发。”英国剑桥大学乔治·斯坦纳教授主张意译,他们认为翻译的正确道路,既不是直译,也不是模仿,而是意译。直译与意译是英语学习中很重要的一部分,通过对直译与意译的研究,我们可以更深刻地理解直译与意译的一些基本特征,并了解到什么时候采用直译合适,什么时候采用意译合适,同时还应掌握直译与意译时所需的技巧和注意的问题,最终达到提高翻译能力及水平的目的。

在我国20世纪四五十年代,一些译界的主要人士也对直译与意译进行了研究,认为直译也就是意译,二者是一回事,是无法区别的。1946年,朱光潜在《谈翻译》一文中写道:所谓“直译”是指依原文的字面翻译,有一字一句就译一字一句,而且字句的次第也不更动。所谓“意译”是指把原文的意思用中文表达出来,不必完全依原文的字面和次第。“直译”偏重对于原文的忠实,“意译”偏重译文语气的顺畅。哪一种是最妥当的译法,人们争执得很厉害。本书认为,想尽量表达原文的意思,必须尽量保存原文的语句组织,因此直译不能不是意译,而意译也不能不是直译。七八十年代的译者们则认为直译与意译是不同的,要根据原作语言的不同情况,来决定该直译还是该意译。1978 年,许渊冲在《翻译中的几对矛盾》一文中也谈到直译与意译的问题,他说:"直译是把忠实于原文内容放在第一位,把忠实于原文形式放在第二位,把通顺的译文形式放在第三位的翻译方法。意译却是把忠实于原文的内容放在第一位,把通顺的译文形式放在第二位,而不拘泥于原文形式的翻译方法。"最后他得出 5 点结论,归纳成两点就是:"一、译文和原文相同的形式能表达和原文相同的内容时,可以直译,不能表达时就意译;二、原文的表达形式比译文精确、有力时,可以直译,译文的表达形式比原文精确、有力时,可以意译。"

2.3.3 直译和意译的交融

在诗歌翻译领域,赞同直译的人为数不多,主要原因如奈达所说:"因为没有哪两种语言是完全相同的,无论是符号所指的意义或语言符号的排列方式都会有差异。可以说,语际之间没有绝对的一致。因而,也就没有绝对准确的翻译。"

20 世纪 80 年代初,张培基等给直译下的定义为:"所谓直译,就是在译文语言条件许可时,在译文中既保持原文的内容,又保持原文的形式——特别指保持原文的比喻、形象和民族、地方色彩等。但直译不是死译或硬译……应当指出,在能够确切地表达原作思想内容和不违背译文语言规范的条件下,直译法显然有其可取之处。直译法一方面有助于保存原著的格调,亦即鲁迅所说的保持'异国情调'和'洋气',另一方面又有助于不断从外国引进一些新鲜、生动的词语、句法结构和表达方法,使我们的祖国语言变得日益丰富、完善、精密。"

到了 90 年代翻译界对直译又给出了不同的阐释:直译指翻译时要尽量保持原作的语言形式,包括用词、句子结构、比喻手段等等,同时要求语言流畅易懂。一般说来,采用直译所产生的译文看起来肯定有翻译的痕迹,读起来也不是那么通顺。如果直译也"要求语言流畅易懂"的话,说明译者心目中的直译与意译的界线已经开始模糊,二者不再是对立的两种策略。

2006年,许渊冲在《翻译的艺术》一书中提出一种辩证看法,他认为:"无论直译还是意译,都要把忠实于原文的内容放在第一位,把通顺的译文形式放第二位,把忠实于原文的形式放第三位。也就是说,翻译要在忠实于原文内容的前提下,力求译文的形式通顺;又要在译文通顺的前提下,尽可能做到忠实于原文的形式;如果通顺和忠实于原文的形式之间有矛盾,那就不必拘泥于原文的形式。这就是内容和形式、直译和意译的辩证关系。"①这一辩证观点得到了学界的普遍认同,而随着时代的发展,越来越多的学者认为应该在译出原文意义的前提下,尽可能采用直译的方法,以保留原文中的遣词用字,句子次序等语言表达方式。

现在人们普遍认为,直译和意译各有优缺点,意译与直译不会形成二元对立,因为翻译策略不是一成不变的。最恰当的做法是根据不同的语篇类型、翻译目的和读者对象而采取不同的翻译策略。直译、意译是翻译过程中表达阶段所采用的两种最基本的方法。正如张培基等所说,"不同的语言各有其特点和形式,在词汇、语法、惯用法、表达方式等方面有相同之处,也有相异之处。所以翻译时就必须采取不同的手段,或意译或直译,量体裁衣,灵活处理"。直译和意译的最终目标都是为了忠实地传送原文的思想内容和文体风格,殊途同归,互不排斥,互不矛盾。因此,是采用"直译"还是"意译"要依其所处的场合、条件、意识和句型而定。

2.4 中国诗歌英译的形似和神似问题

诗歌翻译时,保持诗歌原文形式与内容,即"形与神"的最近似值是诗歌翻译的理想境界。诗歌翻译注重形似还是神似,是多年来人们不断争论的问题。

2.4.1 诗歌英译的形似

诗歌与其他文字作品一样,其语言形式包括词素、字词和句子。除此而外,诗

① 许渊冲.翻译的艺术[M].北京:五洲传播出版社,2006.

歌还有节奏、韵式和有一定寓意的建行结构等独有的形式，在所有可感知的形式中，节奏是诗歌的标志性形式。当然，有人认为诗歌独有的(或者说标志性)形式还包括修辞格和具有一定寓意的建行，这一看法不无道理。但这只能说是诗歌创作在采用修辞格方面比较突出些，谈不上为诗歌所独有。从翻译实践看，几乎所有的译者都把节奏当作形式模拟移植的重中之重。

为了尽可能地保持原诗的节奏形式，翻译家们创造了"以顿(dun)代步(foot)"法。"以顿代步"法中的"步"指的是英诗的音步，它是英诗节奏的基本单位，每一音步由一个重音节和一至两个轻音节构成，若干音步组合在一起便构成了英诗的格律(meter)。即用两三个汉字所构成的自然停顿来代替音步。这一译法的集大成者卞之琳先生当然应是积极的践行者，但从其译诗来看，卞译未把节奏作为模拟重点，这与他的翻译目的有着密不可分的关系，改革开放政策终于开启了封闭的大门，人们比以往任何时候都更加渴望了解外国文化。这使得卞先生视向外语盲诗歌爱好者介绍西方诗歌为己任。英诗的单词、修辞格、句法结构是显性的，而表音的节奏形式则是隐性的，卞先生自然要倾向于对显性因素的模拟。

辜正坤先生则取"以似求美"之道。曾以一部《中西诗比较鉴赏与翻译理论》鸿篇巨制蜚声译坛的辜正坤教授则自然把重点放在原诗形美、音美和意美上，要让读者得到同原语一样的艺术感受，首先保证译诗具有诗歌的基本特征，即保持原诗的节奏形式，使译诗具有同原诗大致相等的节奏美感，每行音节数与原文差别不大。不仅实现了译诗的顿数与原诗的音步数几乎完全相等。而且还在字数上做到了与原诗的音节数大致相等。辜译之所以能够做到这一点，主要得益于双音节诗歌语汇大量而精当的使用。

虽然两位都声称力求形似，但各自又有自己的侧重点。对此，我们很难说清楚哪段译诗更形似。

2.4.2 诗歌英译的神似

对诗歌的"神"，译界从来就存在不同的认识，有的认为神就是"精神(spirit)，有人把神理解为深层次意义(sence)，还有人认为神是"风格""意境"等，本书认为，诗歌的神是诗歌的核心内涵,它应是由风格、意境这两个最本质的东西体现出来的。因此,“神似”指的应是译诗与原诗在下面几方面的相似。

1.风格上的相似

对诗歌的风格,至今没有一个统一的认识,但有两点认识却是比较一致的,一是不同时期有不同的民族风格,每位诗人都有与众不同的创作风格,二是风格是由字、词、句、修辞格和建行等外在形式体现出来的,诗歌中的所有因素既是个人风格的载体,又是民族风格的载体。诗行长短不一,跨行诗句不断出现,诗歌韵脚和谐,但排列参差,恰似潮涨潮落,也如思绪绵延。就诗的气势而言,开阔的大海,拍岸的浪涛,森森的峭壁,气势何其豪迈。中英两个民族在长期的诗歌文化熏陶中,形成了不同风格的审美视野。原诗读者既喜欢这段诗歌的民族风格,又喜欢它的个人风格,汉语读者则就不同了,只有学习型读者有探究原诗风格的愿望,而大部分愉悦型读者则是不关心民族的写实风格是否如实再现,对口味便读,引不起兴趣的便弃之一旁。为满足学习型读者的需求,卞译选择的是写实风格即英诗民族风格的再现,而辜译则采用的民族化译法,化实为虚、用汉语读者喜闻乐见的写意风格移植原诗的个人风格。

2.诗意上的相似

17世纪英国翻译家罗斯康芒(Earl of Roscommon)也高度重视意义的忠实,他说,“在翻译的过程中,必须以透彻理解原意、忠实原作实质为总则,原作的语言总是上乘的,原作‘落’则译作‘落’,原作‘升’则译作‘升’,既不提倡死抠字句,也不得任意发挥”。17世纪英国著名诗人德莱顿(John Dryden)说:“译者必须绝对服从原作的意思。”翻译意味着必须译出意义,这是普遍公认的准则。

翻译中做到诗意上的相似,需要考虑到中英文化的高低语境文化差异。中国诗歌与英诗有着迥然不同的诗学观念。它们“是两种文化、两种不同的心态产生出来的表达工具”。整体而言,中国文化属于高语境文化(High-context culture),而英语国家文化属于低语境文化(Low-context culture)。高语境文化以高语境交际为特征,而低语境文化以低语境交际为特征。著名人类学家、跨文化交际学创始人霍尔(Edward T. Hall)认为:高语境交际是指“大部分信息要么存在于环境中,要么内化于交际者,极少数信息存在于被编码的、清晰的、被传递的信息中。而低语境交际则相反,大量的信息包含在清晰的编码中”。高语境与低语境文化之间的差异表现在诗歌语言上,就会呈现出类似“委婉、微妙、简隽”与“直率、深刻、铺陈”(朱光潜语)之间的差别。在高语境文化中,“信息存在于环境,或内化于交际者”,从而形成了以含蓄为主的诗歌表达方式,强调“象外之象”“意在言外”等。司空图高举“不著一字,尽得风流”(《诗品》),严羽推崇“羚羊挂角,无迹可求”(《沧浪诗话》),钟嵘提倡“文有尽而意无穷”(《诗品序》)。特别是像李商隐这样处境恶劣的诗人,心事难以直言,只能借助客观物象以及“獭祭鱼”式的典故才能表达隐晦、含蓄的情感。而英语国家的低语境文化则将“大量的信息包含在清晰的编码中”,反映到诗歌语言上,则要求英诗精确,“一般说来,句子都有主语、动词;动词时态分明,表达明确”,等等。中国与英语国家的高低语境文化差异警醒译者重新考虑“意合”的概念,重新评估“过译”或“欠译”在中英互译中的必要性。

事实证明,高低语境文化差异影响了早期唐诗英译西方译者的翻译选材和风格再现。西方译者潜移默化于自身所处的低语境文化,并不会主动选择唐诗中最为中国读者耳熟能详的经典作品进行翻译,也不会随意做出翻译选择,相反,他们会像德庇时和韦利等人一样,倾向于翻译那些通俗易晓的诗作。因为通俗易晓的诗作所采用的表达方式和低语境文化中的表达方式十分接近,都是“将信息包含在清晰的编码中”,而且“译成英语后损失最少”,易于为英语国家的译入语读者所接受。此外,翻译那些“意在言外”、含蓄甚至晦涩的诗作时,译者也往往受到低语境文化的无形制约,倾向于以“清晰的编码”方式再现原诗中难以琢磨的“象外之象”、欲言又止的“言外之意”,从而导致早期唐诗英译选材的单一化和风格的单一化。随着唐诗英译的深入开展,选材的单一化现象已经不再显著,但风格的单一化仍然在一定程度上影响着中、后期唐诗英译者对唐诗风格的再现。因为“诗学一旦形成,就会对文学系统的发展发生巨大的影响。主要表现为力图维持现状,排斥不符合系统的某些类型的选择”。

意识到中英文化之间客观存在的高低语境文化差异,是消除早期唐诗英译中选材单一化、风格单一化消极影响的开始。毕竟,“元白”体所代表的朴实浅白的唐诗采用了低语境文化中常见的表达方式——“大量的信息包含在清晰的编码中”,在译介中损失最少,更容易得到译者的青睐和读者的认可。然而,不可否认,唐代诗歌的主流创作方式仍然是高语境文化中特有的创作方式——“大部分信息要么存在于环境中,要么内化于交际者”。把高语境文化中孕育、发展出来的唐诗以翻译的方式介绍给低语境文化,必然要经历文化的冲撞和阵痛。一方面,应该认识到,“试图将原语文化价值体系强加于译语文化是危险的”。因为不考虑英语国家的低语境文化特征,而刻意在译文中再现中国唐代这种高语境文化中产生的唐诗创作方式,自然是十分危险的;另一方面,无论是诗人型译者还是学术型译者,都应该尊重唐诗在高语境文化中孕育、成长并升华出来的“象外之象”“言外之意”,而不以低语境文化中“清晰的编码”方式改写原诗,同时考虑到低语境文化中的英语读者由于缺乏先有或共享知识而产生的理解困难,对诗人的创作背景、创作意图、用词特点、创作风格等加以说明,从而使低语境文化中的英语读者找到贯串作品的整体思想脉络,尝试以高语境文化中特有的思维方式来欣赏、体会唐诗中的“象外之象”,以及“意在言外”的含蓄之美。

3.意境上的相似

文学作品尤其是诗、词和抒情散文都讲究意境美,一般说来,意境是文艺作品中所描绘的客观图景与所表现的思想感情融合一致而形成的一种艺术境界。具有虚实相生、意与境谐、深邃幽远的审美特征,能使读者产生想象和联想,如身临其境,在思想情感上受到感染。意境是由若干个象组成的,象又可细分为意象、表象,表象对于诗歌创作而言是举足轻重的,它向人们释放着可感知的能量,吸引人们的情丝萦绕于它的外观。意象是具象和抽象的结合体,诗人总是为事物的外在存在方式注入某种深层的意蕴。剔除那些俗常意义令其荷载新的意蕴。这种意蕴无疑浸透着诗人情感。由此可知,表象是意象的基础材料,没有表象就没有意象,而意象“略形貌而取神骨”,表象往往以“具象”形态刺激感觉或满足感觉,而意象既可以作为一种“描述”存在,也可以作为一种隐喻存在,或者既是“具体”的,又是“抽象”的。这恐怕就是“意象”与“表象”的本质差别。

意境是读者发挥了其联想与想象力的结果,而读者的联想和想象力的发挥取决于他们的阅读经验和审美视野,欲使读者通过联想和想象力进入诗歌营造的意境,就必须对读者的阅读经验和审美视野有一个透彻的了解。如原诗中的“the moon/lies fair Upon/the straits”,一个“fair”,可以理解为形容月亮的颜色。也可以理解为描写月亮的姿色,原诗用的是 lies 而不是 is,这里的 fair 应当是姿色之意,这样一来,月亮和其临照的海峡便成了两个亦真亦幻的意象。辜先生把 lies 译作动词“托”字,两个景物经这个动词的串联,便成了两个具有动感的意象。长长的海峡托着一轮姿色美丽的月亮,这是一个多么美妙的夜景,一轮“孤月”躺卧在幽兰的夜空中,显得那么遥远,让人不知不觉地进入到了诗人所营造的幽思怀古的意境之中。而下译则忠实地临摹原诗的表象,如实地反映出了英诗以写实手法描绘景物,让读者从纯客观描绘的景物中去会意其内在的含义,其目的自然是译介原诗意境的营造方式。

2.4.3 形似和神似的关系

如何处理好诗歌翻译中“形似”和“神似”的关系,是许多译者面临的共同难题。译界“形似”与“神似”之争相持多年,大体可分为三类。

1.形似是神似基础

诗歌的内容和形式不可分离,而且形似是神似的基础。翻译诗歌,必须尊重原诗的艺术形式,除非万不得已,最好不要改动原诗的艺术形式。孙梁认为译文应该“做到既形似,又神似,形神兼备;更确切地说,透过形似,达到神似”。英诗汉译著名译家江枫也持相似看法:“神以形存,失其形者也势必亡其神。”在他们看来,形存则神存,丢掉了形似,也就丢掉了神似,没有不顾形似的神似。这一派认为:诗歌的形式是诗歌之所以为诗歌的必要因素之一,译诗时必须先求形似才有可能达到神似。

2.形似不如神似

许渊冲、丰华瞻认为神似比形似重要。许渊冲认为,译诗应该“舍形似而取神似"，"得其精而忘其粗，在其内而忘其外"。丰华瞻认为，"翻译的诗应能传达(至少部分传达)原诗的魅力与感染力，才算成功。为了传神，'形'的方面往往需要作较大的变动，这是不可避免的，也是应该容许的"，"形似容易，神似难。追求形似者，只须照着原诗一句一句地把其意义译出来，词语、行数，甚至韵律都可照原诗，不需要动太多脑筋。追求神似，要求就很高。不仅是译出原诗的意义，还要译出原诗的精神"，"如果拘泥于'形似'而译出的东西没有诗味，没有感染力，那是译诗的失败"。许渊冲认为形美与意美存在着矛盾，曾模仿老子《道德经》写了一篇《译经》："译可译，非常译；忘其形，得其意。得意，理解之始；忘形，表达之母。故应得意，以求其同；故可忘形，以存其异。两者同出，异名同谓：得意忘形，求同存异，翻译之门。"

3.形似离不开神似

更多的学者论者认为，就诗而言，形和神是紧密结合在一起而不可分割的。译诗既要神似，也要形似。如果仅取原作的意思重新写一首诗，那就不是翻译而是摹拟原作的创作了。在中国古诗中，形与神本来就是不可分割的。范缜说："神之于形，犹利之于刀……未闻刀没而利存，岂容形忘而神在哉？"(《梁书》卷四十八)。归根到底，诗是形式和内容、形与神的统一体。如前所述，许渊冲先生认为某些情况下形似不如神似，但几十年的翻译经验所得到的结论是：当"形似"和"神似"能统一的时候，"形似"就是"精"而不是"粗"，在"形似"和"神似"矛盾时，"形似"就是"粗"而不是"精"。因此译诗时，不仅应该传达原诗的形式美，也应该在译语中尽量传达原诗的神达到神似，形似与神似不可分离，只有这样，才能达到形似和神似的统一。

目前，许多译者逐渐达成了"形神兼顾"方能造就理想译品的共识。诗歌翻译中的形似和神似是相互依存互为因果的辩证关系，是一个矛盾的两个方面，二者之间的关系又随翻译所涉及的其他方面而动态变化，此消彼长。

第3章 中国诗歌英译中的文化差异

3.1 翻译与文化的关系

翻译不仅是一种语言活动，还是一种跨文化交际活动。翻译实践过程中常常需要对文化因素进行处理。翻译和文化有着非常密切的关系。

3.1.1 文化

"文化"一词由来已久，在中国和西方的历史语言体系中都出现过关于"文化"的记载。文化定义的界定是一个很复杂的问题，当代世界关于文化的定义多达数百种。作为人类社会的现实存在，文化具有与人类自身同样长久的历史。从某种意义上讲，人类的发展史其实就是人类的文化史。文化概念的纷繁多样表明了文化自身的广远浩博、包容万有，同时也说明了文化定义界定之难。

1.国内关于"文化"的定义

"文化"一词在汉语中古已有之。"文"的本义指各色交错的纹理，有纹饰、文章之义。《说文解字》称："文，错画也，象交文。"这里，"文"就是指各种象征符号以及文物典章、礼仪制度等；而"化"本义是交易、生成、造化，如《易·系辞下》中的"万物化生"。"化"的引申义为改造、教化、培育等。

文与化并联使用，在中国古代典籍中最早出现于《周易·贲卦》："观乎天文、以察时变；观乎人文，以化成天下。"此句中的"天文"，是指自然天体的构成及其规律；

而“人文”则指人类社会的构成及其规律,包括文明礼仪、人伦道德在内。这段话的意思是:“治理国家者既要观察天文,掌握自然发展规律,以明耕种渔猎之时序;又要观察人文,把握社会中的人伦秩序,使天下之人均能遵从文明礼仪,并进而推及天下,以成大化。”这句话中“人文”与“化成天下”相结合,实际上已经具备了“文化”一词的基本含义,即通过人伦教化使人们自觉行动。

西汉以后,“文”与“化”合并成为一个词语。西汉刘向《说苑·指武》中记载:“圣人之治天下也,先文德而后武力,凡武之兴,为不服也,文化不改,然后加诛。”此句中的“文”和“诛”是两种根本不同的治理社会的手段。这段话的意思是:“圣人治理天下,先施以文德教化,如不奏效,再施加武力,亦即先礼后兵的意思。”此后,“文化”一词的用法延至后世,并进一步引申出多种含义,分别与天造地设的“自然”相对,或者与无教化的“质朴”“野蛮”相对,取其人伦、人文之义。

根据以上分析可知,汉语中的“文”“化”两字联用包括以下两种含义:

(1)用作名词,是人类精神、智慧、意识及其创造的成果的总称。

(2)用作动词,是一种过程,指以“文”化之,即使用一定的方法将文明礼仪普及教化。

我国20世纪70年代出版的《辞海》中关于文化的定义是这样的:“文化,从广义上来说,指人类社会历史实践过程中所创造的物质财富和精神财富的总和。从狭义上来说,指社会的意识形态,以及与之相适应的制度和组织机构。”

梁漱溟对文化概念的阐述更为细致,他认为:“所谓一家文化不过是一个民族生活的种种方面。总括起来,不外三个方面:(1)精神生活方面,如宗教、哲学、科学、艺术等,宗教、文艺是偏于情感的,哲学、科学是偏于理智的。(2)社会生活方面,我们对于周围的人——家族、朋友、社会、国家、世界——之间的生活方法都属于社会生活一方面,如社会组织、伦理习惯、政治制度及经济关系等。(3)物质生活方面,如饮食、起居种种享用,人类对于自然界的各种要求等。”①

2.国外关于“文化”的定义

英语中的culture一词来源于拉丁文cultura,原义是“耕作、培养、教育”。cul-

① 张全.全球化语境下的跨文化翻译研究[M].昆明:云南大学出版社,2010.

ture一词的基本含义包括两个方面,在物质活动方面意味着耕作,而在精神修养方面的含义则涉及宗教崇拜。随着社会的不断发展以及近代科学的不断进步,尤其是文艺复兴、地理大发现和宗教改革的推动,使人们对形形色色文化的区分以及文化内涵和外延的研究产生了浓厚的兴趣,并赋予"文化"新的内涵,使文化成为人们专门探讨的一门学问。

专家们对文化一词的定义是多种多样的。在众多关于文化的定义中,人们比较推崇文化人类学家爱德华·泰勒(E. B. Tylor)和马林诺夫斯基(Malinowski)两人的定义。

英国文化人类学家泰勒在《原始文化》(1871)一书中,首次把文化作为一个概念提出来,并且将它的含义系统地表述为:"文化是一种复杂体,它包括知识、信仰、艺术道德、法律、风俗以及其余社会上学得的能力与习惯。"而马林诺夫斯基则认为文化是一种具有满足人类某种生存需要的功能的"社会制度",是"一群利用物质工具而固定生活于某一环境中的人们所推行的一套有组织的风俗与活动的体系"。

之后,其他社会学家、文化人类学家对泰勒的定义进行了修正:文化是一种复杂体,包括实物、知识、信仰、艺术、道德、法律、风俗以及其余社会上习得的能力与习惯。由这一定义可以看出,文化的辐射范围十分广泛,凡人类所创造的一切知识、经验、感知、科学技术、理论以及财产制度、教育、语言等都是文化现象。小则如衣食住行、婚丧嫁娶,一切社会的生活方式、语言方式、行为方式、思维方式、等级观念、道德规范等,大则如宇宙观、时空观、人生观、价值观,都属于文化的范畴。这一定义强调精神方面的文化。

社会语言学家古德诺夫和本尼迪克特(Goodenough&Benedict)着眼于跨文化语言交际的研究,所提出的关于文化的定义或许更准确、更直接。古德诺夫指出,"文化是由人们为了使自己的活动方式被社会的其他成员所接受、所必须知晓和相信的一切组成。作为人们不得不学习的一种有别于生物遗传的东西,文化必须由学习的终端产品'知识'组成"。本尼迪克特则认为,"文化是通过某个民族的活动而表现出来的一种思维和行动方式,一种使这个民族不同于其他任何民族的方式"。上述两个定义都强调了文化的民族性。不同的是,前者突出了民族内部的规范,而后者则突出了民族之间的差异。

克罗伯与克鲁克洪(Alfred Louis Kroeber&Clyde Kluckhohn,1952)总结了164条文化的定义。他们不但总结了角度各异、内容或抽象或具体的文化定义,而且提出了自己的文化定义:“文化由外显和内隐的行为模式构成;这种行为模式通过象征符号而获得和传播;文化代表了人类群体的显著成就,包括它们在人造器物中的体现;文化的核心部分是传统观念,尤其是它们带来的价值观念;文化体系一方面可以看作是活动的产物,另一方面则是进一步活动的决定性因素。”

《苏联百科全书》(1980)对文化的概念做出了这样的阐述:文化这一概念用以表征一定的历史时代,也用以说明具体的社会、部族和民族,以及人们活动或生活的独特范围的特征。比较狭义的理解是,文化就是人们的精神生活。文化还包括人们活动所创造的具体成果,以及人们在活动中体现的创造力和才智的成果。

可见,对文化的概念众说纷纭,各有侧重。文化的定义既有简练而抽象的涉及人类精神文化和物质文化的所有产物,也有具体涉及人类知识、经验、信仰、宗教、价值观念、态度、行为、宇宙观、时间观等方方面面。

综合上述,可以将文化定义为:文化是人类社会特有的现象,是人类在社会历史实践过程中创造的物质文明和精神文明的总和。物质文明是由物质产品形成的,包括人类创造并赋予意义的全部制品,即有形物品,如书本、桌椅、公园等;精神文明则是由精神产品形成的,由抽象的物质构成,如语言、制度、技术等。

3.1.2 翻译与文化的关系

语言是文化的一部分,语言时时处处都在反映着文化,文化也需要语言来承载,文化与语言相互作用,相互影响。语言与文化的这种关系也决定了文化与翻译之间的密切关系。

1.翻译促进并丰富译入语文化

翻译的使命在于推动文化的传播,沟通文化间的理解。作为文化代码的语言除了具有认知表达功能之外,还具有储存文化信息以及传播文化的功能。语言的这一文化功能对其博采性、广泛性、多维性等特性起着决定性的作用。所以,在用语言进行表达时,这一过程不仅包括知识传播,还会涉及文化的传播。从本质上来讲,翻译与文化传播和大众传媒关系密切。可以说,是翻译促进并丰富了译入语文化。例如,是阿拉伯人的翻译使古希腊的文明得以保存,使欧洲文艺复兴变为可能,否则,这一切都无从谈起。

随着跨文化语际交流的深入发展,汉语与英语接触的广度和深度也在不断加大。这就使得大量的外来词涌入汉语文化中。翻译的"作品"早已融入人们的日常生活,甚至成为人们须臾不可离的东西。例如,喝一杯 coffee,摆个 pose,把好东西给大家 show 一下,给朋友发个 E-mail 等。此外,汉语中还出现了很多英文缩略语,如 VIP、UFO、WTO 等。这些原本在我国文化中不存在的词语逐渐被中国文化所接受并认同,对中国语言文字的发展具有积极的推动作用。

翻译的真正价值体现在文化传播上。通过翻译活动,使一种语言的读者通过本国文字来达到对他国文化的了解,就是翻译的目的。由于跨文化翻译过程中文化鸿沟与差异是难以避免的,因此异化翻译策略开始被广泛使用,以便最大限度地将源语文化与价值观传播给译入语读者。根据源语文化被译入语文化读者的接受情况的不同,所采用的翻译策略也有所不同。例如,在 20 世纪 90 年代,中国社会还处于相对封闭状态,英文单词 party 一词初来乍到,难以找到与之功能对等的词汇,被异化翻译为"派对",仅限于一些时髦的年轻人使用。而大多数人,尤其是上了年纪的人,或正式场合使用的则是其归化翻译,即"聚会""聚餐"。后来,人们对新事物和外来文化的接受包容力随着时代的进步而变得越来越大。此时,"派对"一词已经真正融入了中文的语言体系,在中国的大街小巷也随处可以听见。还有很多这样的外来词通过异化翻译,经过长期社会实践的检验,被人们接受并认可,最终成为汉语的一个组成部分。例如,蓝图(blue print)、冷战(cold war)、象牙塔(tower of ivory)、黄金时代(golden age)、蜜月(honey moon)等。

2.文化促进并制约翻译活动

(1)文化的强势与弱势对翻译形式的影响

文化的强势与弱势包含两个方面的含义,一是某一个领域的强与弱,二是文化整体上的强与弱。从翻译的社会意义上来看,翻译本身就是一种文化活动,具有一定的目的性和倾向性。翻译什么类型的作品、如何翻译,通常要考虑到文化环境和文化背景,尤其是强势文化对翻译具有的制约作用。"文学翻译往往选取强势文化的作品,而且可能是影响最强的作品。在具体的两种语言的对译中,强势和弱势文化在选材上的不平衡表现得更加明显。”例如,在晚清,由于西学东渐的影响,《圣经》的中译的主体是外来译者(即西方来华的传教士)。这些外来译者对当时落后与衰败的晚清社会表现出极为强烈的使命感和历史感。实际上,这是在传播基督教思想,同时也是从政治上与文化上对我民族进行的渗透。

(2)文化对翻译过程起着干预作用

美国语言学家爱德华·霍尔(Edward T. Hall)曾指出,“翻译不但是两种语言体系的接触,而且是两种不同文化的接触,乃至是不同程度的文明的接触。翻译过程不仅仅由语言因素所决定,而且还由社会因素和心理因素所决定”。因此,翻译面临的不仅是文本的转换,还是一种文化的转换,且通过语言这一传媒中介而实现。两种文化总有一定的相似之处,这便成为了翻译的基础;而两种文化之间也存在很大的差异,这就是翻译的难点所在。对翻译的过程而言,理解固然重要,但更为重要的是将翻译的结果最终表达出来。例如,一篇诗文中通常包含着诸如生活习俗、个人情感、宗教信仰等独特的文化因素,这里既有共性,也有个性。为了很好地再现原作的神韵,就要求译者对源语的文化意义进行准确分析和翻译,将其中的信息忠实地传递给译入语读者,达到文化交流的目的。值得提及的一点是,作为一个文化个体,译者有时对自己正受着文化身份和文化取向影响并没有很强的意识;即使译者具备了关于某一翻译对象相关的文化知识,在其作品中也会得到不同的体现。因此,在翻译过程中,译者不自觉地对原作进行诠释,其文化功能是通过语言来实现的,译者不管怎样努力克服其主观因素,译入语文化依然会或多或少地对翻译结果造成影响。

3.1.3 翻译中的文化渗透

语言既是文化的一种表象形式,又是一种社会文化现象。翻译与其说是一种语言活动,倒不如说是一种跨文化活动。翻译的最终目的是通过语言传达另一种语言的“文化信息”,而绝不是简单意义上的语言形式的转换。

文化本身就具有相容性的特点。文化是以一个开放的系统存在的,每一种文化都需要汲取其他文化的养分来丰富自身,只有伴随着文化的交流,文化才能持续存在并不断向前发展。不同文化相互作用并彼此影响，最终促进了文化的发展。因此，文化的进化是伴随着文化的交流而进行的，文化的相容性为文化渗透提供了理论基础。另外，文化还具有兼容性，这为他文化的渗透提供了必要的条件，人们利用语言、文字以及肢体传递着不同的文化内涵。

翻译中的文化渗透是一个尤为复杂的问题，我们不能将由翻译输入的信息简单理解成源语文本所蕴涵的信息。从传播学的角度考虑，翻译就是一种跨文化、跨语际的信息传播和交际活动。信息的传播要涉及信源、信宿、信号、信道、噪声等诸多要素，并且影响翻译的因素包括作者、译者、读者、译者心理、文化差异等。通常来说，由于在众多因素的影响和作用下，来自异域文化的信息，在被转换到一种新的文化系统时，都要经历某种程度上的变异，造成信息传播的非对等。这种变异首先源于源语和译入语两种语言之间的差异，因此在翻译中，许多外来的概念在转换成本族语后，其具有的内涵往往会有一定的差异。例如，God 一词翻译成中文是“上帝”，源自于西方基督教所崇敬的神。而对于不信奉基督教的中国人来讲，“上帝”却是一个十分模糊的概念，与 God 在西方人脑海中的形象有很大的不同。又如：

You are really potato-headed.

正译：你真是个榆木脑袋（笨蛋、傻瓜）。

误译：你真是土豆脑袋。

土豆（potato）是西方人最爱的食物之一，已经融入了西方人的日常生活，土豆也因此具有了丰富的文化内涵。英语中的 potato 有许多不同的词义，其构成的复合词也很多，如 mouse-potato（电脑迷），a small potato（小人物）和 couch-potato（电视迷）等。

显然，翻译过程中信息的变异还受制于许多其他的因素，如译者的翻译目的、翻译水平、预期的译文读者对象、意识形态差异、翻译的社会历史语境等。

我国历史上的几次大规模的翻译活动，如佛教，其作为一种外来思想，正是通过翻译才得以进入中国，并在中国传播开来。佛教的思想和处世方法渗透到了中国文化的各个领域和社会生活的方方面面，对中国文化产生了广泛而深远的影响。仅从语言方面即可窥见佛经翻译对中国文化所产生的重大影响。

语言承载着文化，文化的渗透也就体现在语言上。与文化一样，语言自身也是一个开放的系统,每一种语言都有自觉吸收其他优秀语言养分的特质。在文化渗透的过程中,语言自身也得到了丰富和发展。首先,佛经翻译带来了许多新外来词,丁福宝主编的《佛学大词典》所收佛教专门词汇合计起来就多达2万余条。近代学者梁启超曾说:“夫语也者,所以表观念也,增加三万五千语,即增加三万五千个观念也。”这些外来词主要通过音译、意译或二者相结合的方式而进入汉语。其中有很多我们熟知的佛教用语,如菩萨、菩提、罗汉、众生、般若、禅那、涅槃、瑜伽、沙门等。其次,在语法上,汉语也受到了佛经翻译的很大影响。如马祖毅(1998)曾指出,汉语助词“于”字,在先秦两汉书籍中是从不用在动宾之间的,但佛教译家在译经时,为了文字的整齐平衡,多使用“于”字,如鸠摩罗什译的《妙法莲花经》中“击于大法鼓”“供养于诸佛”这样的句子。而“此种用法,后来传到皮簧戏词里,就出现,‘打骂于他’‘取笑于我’的说法”。

总而言之,佛经为中华文化带来了新鲜的文化元素和养分,深刻改变了人们的文化生活。也就是说,正是翻译激活了一个国家的文化传统,使其呈开放态势,并通过不断汲取外来养分使自己保持发展的生机与活力。

综上,文化渗透对翻译产生的重大影响可以归纳为:文化渗透有力地促进了跨文化交流;文化渗透促进了文化趋同。

3.2 文化负载词的翻译策略和方法

3.2.1 文化负载词的解读

在一些词语中,总包含着一定的文化内涵,或在一定语言背景下承载了特定的文化意义。这些文化内涵丰富的词,称之为文化负载词。对于汉语来说,文化负载词包括反映我国特有事物,外语中没有对应词的词语;具有特殊民族文化色彩的词语。对文化负载词翻译策略和方法的认识与把握,是做好翻译工作的重要内容。

根据王德春教授主编的《汉语国俗词典》，中国的国俗词语(文化负载词)可分为7种：反映我国特有事物，外语中没有对应词的词语(如太极拳，四化、知青)；具有特殊民族文化色彩的词语(如竹子，表示高风亮节)；具有特殊历史文化背景意义的词语(如红豆，被作为夫妇、情侣相思的象征)；国俗俗语或成语(如守株待兔、亡羊补牢)；习惯性寒暄用语(如哪里哪里)；具有修辞意义的人名(如红娘，表示媒人、介绍人)；兼具两种以上国俗词义的词语(如粽子，既表示一种特殊食物，又与端午节联系在一起，与历史文化、民俗风情有关)①。

3.2.2 文化负载词的翻译策略

文化负载词翻译的最大困难不是词汇本身，而是词汇所承载的文化底蕴。在翻译文化负载词时，往往很难找到与之完全对应的词汇，因此，应采取一些翻译策略，来弥补或调整中西方文化之间的差异。

1.把握好归化和异化之间的关系平衡

异化翻译要避免死译、硬译，归化不能走极端。无论我们采取异化法还是归化法，都要把握好平衡关系，即掌握好度。一是语言文化的限度；二是读者接受能力的限度。既不能过分异化硬译，令读者感到头痛，也不能归化意译得荒唐，让读者莫名其妙。也就是说，能异化时尽量异化，但异化行不通时，还得借助归化法，使两者相辅相成、相得益彰。

2.无论异化或归化都要顺应特定语境

同一词语的归化还是异化，跟语用环境密切相关。例如“rob Peter to pay Paul”有“挪东补西”“挖肉补疮”“损此利彼”等喻义。但在特定的语境和上下文中就需要异化直译。如“Lord, how should God approve that you rob Peter, and give this robbery to Paul in the name of Christ”(哎呀，上帝怎么能允许你抢劫彼得，又把以耶稣基督的名义抢来的东西给保罗呢!)。彼得和保罗均为《圣经》中的人物，且文中上帝和耶稣带有浓厚的宗教色彩。为了顺应这种语境，此处只有采用直译

① 王德春.汉语国俗词典[M].河海大学出版社，1990.

才能使译文显得前后协调、文理通顺,保持原文的宗教文化色彩。

3.异化或归化要符合文化色彩或形象的需要

翻译的根本任务,是准确而完整地传达原作的"思想"和"风味",尽量表现出原文的"异国情调""再现原文的形象化语言""输入新的表现法"。因此,对于原文中有感染力的形象描写或修辞手段,译文应尽量保留原语词汇的民族文化色彩,译者最好采取异化译法,将之直接移植到译文中,这样既能激发读者产生丰富的联想,加深读者对原文的理解,又能为译文增添文采,一定程度上丰富译语的语言表现力。

4.异化或归化要顺应社会发展和读者的接受能力

不同国家和民族文化之间的相互交流和渗透是一个动态过程,在不同的历史时期,人们对异质文化及语言的了解和接受程度不同,对归化和异化的使用自然也不同。追溯中国翻译史,从19世纪70年代到20世纪70年代,由于中国社会长期处于封闭状态,以及读者接受能力的限制,近百年的外国文学翻译基本上以归化为主。"五四"新文化运动以后以及改革开放以来,中西文化交流日益频繁,如从汉语到英语的异化词:道教(Taoism),功夫(Kungfu),磕头(kowtow),台风(typhoon),饺子(jiaozi)等,由英语到汉语的异化词:logic(逻辑)、Time is money(时间就是金钱)、sour grapes(酸葡萄)、ivory tower(象牙塔)、crocodile tears(鳄鱼的眼泪)等,异化词越来越广泛地被人们采用。

3.2.3 文化负载词的翻译方法

这里以专有名词、缩略语、习语以及歇后语等文化负载词为例,对其翻译方法进行分析。

1.专有名词的翻译

汉语作为世界上最为复杂、最有想象力的语言,经过千百年来的发展。蕴藏浓重文化背景及历史特点的专有名词举不胜举。汉译英时,往往采取解释性翻译以填补文化空白。

首先,汉语中的人名和地名等专有名词。如秦始皇这个重要的古代历史人物,如仅译成 Qin Shihuang,几乎没有传递什么信息。不妨运用解释性翻译补充一些信息,以帮助西方读者了解秦始皇在中国历史上的重要地位。译为:Qin Shihuang, the first emperor of China who unified the country in the second century B. C. and established an autocratic state with centralized power over the feudal society。又如地名翻译"广州又称羊城、穗城,是祖国的南大门"。译文:Guangzhou, also known as Canton, lies in the southern-most part of China, adjacent to Hong Kong and Macao。此地名介绍的翻译中,译者没有拘泥于原文的格式和内容,而是用译文读者已有的背景知识去化解原文中一些文化难点,保证了原文信息的传递。如用西方读者较熟悉的"Canton"替代"羊城"和"穗城",用西方人熟悉的"Hong Kong and Macao"说明广州的方位。

其次,汉语中具有深厚文化底蕴的事物名词不胜枚举。如蕴含中国文化的民族乐器在英语中没有相应的词汇,所以翻译时应加上必要的解释。如 2008 年北京奥运会吉祥物"福娃"的翻译。北京奥组委在倾听各方意见和建议后,最终把福娃的英文译名定为汉语拼音"Fuwa",并在音译后辅以解释性文字以弘扬我们鲜明的民族文化特征。即:Fuwa, the five mascots of 2008 Beijing Olympic Games. They are Beibei, Jingjing, Huanhuan, Yingying and Ninnin, which mean "Beijing welcomes you" in Chinese。

再次,"压岁钱"也是一个具有鲜明文化色彩的词汇。西方文化中没有与之对等的词语,翻译时亦可音译后予以解释。即:Yasuiqian, money given to children as a Lunar New Year gift。

最后,汉语中不乏带有浓郁文化色彩的概念名词,如政治文化术语。中国读者在阅读这些政治术语和牵涉文化背景知识的固定用语时可启动其背景知识来帮助理解,但不深谙中国文化的一般外国读者缺乏这种背景知识,所以译文应给予补充说明。例如:"有些理论家、政治家,拿大帽子吓唬人"译文:Some theorists and politicians try to scare the public by pinning political labels on them。"大帽子"如直译为"big hats"会令人莫明其妙。如改译成 political labels(政治标签)更容易理解,通过添加 pinning on them 来进一步解释,意思也就更清楚了。

2.缩略语的翻译

中文中有很多内涵丰富,涵盖面广的概括性缩略语,此类词语是词或词组的简略形式,具有地域性强、时代性强、信息量大、简明便捷等特点。它们的使用符合语言经济简约的原则。

改革开放以来,随着我国社会发生的急剧变化,大量新词语应运而生,与之相应的缩略语也层出不穷。缩略语无论是在政治、经济用语中还是在文化生活用语中都大量使用,产生了很强的时代性和民族语义色彩。缩略语翻译成英语时很容易做到字面上的形式对等,但这种简单的字面对等不能传达缩略语所含的信息,因而不具有可理解性和可接受性。缩略语的理解需要有文化背景知识。从功能对等的角度看,翻译就是译意。翻译策略应以反映深层结构的功能对等为主,而不是反映表层结构的形式对应。如果缩略语只是在上下文使用,或虽为常用语但原文照译不为外国读者理解时,须把缩略语所包含的信息全部表达出来。

如“抓大放小”(to invigorate large enterprises while relaxing control over small ones);“双学双比”(学文化、学技术、比成绩、比贡献)活动(the campaign of “learning culture and technology, and emulating each other in achievements and contributions”)。

3.习语的翻译

汉语中有很多习语来源于形象生动的典故、寓言和神话传说,其文字形式简短浓缩,寥寥数字却内涵精深,外延悠远,例如:“三顾茅庐”“完璧归赵”“四面楚歌”“卧薪尝胆”(典故);“叶公好龙”“愚公移山”“刻舟求剑”(寓言);“夸父追日”“嫦娥奔月”“画龙点睛”“精卫填海”(神话传说)。在不同的文化背景下,如果不对这些典故、寓言、神话传说的深刻寓意加以说明,目的语读者很难体会到博大精深的中国文化中字面背后的深层文化含意或者联想到与此相关的故事。所以,在翻译时,有的可以保留原有形象,再加解释性增补。

例如:“负荆请罪”这个文学典故可译为:proffer a birch and ask for a floggingoffer a humble apology。又如“完璧归赵”:return the jade intact to the state of Zhao—return something to its owner in perfect condition。

4.歇后语的翻译

歇后语是汉语中特有的习语,是劳动人民在生产生活实践中创造出来的一种语言,鲜明生动,活泼谐趣。具有喻意的歇后语可以保留源语形象,再用解释性增补以表现其深层喻意,进行对形象的补充。例如:“狗咬吕洞宾——不识好歹”,杨宪益先生将其译作“Like the dog that bit Lv Dongbin—you bite the hand that feeds you”紧紧抓住“狗咬吕洞宾——不识好歹”这个具有中华文化特色的习语,把前一部分译成比喻“Like the dog”,把释义放在后一部分译出“You bite the hand that feeds you”。真可谓比喻部分像原文一样生动,释义部分如原文一样确切,前后相得益彰,民族特色跃然纸上。

3.3 中国诗歌英译的文化差异处理

翻译中国诗歌应特别留意如风俗习惯差异、诗歌意境差异及象征意义差异等文化差异问题。

3.3.1 风俗习惯差异

在中国诗歌的翻译中,风俗习惯的差异十分重要。比如“清明”,中国人特指每年暮春季节(大约4月5日)那一天,是悼念亡故的亲友和纪念祖先的日子。而在西方却没有这个节日,自然也就不明白其中的文化意义。因此,在翻译中如果只是简单的音译或意译就会让西方人疑惑不解。例如陆游的《临安春雨初霁》:

素衣莫起风尘叹,犹及清明可到家。

译文：

Look at the dust on your robe, once immaculate. Well, of what avail are sings of regret? Away! Away! By Qingming you should be home.

在这段翻译中译者没有做脚注，也没有对清明节解释，只是用了拼音，这样西方人是无法理解清明到底是什么的，只会因此而感到疑惑。因此在翻译中国诗歌时，有时做注释或者省略去一些风俗习惯名词更利于读者理解。

3.3.2 诗歌意境差异

汉语的诗歌主观概括性很强，言简意赅，表达的意思十分丰富，看起来似乎含糊不清但也正是汉语诗歌的意境所在，给人留下了更多的想象空间，就像中国的水墨画重意而不重形，在翻译时可能出现多种译本，因为不同的人对同一首诗的理解不同，而一些缺失的意象又允许对同一首诗有不同的理解。而英语诗歌却正好相反，英语诗歌表达的直白清晰明确，没有给读者留下太多的想象的余地，就像是西方的油画描绘得逼真具体，栩栩如生，直接把景象展现在我们眼前，不会出现多种理解方式。例如《逢雪宿芙蓉山主人》：

日暮苍山远，天寒白屋贫。柴门闻犬吠，风雪夜归人。

这首诗描绘的是一幅旅客暮夜投宿，山居风雪人归的寒山夜宿图。但由于诗中没有一个明示的主语，“风雪夜归人”中的“人”可能是指诗人自己，也可能指诗人之外的投宿者或是这户人家远行归来的游子。这就让我们产生了许多遐想，如果是诗人他自己，则与诗题“逢雪宿芙蓉山主人”相矛盾；如果是诗人之外的投宿者，就无法充分表现出诗中的苍凉寂寞。最后两句留下的语义空白让该诗的译者们出现了多种猜想。前一句中的“闻犬吠”是谁闻诗中并没有明确地指出。是诗人，归人还是屋主人？“吠犬”是一只还是好几只的狗叫声？这些都显得十分模糊甚至有歧义，但在中国读者看来这正是诗歌婉约、含蓄、意境无穷的表现。然而西方人注重形态结构、逻辑分析，英语中容不得模糊和歧义。仔细阅读这篇译文，我们发现原诗的那种朦胧之美和给读者留下的想象空间已经荡然无存。英文诗翻译成汉语就不易失去原来诗歌的美感，虽然可能不同的译者措辞有所不同但诗的意境不会流失。

3.3.3 象征意义差异

由于中西方的社会、历史、文化背景不同,译者对同一事物的联想和理解也就不同,甚至会出现同一事物在东西方的文化中有截然相反的意义。在翻译时有时要根据不同的文化翻译成对等的事物,而不能仅看表面意思翻译。有些词,如“柳”(willow)、“荷花”(lotus)、“红色”(red),翻译中虽然有对应单词,但在中西方的文化中却有不同的象征意义和联想意义。例如“红”在中国是吉祥的颜色,也象征着革命,我国的五星红旗就是以红色为主要颜色。在诗词中有“日出江花红胜火”“墙外桃花墙内血,一般鲜艳一般红”。然而在西方文化中“红”却没有吉祥和革命的含义,在西方“红色”是残忍血腥的象征,使西方人常常联想到战争中的流血和牺牲。还有如“中有一鸟名杜鹃,言是古时蜀帝魂”“杜鹃啼血猿哀鸣”中的“杜鹃”让中国读者想起中国古代蜀国皇帝杜宇死后化为杜鹃啼血的传说,通常表达一种凄凉悲痛之感。它的英文是 cuckoo,但 cuckoo 让西方读者心中想到的是“蠢事”“疯子”。一位古代希腊喜剧家阿里斯托芬描写过一个想象中由杜鹃建造的空中之城,叫“云雾中的杜鹃国”(Cloud-Cuckoo-Land),它比喻指不切实际的空想。类似的例子不胜枚举,这是诗歌翻译中的中西文化差异的一个重要体现,也是一个十分有趣的现象。要想使翻译的中国的诗歌能被西方人理解,这一方面是不可忽视的一个重要方面。

再以秦观《踏莎行》的翻译为例:

雾失楼台, the tower each lost in the mist,

月迷津度, the ferry veiled by the lunar light,

桃园望断无寻处。fheancient idyllic haven is entirely out of sight.

可堪孤馆闭春寒, how can I bear spring cold in a lonely dwelling room,

杜鹃声里斜阳暮。Hearing the wandering cuckoo ' s voice in the sundown gloom。

释寄梅花, Mume flowers sent to me posthaste,

鱼传尺素, and letters too from kinsfolk and friend,

砌成此恨无重数。pile agony on agony without an end.

郴江幸自绕郴山，Chen river you always pass Mount Chen with your winding flow,

为谁流下萧湘去？But wherefore should you fall into the Xiaoxiang below?

这首诗有一些关键词如“津度”“桃源”“释寄梅花”“鱼传尺素”都蕴涵了深刻的象征意义，涉及到中国佛道文化和文学故事。但是翻译时由于中西方文化背景的差异，译者只能采取意译即译出诗人的本意，向译文读者隐瞒与此相关的文化背景，这样做当然会削弱原诗含蓄式的审美效果，但是这却是一件无可奈何的事。就拿“津度”这个词来说吧，它本来是一个佛家术语，佛语称普渡众生为济水的津梁，津度也就是指获得救赎的渡口，所以诗人暗用短短两个字的典故所表达出的迷茫和彷徨的心境绝不是一个“ferry”就能替代的。原诗中“桃源”一词能让读者迅速地联想到陶渊明在《桃花源记》里所虚构的那个世外仙境，以及自然地想起那脍炙人口名篇“晋太元中，武陵人捕鱼为业……”，意译成“the idyllic haven”之后，译文读者当然就不会知道秦观在这里提到桃源一方面因为它是避难之所，另一方面还因为武陵(今湖南常德)离郴州(今湖南郴州市)很近的缘故。至于原诗中的“释寄梅花”和“鱼传尺素”分别涉及到两个历史故事。如果直译读者则不得要领，加注解释又影响读者的阅读兴趣，所以不得不意译，但这就就降低了译诗的文化含量。

再以孟郊《古别离》为例，诗中这样写到：

“欲去牵郎衣，郎今到何处？不恨归来迟，莫向临邛去！”

在这里“临邛”用的是司马相如和卓文君的典故，构成了一个独特的文化意象，它表达了女主人公的愿望，即希望丈夫走后不要另觅新欢，弃家不归的愿望。Fletcher 将之译为”your late returning does not anger me, But that another steeled your heart away”。值得肯定的是译诗传达出了原作的基本信息，读者还能感受到原作中的韵味，但是丧失了原文的民族特色，信息传递也有所偏差，原文含蓄意味深长，而译诗则直奔主题，态度鲜明。

再如杜秋娘的《金缕衣》，对于这首诗的标题的翻译就有多个版本。Bynner 将之译为“The Gold-threaded Robe”，是直译字面的意思。Henry H. Hart 译为

“wise age to youth”是根据诗的主题进行的意译，已经完全背离了“金缕衣”的原意，事实上《金缕衣》是中国古代的曲牌名，这首诗的主题是劝人们珍惜少年时光，及时行乐。因此黄新渠用了直译与意译相结合的方法，译为”Advice to the young (Ancient tune: Jinlu Yi)”，似乎更为妥当。

第4章 中国诗歌英译中的形式对应

4.1 中国诗歌英译的诗体

4.1.1 诗体在翻译中的重要性

关于诗体在翻译中的重要性,雪莱认为:“只有当译诗的形式与原诗保持一致时,译者才能与作者平起平坐。”这种说法虽有夸大形式在诗歌翻译中的作用之嫌,但却说明形式在诗歌翻译中是一个不可或缺的因素,不是可有可无的。因为,诗歌有别于其他文体的最显著特征就在于其形式,而且诗歌是美的载体,诗意之美寓于诗的形式,正如“皮之不存,毛将焉附”一样,“形”之不存,“神”将焉附?诗歌之美不在于说了什么,而在于是如何说的。从诗歌的审美意义看,诗歌的形式是至关重要的。可以说,没有诗歌形式就没有诗歌的美。诗歌的内容与诗歌的形式比起来固然显得更重要,但诗歌的形式却是绝不可忽视的。因为在诗歌中,是其独特的格式而不是其重要的内容才使诗歌成为真正意义上的诗歌。

俄国形式主义文学理论奠基人什克洛夫斯基把诗定义为“一种语言结构”,英国牛津大学教授麦凯尔在《诗的定义》中提出:诗的要义是“模型”(pattern),诗的形式是模型化的语言。我国学者朱光潜在《诗论》中说:“形式可以说就是诗的灵魂。”而俄国形式主义者们则认为内容与形式不可剥离。形式即内容,内容即形式,形式甚至比内容更重要。形式的改变必然造成意义的偏转。这些都说明了人们对诗歌形式的重视。诗歌的翻译更多地涉及"言"与"意"之间的矛盾。这从不同的侧面说明诗歌的形式在翻译中是不可忽视的。甚至曾给诗歌下过"诗歌是在翻译中失却的东西"这样一个定义的美国诗人弗罗斯特,其本意也是强调诗歌形式之重要以及诗意对诗歌形式的依赖程度,说明诗歌的抗译性,尤其是形式优美的格律诗的抗译性,甚至达到"形"之不存,诗意尽失的程度。这丝毫也没有危言耸听的意味。

就格律诗而言,诗歌形式的重要性更是不言而喻。诗歌翻译家黄杲炘先生曾说:"格律如衣,格律是格律诗的一半。""格律"之于格律诗缘何具有如此魅力?考察一下诗歌和声律的关系便可一目了然。《书·舜典》:"诗言志,歌永言,声依永,律和声,八音克谐,无相夺伦,神人以和。"《孔颖达传》:"声谓五声宫商角徵羽,律谓六律六吕,言当依声律以和乐。伦,理也。八音能谐理,不错夺,则神人咸和。"即律吕调和宫商角徵羽各种音调,金石丝竹匏土革木各种乐器发声,和谐有序,能达到神人和乐的佳境。《吕氏春秋·大乐》:"凡乐,天地之和。""声出于和。"《孝行》:"和五声。"这说明,格律与声音、音乐有关。不同音调和谐,构成美妙音乐,能使人达到和乐之境。格律诗给人的这种怡人的音乐美感是诗歌的主要功能之一。这种源自声律的愉悦感自然能引领读者进入"诗以言志""天人合一"的境界。

4.1.2 中国诗歌英译中的诗体形式

中国诗歌的诗体形式包括格律体诗和自由体诗。诗歌翻译中有一个重要的标准就是以诗译诗。以诗译诗是指译诗应最大限度地保留原诗在内容和形式方面诗的品质。在这里,"以诗译诗"首先是指译者以恰当的方法将原语诗歌翻译为目的语诗歌的某种形式、而不是非诗歌的文体形式,以求得原语诗歌之"美"在译语中的再生。理想的状态是以目的语中与原诗对应的诗歌形式翻译原诗,如以自由诗译自由诗,以格律诗译格律诗等。若目的语中没有与原诗对应的诗体形式,也要尽量采用与之相近的诗体形式。

对于格律体诗歌来说,译诗难度很大,因为中文韵部较少,押韵相对容易,而英文韵部多得多,押韵不易,更何况在翻译中还必须忠实于原诗的意义和风格等,其难度可想而知。而自由体诗的分节、分行、押韵、格律等都没有一定的限制，如果弃这些束缚不顾，译诗自然要容易很多。尽管格律体译诗困难重重，但格律体译诗的尝试还是得到了许多评论家的赞赏和嘉许。英国传记文学家与评论家利顿·斯特拉契曾撰文称赞格律体译者翟理斯优美的英文译笔，说翟理斯的"译本值得一读，因为它不但是新奇，而且美丽，富有魅力。诗集是10年前出版的，但是我们读后会说：译本中的诗是这一代人所知道的最好的诗，虽然大部分诗是10个世纪以前写的"。又说："正是因为这本选集掌握了感情的色调和深度，它在世界文学史上占有独一无二的地位。也是为了这个原因，它的诗篇虽然古老得出奇，但在我们看来却还是新鲜的；诗中所描写的人性已经使诗篇成为不朽的作品了。"耶鲁大学哈格罗夫(H. L. Hargrove)也称赞弗莱彻的格律体译诗说："正如济慈称赞查普曼为荷马所做的，弗莱彻为古神州的诗学领域做出了杰出的翻译。"1994年英国企鹅图书公司出版了许渊冲英译《中国不朽诗三百首》(Song of the Immortals: An Anthology of Classical Chinese Poetry, 1994)，美国宾州大学教授顾毓琇说："历代诗、词、曲译成英文并且能押韵自然，功力过人，实为有史以来第一。"这些都表明格律体译诗虽然困难，但优秀的译者仍然能够游刃有余，奉献出优秀译诗，赢得读者的青睐和评论家的称赞。

4.1.3 中国诗歌主要诗体的译法

1.格律体译法

格律体的译法，以翟理斯和许渊冲等为代表，而许渊冲对格律体翻译方法的论述最为详备。许渊冲认为："三化论"和"创译论"是文学翻译的方法论，"三化"和"创译"是文学翻译的方法，用等化、浅化、深化、创译、超导、克隆等方法，可以产生优美的翻译文学。传达原文的"三美"，可以用"三化"的方法：等化、浅化、深化。所谓等化，包括形似的对等，意似的动态对等，词性转换，句型转换，正说反说，主宾互换，主动被动互换，同词异译，异词同译，典故移植等。所谓浅化，包括一般化、抽象化、减词、合译、化难为易、以音译形等。所谓深化，包括特殊化、具体化、加词、分译、以旧译新、无中生有等。为了传达诗词的"音美"和"形美"，译文有时可以不必

"意似",但却一定要传达原文的"意美"。传达"意美"的方法可以采用换词、加词、减词、拆词、合词、正词反译、前后倒置等等,换句话说,就是要尽可能发挥译文的语言优势。而创译法包括:①词语的创译法:"以旧译新""无中生有";②句子的创译法:"以创补失""超导""克隆";③全诗的创译法。许渊冲举了柳宗元的《江雪》为例。原诗为:"千山鸟飞绝,万径人踪灭。孤舟蓑笠翁,独钓寒江雪。"译诗为:From hill to hill no birds in flight,/From path to path no man in sight,/A lonely fisherman,behold! /Is fishing snow on river cold.许先生说:原诗第一句"千山"被浅化为从一座山到另一座山,"鸟飞绝"反说为没有飞鸟。第二句"万径"也被浅化为从一条小路到另一条小路,"人踪灭"又反说为不见行人。第三句"孤舟蓑笠翁"的"舟"字用减词法减去,因为寒江垂钓自然是在船上,不言自明;"蓑笠翁"等化译成"渔翁",最后加了一个动词"看!"这是创译,以动衬静,愈见其静,大有"鸟鸣山更幽"之概。第四句不说钓鱼而说钓雪,不钓鱼象征不沽名钓誉,可见渔翁清高,全句、全诗都可以算是创译。尽管说全句全诗都是创译未免太过,但其中创译成分的存在却是无可辩驳的。

此外,为了再现原诗的音乐美,格律体译者唐安石也提出:"下笔时往往在一行内不只选用叠韵,更采用行内韵。"翟理斯也采用了模仿原诗韵律的方法。例如,元稹《行宫》:"寥落古行宫,宫花寂寞红。白头宫女在,闲坐说玄宗。"翟理斯译文为:

Deserted now the Imperial bowers
Save by some few poor lonely flowers—
One white-haired dame,
An Emperor's flame.
Sit down and tells of bygone hours.

这首诗中 bowers,flowers 与 hours 三个字押韵,正与原诗一、三、四行末尾的"宫""红""宗"三个字对应,整首诗押 aabba 尾韵,虽然诗歌语言的载体已经改变,而韵律与原诗近似。

2.自由体译法

自由体并非完全舍弃形式,在译法上自由体译者通过节奏的运用再现原诗的音乐美,或以其他手段弥补自由体译诗时音乐美的损失。自由体译诗中最著名的译法当属韦利的弹跳节奏。《古今诗赋》有韦利所撰“翻译方法”。韦利依据原文逐字逐句直译,而不是意译;采用不押韵的自由形式,而不用英语诗体的押韵形式。他认为译文如果勉强凑韵,势必损害原文。他的译诗所采用的韵律与20世纪末英国著名诗人杰拉尔德·霍普金斯(Gerard Hopkins)在诗歌创作中倡导的“弹跳节奏”类似。韦利“弹跳节奏”的特点是一个重音对应一个汉字,每一诗行固定地采用五个或七个重音,对应中国古诗中的五言或七言形式,而其后的非重读音节个数不限,其节奏不同于传统格律体英诗的节奏,但可以在一定程度上模仿中国诗的节奏。只是汉英两种语言差异巨大,形成节奏的方式并不一致,一个重音对应一个汉字,在译诗中不能形成有规律的节奏,不符合传统格律体英诗的要求,也不能达到音美的再现。因此,这种方法并没有得到太多译者的拥护。

宇文所安的译文大多采用无韵诗(Blank Verse)这种偏向于自由的译诗形式,如杜甫《春望》:

国破山河在,城春草木深。
感时花溅泪,恨别鸟惊心。
烽火连三月,家书抵万金。
白头搔更短,浑欲不胜簪。

宇文所安译为:

A kingdom smashed,its hills and rivers still here,
spring in the city,plants and trees grow deep.
Moved by the moment,flowers splash with tears,
alarmed at parting,birds startle the heart.
War's beacon fires have gone on three months,
Letters from home are worth thousands in gold.
Fingers run through white hair until it thins,
cappins will almost no longer hold.

原诗为五律,格律严整,而译诗每行大体为10个音节,行尾通常不押韵,译诗较为自由。此外,英诗中常见的"跨行连续法"也被用来转换原诗的形式。"跨行连续法"以译语语言为依归,与散体译诗类似。许渊冲指出:"汉诗一般是不跨行的,但跨行却符合英诗的格律,也就是英诗之所长,趁韵而跨行可以说是扬长避短。"跨行连续的方法在新西兰译者艾黎的译诗中最为典型。挑出一首,就不难发现译者偏爱"跨行连续法"的译诗特点。如杜甫《悲陈陶》:

孟冬十郡良家子,血作陈陶泽中水。
野旷天清无战声,四万义军同日死。
群胡归来血洗箭,仍唱胡歌饮都市。
都人回面向北啼,日夜更望官军至。

艾黎译为:

The best of our youth
From ten districts have poured
Their blood into the bogs of
Chentao, mixing it with the mud
Of early winter; now the whole
Drear place is deserted, with
Skies clear and no sound of struggle;
Yet here some forty thousand
Of our men gave their lives, all
On one day; while now the tribesmen
Enemy wash the blood from their weapons,
Drunkenly shouting songs
In the market-places, and the people
Of Chang'an turn their faces
Stained with tears to the north,
Ever hoping for the loyal troops
To return.

4.2 中国诗歌英译中的句法

4.2.1 中国诗歌的特殊句法

以中国古典诗词为例,其句式结构是非常复杂,而灵活多样的。由于表达或韵律的需求,出现了一些特殊的句式结构。了解这些特殊的句式结构,对于中国诗歌的英译是大有益处的。

1.省略句

由于表达的需要,句子和句子之间的内容有所省略,出现了跳脱。

松下问童子,言师采药去。只在此山中,云深不知处。(贾岛《寻隐者不遇》)

这首诗写的是两人对话,却巧妙地把作者问童子的话全省了。从童子的第一句回答"言师采药去",可知问的是"师在何处";从第二句答话"只在此山中",可知问的是"在何处采药";最后一句"云深不知处",回答的是"究竟在山里何处"的问题。这是句间省略,或者说情节跳跃。

句中省略的例子很多。省略主语的诗句俯拾皆是,这里以一阕小令为例。

昨夜雨疏风骤,(女主人)浓睡不消残酒。(早晨女主人)试问卷帘人(今天景色如何),(侍女)却道"海棠依旧"。(女主人纠正说:)"知否?知否?应是绿肥红瘦"。(李清照《如梦令》)

有些诗句,表面上好像有主语,有动词,有宾语,其实仍是省略句。如苏轼《新城道中》:"岭上晴云披絮帽,树头初日挂铜钲。"这不是两个意思,而是四个意思。"云"并不是"披"的主语,"日"也不是"挂"的主语。岭上积聚了晴云,好像披上了絮帽;树头初升起了太阳,好像挂上了铜钲。

还有一种跳跃式省略。这种情况从表面上看,看不出任何叙述顺序上的联系,诗歌内容的表达,全然是按照作者感情意念的自然流动(物随心转)而进行的。例如,陶渊明的《饮酒》(之五):“结庐在人境,而无车马喧。问君何能尔?心远地自偏。采菊东篱下,悠然见南山。山气日夕佳,飞鸟相与还。此中有真意,欲辨已忘言。”诗人从“结庐在人境,而无车马喧”,跳到“采菊东篱下,悠然见南山”,又忽而跳到“此中有真意,欲辨已忘言”。这其间并没有必然的叙述顺序上的联系(既不是时间,也不是空间),全是为了表现作者恬淡、闲适、自得的感情需要而安排的。跳跃式省略的基本表现形式是:由甲跳到乙,再由乙跳到丙的过程中,甲、乙、丙三种事物表面上没有联系,作者在叙述中也没有明确地叙述顺序,甲、乙、丙三种事物的联系,靠的是作者内在情感意念的某种追求。

在诗词中,句子成分省略的情况各种各样,这里不一一阐述。应当指出,所谓省略句,只是从语法上去分析诗歌的。诗的语言本来就像一幅幅的画面,很难机械地从语法结构上去理解它。诗的语言要比散文的语言精练得多,写诗不能仅仅拘泥于常规句式。

2.倒装句

即在诗句中,出现了各种成分前置、后置现象。

如岑参《逢入京使》:“故园东望路漫漫,双袖龙钟泪不干。马上相逢无纸笔,凭君传语报平安。”中的“故园东望”正常的语序应是“东望故园”,诗句将“故园”和“东望”倒置,突出了作者对“故园”(长安)的无限思念之情。

再如苏轼的《念奴娇·赤壁怀古》:“故国神游,多情应笑我,早生华发。”应为“神游故国,应笑我多情,华发早生”。倒置的目的在于突出作者因“多情”而使“华发”“早生”。

杜甫《月夜》诗:“香雾云鬟湿,清辉玉臂寒。”实即“香雾湿云鬟,清辉寒玉臂”。诗人想象他远在鄜州的妻子也正好在闺中望月,那散发着幽香的蒙蒙雾气仿佛沾湿了她的头发,清朗的月光也使得她洁白的双臂感到寒意。这里的“湿”和“寒”都是所谓使动用法,“云鬟”“玉臂”本是它们所支配的对象,结果被放在前面,似乎成了主语。

叶梦得《贺新郎》词:“秋色渐将晚,霜信报黄花。”“霜信报黄花”显然是“黄花报霜信”的意思。这种主宾换位的词序表面上仍是“主—动—宾”的格式,但在意义上必须将它倒过来理解。

崔护《题都城南庄》:人面不知何处去,桃花依旧笑春风。

“笑春风”表面上是动宾词组,实际上“秋风”“春风”都不受“动”“笑”的支配,而是分别表示“在秋风中动”“在春风中笑”的意思。这类情况在诗词中很常见。

韩愈《江雪》:孤舟蓑笠翁,独钓寒江雪。

蓑笠翁钓的是什么?当然是钓鱼。有人却解为“钓雪”。这句子应理解为:在寒江雪中独钓。这是个省略介词“于”兼倒装的句子。诗句表达了柳宗元在政治改革失败后的孤独处境,他钓的是顽强不屈、凛然无畏、傲岸清高的精神。

倒装句的应用,不仅仅是韵律的需要,还有使诗句活泼,增加诗味,突出被调换词语语意的作用。我们不妨细心体会,适当借鉴,以提高自己的创作水平。

3.意象组合句

意象组合句是指将几个表示事物、景象的名词并列在一起,构成诗句。对这些诗句的理解,无法通过语法分析实现,只能借助想象和联想,将名词所代表的对象组合在一起,形成一幅画面,从而创造一种意境,借助意境理解文章的思想感情。

温庭筠的“鸡声茅店月,人迹板桥霜”就是成功运用名词的佳句。这两句诗,没有动词、形容词,只抓住 6 个典型事物,用几个名词就勾画出一幅乡村破晓的风景画,把旅人早行的情景写得极生动通真,充满着清新、静美的诗情画意。

运用这种句式,最典型的是马致远的《天净沙 · 秋思》:“枯藤老树昏鸦,小桥流水人家,古道西风瘦马。夕阳西下,断肠人在天涯。”这首小令的前三句,完全是用 9 种意象并列构成的。这 9 个体现意象的名词,本没有动词将它们连在一起,但借助于我们的想象和联想,就可以将 9 种不同的景象巧妙地组织进一个画面里,渲染出一派凄凉萧瑟的晚秋气象,从而含蓄地烘托出旅人的愁思。

4.互文见义

即在诗句的构成中运用了互文的修辞手法,来表现句子的含义。“文”是修饰的意思,所谓“互文”,是指诗文的相邻句中所用的词语互相补充,结合起来表达一个完整的意思。例如,“主人下马客在船,举酒欲饮无管弦。”如果理解成“主人下了马,客人留在了船上”就错了,应当把“主人”和“马”结合起来理解,“下马”“在船”是其共同行为,即:主人和客人下了马,又上了船。类似的例子,如“不以物喜,不以己悲”“东西植松柏,左右种梧桐”“秦时明月汉时关,万里长征人未还”等。

“互文见义式”的诗句,在理解上要讲究完整性,不能将互文的两个词语拆开理解。在表达效果上,“互文见义”的结构句式,可以便于句子的整齐、押韵,可以使语句简约,避免重复叙述,可以使表达的内容圆满而富有亲和力。

5.折腰句

折腰句有别于折腰体。格律诗中的七律,通常是上四下三格,间有上三下四或上五下二,皆为折腰句。

如黄庭坚《戏呈孔毅父》:管城子无食肉相,孔方兄有绝交书。

黄庭坚一生政治上不得意,所以常有弃官归隐的念头,而有时还不免夹带一点牢骚。这首写给他朋友孔毅父(名平仲)的诗,题头冠一“戏”字,正表现了他对自己浮沈下位、无所事事的生活境遇的自嘲自解。诗意是我被降职后,只有笔墨相随(“管城子”是笔的别称),只有笔墨无庸俗相,不像有些人都不愿和我来往了;而钱,更与我绝交了。此对仗句即用了上三下四的折腰句。

4.2.2 中西诗歌句法差异

中西诗歌在句法层面差异很大,“汉语是以话题占优势的话题型语言(TR/TC),英语则是主谓型语言(SV)”。换言之,汉语重意合(parataxis),重主题,多主语和逻辑关系的省略,属非形态语言,其句法关系主要靠词序和语义关系表达,不追求形式上的完整,只注重意义的表达。句子呈现并排式结构,按时间先后顺序和事理推移的方法逐步交代,层层铺开,语段以环状波式流动,浪花无律,好似万顷碧波,层层推进,层面之间没有明显的逻辑标记,自上而下是一个形散而意合的系统,具有以意统形的特点。因此,汉语的句式结构属于“竹节型”结构。

英语句子重形合(hypotaxis),重逻辑,不但主语很少省略,语法成分都有其独立作用,还有一系列时态、人称和语态变化及对虚词的强调,比较注重句子结构形式的完整和逻辑的合理。英语句子以主谓结构为主干,以谓语动词为中心,句子结构以直线枝形铺排,其他成分则通过各种连带附加关系附着在这个主干上,由主到次,递相叠加,具有以形统意的特点,属于"葡萄型"结构。虽然中英诗歌在句法方面有所不同,然而汉诗英译的目的就是要努力克服这种不同,达到由简入繁的转换,实现两种语言的融通。

4.2.3 中国诗歌主语的翻译策略

主语是英汉语言中主要的语法成分。在中国诗歌中常出现主语消失或指代不明确的情况。原诗主语的缺失,比如:"湖上移鱼子",没有交代主语,给人以朦胧美感,这一切都"隐"而不露,其中的含蓄美皆由读者去吟味;原诗有主语,但指代不明确,比如:"回首向来萧瑟处,归去,也无风雨也无晴",这种不确定性,使它呈现出高度的开放性,因而不同的译者建构的意义也就各不相同,从而使其充满了无尽的魅力。中国古诗中这种很常见的形式,给翻译造成一些困难,因而要学习一些处理策略。

1.主语缺失的情况

以北宋大文学家苏轼的《鱼》为例,看看译者是如何处理的:

鱼

湖上移鱼子,
初生不畏人。
自从识钩饵,
欲见更无因。

EPIGRAM

I fish for minnows in the lake.
Just born, they have no fear of man.
And those who have learned,
Never come back to warn them.

中国古诗的常见句法特征是主语的省略。本诗的开篇语并未交代主语,这种写法造就了一种含蓄多义的美感。读者必须根据上下文进行推测到底是“谁”在湖上移鱼子。译者王红公将主语情景定格,分别用I,they,who,them四个代词,译出了原句的主语,虽说将原诗意境大致表达出来,但由于形式的束缚,未能以朦胧的言语形式传达出原诗的凝练与朦胧之美以及“隐”的质感。

由这首诗的译文可以看出,汉语古诗主语、人称的缺失使古诗简约朦胧,给汉诗带来一种朦胧游弋的感受,使得境界扑朔迷离,情感深长绵藐,而在英文译文中必须补充这些隐含的代词,这样在语法上才是顺畅的。然而,这一点却增加了理解及翻译的难度和灵活度,因此如何处理汉语古诗中的隐性语法,尤其是主语、人称缺失现象是一个值得深入研究的话题。

2.主语不明确的情况

原诗的语义十分模糊,对于主语的省略可以有多种理解,由于时空的阻隔与语言的多义让译者很难全面无误地诠释原作,因此译者要根据自己的解读,选择添加一种主语,以更好地体现原诗的意义。

如苏轼的《定风波·莫听穿林打叶声》中:回首向来萧瑟处,归去,也无风雨也无晴。

在这里对于“归去”的主语可以有不同的理解,有的学者认为“归去”的主语是动作的发出者苏轼,因为苏轼认为政治场合中的晴雨表是升沉不定的,不如归去,做一个老百姓。但也有学者认为,苏轼在遭遇人生苦难时,不会像一般文人那样逃避社会以寻求解脱,所以这里的“归去”应该是指“风雨”和“斜照”,整句意思应为,“回头看刚才下雨刮风的地方,云开雾散,太阳落山,风雨和阳光都消失了,整个世界恢复了平静、正常,好像什么都没有发生过”。这里呈现出了诗人无喜无悲、胜败两忘的人生哲学,是诗人深刻的内心体验和反省,是借助自然的棒喝而获得的人生彻悟。

译文1:杨宪益译文

One last look at the bleak scene behind

And on I go,

Impervious to wind, rain or sunny weather.

译文 2:许渊冲译文

Turning my head, I see the dreary beaten track.

Let me go back!

Impervious to wind, rain or shine, I'll have my will.

译文 3:朱莉·兰多(Julie Landau)译文

I turn to where I'd just heard wind and rain

If I went back

There'd be no rain, no wind—but no sun either!

译文 4:宇文所安(Stephen Owen)译文

Turn your head to where you just were,

where the winds were howling,

go back—

on the one hand, it's not a storm;

on the other, not clear skies.

这句诗中人称主语的缺失带来理解和翻译的困难,原句没有明言“归去”动作的主体为谁。译者可以有不同的理解,前三个译文都将“归去”的主语译为第一人称,表达了诗人的主体感受,只要自己对一切处之泰然、逍遥自得,就会心适自然,风雨、微冷不会让他愁眉不展,阳光、温暖也不会让他欣喜若狂,他的思想进入佛教的“无差别境界”。译文 4 中,宇文所安保持与原文一样的手法,将“归去”的主语省去,通过留白,给读者创造了想象的机会,不失是一种高明的译法。可见,在翻译的过程中,译者应从诗歌不同的特点着手,不同的译者可以采用不同的翻译策略,力图产生“音、形、意”不同的效果,与原文达到和谐。

4.3 中国诗歌英译中的修辞

4.3.1 修辞的解读

关于修辞的概念,中外学者给出了不同观点。下面就简单列举一些较为典型的解释。

理查兹(I. A. Richards)在《修辞的哲学》(*The Philosophy of Rhetoric*)中提出,"Rhetoric should study the misunderstanding in human communication and find a solution to it."

布赖恩特(D. C. Bryant)在《修辞:功能与范围》(*Rhetoric:Its Function and Scope*)中指出:"Rhetoric is the theory of informative and persuasive discorse."

马丁·斯坦曼(Martin Steinmann)在《新修辞》(*New Rhetoric*)中将 rhetoric 解释为:"What rhetoric concerns is how to make an effective choice between two synonymous expressions."

布鲁克斯和沃伦(C. Brooks&E. P. Warren)在《现代修辞》(*Modern Rhetoric*)中提到:"Rhetoric is a kind of art which deals with how to manipulate language effectively."

《世界图书大辞典》(*The World Book Dictionary*)对 rhetoric 一词的解释为:the art of using words in speaking or writing so as to persuade or influence others.

《兰登书屋韦氏大学词典》(*Random,House Webster's College Dictionary*)认为,rhetoric 是 the art of effectively using language in speech or writing,including the use of figures of speech。

《现代汉语词典》对"修辞"一词是这样解释的:"可以修饰文字词句,运用各种表现方式,使语言表达得准确、鲜明而生动有力。"

《辞海》在“语言文字分册”指出:“修辞是依据题旨情境,运用各种语文材料、各种表现手法,恰当地表现写说者所要表达的内容的一切活动。”可见,与《现代汉语词典》相比,《辞海》的定义既涵盖了书面文字和口头语言,又突出了“依据题旨情境”的“恰当”表达是修辞追求的目标。

北京大学语言学教研室在《语言学名词解释》中指出:“修辞是指最有效地运用语言,使语言很好地表达思想感情的一种技巧。研究这种技巧的学问,就叫作修辞学。换言之,修辞学是以修辞的规律、方法和语言手段的表现为研究对象的科学。”

中国著名修辞学家、语言学家陈望道在《修辞学发凡》(1979)中提出:“修辞不过是调整语辞,使达意传情能够适切的一种努力。”

张弓在《现代汉语修辞学》中指出:“修辞是为了有效地表达意旨、交流思想而适应现实语境,利用民族语言各因素以美化语言。”

在陈望道和张弓的观点上,杨鸿儒在《当代中国修辞学》(1997)中指出,“修辞是通过对语言材料的选择、调整、修饰,使语言美化,更好地交流思想,表情达意。”他还对“调整”“修饰”等词做了具体解释,即“调整”是指依据题旨、情境的需要,对词语、句式、段落、篇章做恰当的选择和安排,力求达到语言准确、鲜明,没有丝毫的模糊,也没有丝毫歧义的目的,使读者清楚、明白;“修饰”指恰当地选择一些修辞手段、修辞方法,增强语言表达的艺术效能。

综合上述观点,吕煦在《实用英语修辞》(2004)中提出,“修辞是最有效地运用语言以期更充分、透彻、鲜明地表情达意的一种艺术。研究这种艺术的学问,就叫作修辞学。修辞学就是研究在一定的题旨和条件下如何对语言素材进行调整、加工、润色,如何运用修辞方式以提高语言表达效果的学科。它旨在探讨修辞规律和方法,并将它们上升到理论高度以具体地指导语言实践。”

4.3.2 诗歌中常见的修辞手法

为了更好地展现诗歌的情感内容,诗人常常运用多种修辞手法。其中,诗歌中常见的修辞有比喻、拟人、夸张、对偶、借代、排比、设问、反问、双关、用典等。

1.比喻

比喻是诗歌中塑造形象的最常见的修辞手法。比喻是指将要加以描写刻画的事物,用比喻词与另一种具有鲜明的统一特点的事物联系起来,从而使诗歌表达的内容显得生动具体形象,给人以鲜明深刻的印象。

例如,刘禹锡的《望洞庭》:

“遥望洞庭山水色,白银盘里一青螺。”

诗歌巧妙地以“螺”作比,将皓月银辉下的山比作银盘里的青螺,色调淡雅,山水浑然一体。

2.拟人

拟人就是将物当作人来描写,并赋予它们以人的特征、外表及活动方式等。一般来说,拟人修辞可以分为两大类:直接拟人和间接拟人。直接拟人即让物体和抽象的事情直接像人一样说话、行动、思想;而间接拟人则是保留原来作为事、物的主体不变,风就是风,水就是水,但却把本来用于描写人的行为的词语改用于写事与物。例如林逋的《山园小梅》:

“霜禽欲下先偷眼,粉蝶如知合断魂。”

这一联采用拟人的手法。“先偷眼”极写白鹤爱梅之甚,它还未来得及飞下,就迫不及待地先偷看梅花几眼;“合断魂”一词写粉蝶因爱梅而至销魂,把粉蝶对梅的喜爱之情夸张到极点。

3.夸张

夸张是指运用想象,通过对描述对象在数量、形象、特征、作用、程度、情状方面的夸大或缩小,突出事物的某种特征或品质,鲜明地表达思想情感,进而达到强调的目的。

例如李白的《秋浦歌》:

“白发三千丈,缘愁似个长。”

愁生白发,诗人用夸张的手法写白发竟有“三千丈”那么长,可见愁思的深重。

4.对偶

对偶是指字数相等,结构形式相同或相近,意义对称的一对短语或句子,对称排列起来表达两个相对或相近的意思。其作用是整齐匀称,节奏感强,高度概括,易于记忆,有音乐美感。

例如杜甫的《登高》:

“无边落木萧萧下,不尽长江滚滚来。”

“无边落木”对“不尽长江”使诗的意境显得广阔深远,“萧萧”的落叶声对“滚滚”的水势更使人觉得气象万千。更重要的是,从这里感受到诗人壮志难酬的苦痛。

5.借代

借代是指借用相关的事物来代替所要表达的事物。借代可用部分代替全体,用具体代替抽象,用特征代替人。借代的运用使语言简练、含蓄。

例如李清照的《如梦令》:

“知否？知否？应是绿肥红瘦。”

词中用“绿”和“红”两种颜色分别代替叶和花,写叶的茂盛和花的凋零。

6.排比

排比是指把内容紧密关联、结构相同或相似、语气一致的几个句子或短语接连说出来。

例如马致远的《天净沙·秋思》:

“枯藤老树昏鸦,小桥流水人家,古道西风瘦马。”

纯用名词组合,构成典型环境,渲染孤寂,凄清的气氛,烘托游子的哀愁。

7.设问

设问是指先提出问题,接着自己把看法说出。问题引入,带动全篇;中间设问,承上启下;结尾设问,深化主题,令人回味。

例如《蟾宫曲》:

“问人间谁是英雄？有酾酒临江,横槊曹公。”

以设问开篇,点明题旨,领起下面分层次地叙述汉末三国人物的英雄业绩。

8.反问

反问是指用疑问的形式表达确定的意思。用来加强语气,表达强烈感情。

例如王安石的《叠题乌江亭》:

"江东子弟今虽在,肯与君王卷土来?"

使用反问句式,语气冷峻,强调了历史之必然。

9.双关

双关是指某一字、词,凭借其本身具有的语音或语意的条件,在特定的语言环境中获得双重意义就是双关。这种修辞手法可以使语言含蓄、风趣。

例如韦庄的《忆昔》:

"昔年曾向五陵游,子夜歌清月满楼。银烛树前长似昼,露桃花里不知秋。西园公子名无忌,南国佳人号莫愁。今日乱离俱是梦,夕阳唯见水东流!"

诗人不把"无忌"作专名看,取其"无所顾忌""肆无忌惮"之意,这是双关;诗人言愁却借善歌少女之名"莫愁",意在反讽,这也是双关。

10.用典

用典有用事和引用前人诗句两种。用事是借用历史故事来表达作者的思想感情,包括对现实生活中某些问题的立场和态度、个人的意绪和愿望等等,属于借古抒怀。引用或化用前人诗句目的是加深诗词中的意境,促使人联想而寻意于言外。

例如辛弃疾的《永遇乐·京口北固亭怀古》:

"想当年,金戈铁马,气吞万里如虎。"

写的是刘裕当年北伐抗敌的英雄气概。作者借赞扬刘裕,讽刺南宋王朝主和派屈辱求和的无耻行径,表现出作者抗金的主张和恢复中原的决心。

又如姜夔的《扬州慢》:

"过春风十里,尽荠麦青青。"

"春风十里"引用杜牧的诗句,表现往日扬州十里长街的繁荣景况,是虚写;"尽荠麦青青",写词人今日所见的凄凉情形,是实写。这两幅对比鲜明的图景寄寓着词人昔盛今衰的感慨。

4.3.3 诗歌中修辞的翻译

诗歌中有多种修辞,这里以诗歌中出现频率最高的几种修辞手法为例,一一分析其翻译方法及策略。

1.比喻

对于诗歌中比喻的翻译,应该以直译为主,要尽量忠于原文,使形象生动的比喻原汁原味地再现于译文读者面前。

如张九龄的《赋得自君之出矣》中有两句:

"思君如满月,夜夜减清辉。"

译文如下:

For thinking of you,

I am like the moon at the full,

That nightly wanes and loses its bright splendor.

这首诗写的是一位日渐消瘦的思妇形象,诗人用形象的比喻来描绘思妇内心深处的活动。她日日夜夜思念,容颜都憔悴了。宛如那团团圆月,在逐渐减弱其清辉,逐渐变成了缺月。"夜夜减清辉",比喻含蓄美妙,想象新颖独特,饶富新意,给人以鲜明的美的感受。

在中国诗歌中,月亮常常被作为诗人思亲怀乡、寄托感情的物象。此处,诗人用月亮的形象来烘托思妇对月怀人的愁思,虽然英语文化中月亮并没有这层含义,但是月亮是思妇形象的喻体,因此在翻译时不能轻易改变。译文将"思君如满月"译为"I am like the moon at the full"(我就像圆月一样),虽略做改动,但是没有因文化的隔阂而改变原来的喻体;"that nightly wanes"(夜夜亏缺)和原文一样,明说月亮日渐亏蚀,实指思妇的脸庞日渐消瘦。

译文对诗中的比喻采取直译的方法,忠实地再现了原诗中的人物形象美,使译文读者体味到了异国诗歌形象的风姿,进而获得美的享受。

2.拟人

中国诗歌中的拟人修辞,在翻译过程中应尽量保留,这样往往能使译文读者感受到异国诗歌的风姿,获得异国风味的审美感受。例如宋祁的《木兰花》的翻译:

东城渐觉风光好，縠皱波纹迎客棹。
绿杨烟外晓寒轻，红杏枝头春意闹。
浮生长恨欢娱少，肯爱千金轻一笑。
为君持酒劝斜阳，且向花间留晚照。

许渊冲译文如下：

The scenery is getting fine east of the town;
The rippling water greets boats rowing up and down.
Beyond green willows morning chill is growing mild;
On pink apricot branches spring is running wild.
In our floating life scarce are pleasures we seek after.
How can we value gold above a hearty laughter?
I raise wine cup to ask the slanting sun to stay,
And I leave among the flowers its departing ray.

此词通篇运用拟人的手法，将景物赋予生命，写得形象生动，上篇描绘春天的绚丽景色极有韵致，开头一个“迎”字将微波荡漾的湖面、来往如织的客船形象地展现在我们面前，我们仿佛看到湖中泛起纱绉般的水波，将游春的船儿迎来送往，分外热情。而后面的“红杏枝头春意闹”更是使得全诗的景物描写达到高潮，生机勃勃的一幅春景形象跃然纸上。

其中“闹”字就是采用了拟人的手法，使得本就红艳诱人的红杏变得具有活力，浮现在我们眼前的是这样一幅图画：一枝枝怒放的红杏上头，蜂飞蝶舞、春鸟和鸣，好不热闹，将繁丽的春色点染得十分生动，形象鲜明，意境突出。译文将这两处拟人手法直接译出，既保持意义传达的忠实性，又不失语言表达上的形象性。

译者将“迎”译为“greets”极为生动传神，能立即引起读者的丰富联想，将读者带入原诗的美妙意境之中；而“春意闹”被意译为“Spring is running wild”，春天就像散发着活力的孩童一般，充满勃勃生机。两处拟人的手法都得以保留，完美地再现原诗中的生动活泼的形象。

3.夸张

翻译夸张的修辞手法时，译者应该仔细观察和揣摩诗人是如何使用夸张的，并尽量将修辞的效果在译文中再现，给译文读者同样的美感体验。例如对李白的《早发白帝城》的翻译：

朝辞白帝彩云间，
千里江陵一日还。
两岸猿声啼不住，
轻舟已过万重山。

许渊冲译文如下：

Leaving at dawn the White Emperor crowned with cloud.
I've sailed a thousand li through Canyons in a day.
With the monkey's adieus the river banks are loud,
My skiff has left ten thousand mountains far away.

李白晚年，被朝廷流放夜郎，西行到川东白城，赶上全国大赦，重获自由。这首七言绝句，是他乘船东下返回江陵时的作品。

首句写诗人的回想，点出开船的时间是早晨，地点是白帝城。“彩云间”是写白帝城的高。彩云缭绕与诗人遇赦的喜悦之情十分和谐。“千里江陵一日还”写诗人的意愿，形容船行之速，千里江陵只要一天即可到达。诗人用夸张的手法写了长江一泻千里之势，同时也抒发了诗人“归心似箭”的心情。

第三、四句同样运用夸张的手法，形象地描绘轻舟快驶的情形。两岸猿猴的叫声还没停止，可那轻快的小船已经驶过了千山万岭，诗人急欲东归的心情，洋溢于诗的明快的节奏之中。诗人在整首诗中极尽夸张之能事，表现行船之快，借不间断的猿声衬托轻舟的快捷。借万山重叠衬托长江的一泻千里。呈现出一幅两岸悬崖峭壁，猿猴啼叫，一叶扁舟在湍急的江水中飞流直下的壮丽画面，形象鲜活、精妙无比，令人百读不厌。

两处夸张的成功运用使诗歌具有了形象的美感，由于英语中也有大量夸张修辞手法，译文读者不会因这些夸张而有理解的障碍。原文中的夸张“千里”“万重山”分别被直译为“a thousand li”和“ten thousand mountains”,原诗中的修辞手法得以保留,艺术形象得到完美的再现,并能在读者心中唤起丰富的联想。

4.对偶

对偶可使诗词在形式上和意义上显得整齐匀称,使语句更具韵味,给人以美感,增加词语的表现力,体现了中国传统诗歌的审美观念。汉语中有对偶的形式,在英诗中却没有工稳对仗的传统,如果将原文直接还原成对仗的形式,则不符合英美国家读者的审美情趣,会显得生硬呆板。因此,在译文中对于原诗的对仗形式的传达,可以采取不同的处理方法。

以苏轼的《饮湖上初晴雨后》为例:

水光潋滟晴方好,
山色空濛雨亦奇。
欲把西湖比西子,
淡妆浓抹总相宜。

该原诗中“水光潋滟晴方好,山色空漾雨亦奇。”是正对,意义相近,互为补充。“水光潋滟”对“山色空濛”,“晴方好”对“雨亦奇”,对仗工整,构成一幅十分有意境的田园风光图。

译文1:许渊冲译文

Drinking at the Lake, First in
Sunny, then in Rainy Weather

The brimming waves delight the eye on sunny days;
The dimming hills present rare view in rainy haze.
West Lake may be compared to Lady of the West,
Whether she is richly adorned or plainly dressed.

译文2:丁衡祁译文

Indulgence on West Lake

The West Lake is shimmering in sunny rays;
The dotted hills are misting over in rainy haze.

Like Beauty Xishi the lake is always at her best,

Whether colorfully or plainly she is dressed.

译文 3:唐安石(John Turner S.J.)译文

The Western Lake

When Rain is Falling

These pools,SO lovely when their bright

Wavelets are glancing in sunlight,

Still,when the hills are dimmed with rain,

Their pristine loveliness retain.

For symbol of the Western Lake

The Western Maid you well may take,

Whether adorned with white and rose

Or in unpainted grace she goes.

许渊冲的译文,采用了比较严格的对仗,许译中 The brimming waves 与 The dimming hills,delight 与 present,sunny days 与 rainy haze 对应,因此这两句译文在形式上与原文铢两悉称,此外,译文押尾韵[z],是对原文音韵的一种超越,可谓创译之典范。丁衡祁的译文中 The west Lake 与 The dotted hills,shimmering 与 misting,sunny rays 与 rainy haze 也是一一相对,然而首句中用了 The West Lake 这个词,是“西湖”,而不是西湖的“水波”,与原文的意思有出入,应该斟酌这个词的表达。但丁译在对仗方面还是很工整的,而且与许译一样都押尾韵[z],可谓精准而达意。而另一位译者唐安石则没有拘泥于原文的形式,在翻译时尽量保留了原文的内容,用了分行的方式掩饰原诗的对仗结构,而且 bright 与 sunlight,rain 与 retain 押韵,倒也不失巧妙地传达出来了原文的句式信息。

第5章 中国诗歌英译中的词汇表达

5.1 中国诗歌的专有名词英译

5.1.1 专有名词的解读

名词是表示人或事物实体存在的词。中国诗歌中存有大量的名词,包括普通名词和专有名词。普通名词是许多人或事物的共有名称,其翻译比较简单。专有名词主要指表示某一特定的人名、团体、地方、地名、江河湖海名称、书名、标题、歌曲名、机构名、日期、节日名或者某一事物所专有的名词。

专有名词通常分为单纯专有名词和复杂专有名词。单纯的专有名词指那些仅表示某人,某地等,而无其他含义的专有名词。复杂的专有名词是指一些包含典故、比喻等的专有名词。

包含典故的,如元稹《遣悲怀之三》诗中引用的邓攸、潘岳两个人的典故:

闲坐悲君亦自悲,百年都是几多时。
邓攸无子寻知命,潘岳悼亡犹费词。
同穴窅冥何所望,他生缘会更难期。
惟将终夜长开眼,报答平生未展眉。

包含比喻的专有名词,是以专有名词作比,打上了比喻词格的烙印。例如,在《丹青引营霸将军》中的"丹青",丹和青是我国古代绘画,常用的两种颜色,通常用来借指绘画。

5.1.2 诗歌中专有名词英译的难度

含有专有名词的诗歌不胜枚举,以李白的《峨眉山月歌》为例:“峨眉山月半轮秋,影人平羌江水流。夜发清溪向三峡,思君不见下渝州。”这首诗在短短四句之中包含了“峨眉、平羌、清溪、三峡、渝州”5个地理名称,但读起来非但没有阻碍凝滞之感,反而觉得诗意流畅、一气呵成,豪迈明朗的诗风中蕴藏着诗人人情人理、天衣无缝的巧妙心思。一般而言,文化专名在诗中所占篇幅较小(《峨眉山月歌》这种情况极其罕见),然而深厚的文化渊源及寓意却籍此得以巧妙表达,从而增强了古诗的典雅风致,使之获得委婉含蓄、词约义丰的效果。如高适在《燕歌行》中最后写道:“君不见沙场征战苦,至今犹忆李将军”,通过典故暗示唐朝当时的将军骄逸无能、不恤士卒,恰与精忠报国、爱惜将士的大汉将军李广形成鲜明对比,隐晦而又深刻地表达了诗人对统战将军的讽刺愤恨和对普通士兵的同情怜悯。

由于中西方文化的差异性,诗歌中专有名词的翻译成为一大难点。人名、物名、地名、典故专属于一定的文化,而中西语言文化之间存在一条鸿沟,阻碍着专有名词的翻译,凸显出两种文化之间的距离。译者常常进退维谷,既要照顾专名的含义,又要符合译诗的表达习惯。既要传达原作的形式,又要考虑译文读者的理解水平。如果专有名词的翻译不能使读者了解其语境含义,从而增益对唐诗的意境欣赏,那么译犹不译。

英国汉学家韦利在20世纪早期翻译的《中国诗歌170首》风格自然、简洁优美,备受读者赞誉,但他的翻译其实有意回避“充满典故、需要大量注释的诗歌”,他认为典故是“中国诗歌的弊病”。这当然是译者的一种认识偏见,却足以证明古诗中文化专有名词的翻译难度。即便如此,作为中国古诗不可或缺的常用元素,文化专有名词在古诗宝贵而又有限的空间内占据的比例与发挥的作用不容译者漠视。

5.1.3 诗歌中专有名词英译的策略

在诗歌英译时,要根据专有名词在诗歌中的不同语篇功能,采用不同的翻译策略。

1.字面直译

如果所用专名的字面意义即能引起读者恰当的联想,有益于渲染诗歌的意境,则直接翻译专有名词的各个成分,尽可能传达原诗的风味,增进跨文化交流的深度。许多中国地名的字面意义很美,又切合诗歌的意境,译者一般将其直译,如李白的《峨眉山月歌》,可译如下:

峨眉山月歌

峨眉山月半轮秋,
影入平羌江水流。
夜发清溪向三峡,
思君不见下渝州。

The Moon Over Mount Brow

The crescent moon looks like old Autumn's golden brow;
Its deep reflection flows with limpid water blue.
I'll leave the town on Clear Stream for Three Gorges now.
O Moon, how I miss you when you are out of view!

在5个地名"峨眉、平羌、清溪、三峡、渝州"的翻译中,译者根据地名的语言特点和构造,将其中三个具有字面美感的地名按其含义直译成英文,更突出了三峡月夜的静谧和优美,有益于诗歌主题的传达。这一类的地名直译还包括:"青溪(Blue Stream)"、"黄花川(Stream of Yellow Blooms)"、"香炉峰(Censer Peak)"、"锦城(Town of Silk)"、"兰溪(Orchid Stream)"、"大林寺(Temple of Grand Forest)"、"白云泉(White Cloud Fountain)"、"青草湖(Grass-green Lake)"、"龙泉剑(sword of Dragon's Fountain)"等等。

当然译诗集中对专有名词采取字面直译的方法不限于地名的翻译,它有时也应用于对人名、典故名称或历史名词(如南朝——Southern Dynasties)的翻译。学者李菡十分赞许译者对《长恨歌》中杨贵妃的别号"太真"进行字面直译的方法,认为将之译为"Ever True"为"神来之笔",呼应了诗歌中忠贞不渝的爱情主题,胜过英国译者弗莱彻的音译处理方法。

2.专名转化

有些专有名词,尤其是典故型专名(如武陵、巫山),用于唐诗之中,可使诗歌言简意深、风格典雅、韵味悠长,然而即便对普通中国读者而言,理解这类名称也有一定难度,更不用说字面直译过去,让英语读者猜字谜了。还有些涉及神话传说和风俗习惯的专名(如龙王、清明),虽然中国人对其耳熟能详,但其字面意义如若直译,可能会让英语读者产生认知偏差(如:将中国神话中司雨的“龙王”想象成喷火的暴龙;从“清明”联想到天色清澈明朗而非祭扫先人的民俗)。因而,对一些专有名词可以采取转化的方法.即将专有名词翻译为意义清晰的英文专名。虽然英译专名的字面意义和原文并不对应,但能更直观地体现原诗专名的内涵意义。

这类译例包括:“清明(the Mourning Day)”、“武陵(Peach Blossom Stream)”、“青帝(Lord of Spring)”、“黄陵庙(Imperial Tomb)”等等。

3.阐释泛化

有些专名的字面意义与所指意义没有字面的直接关联(如“金河”代指北方少数民族地区),直译过来可能令人费解;又有些典故性专名已经失去了字面形象性,仅仅变成了一种借代(如“金龟婿”代指身份高贵的女婿,“周郎”代指才华横溢的美男子),此时若照字面直译,需要添加繁多的背景注释,继而分散读者的注意力,破坏译诗的语言整体美。对此,以传递专名的实指和内涵为主,采取阐释性意译的方法,将专名泛化为普通名词。如:

尝读远公传, Knowing the hermit's life and way,

永怀尘外踪。 I love his solitary dell.

该例中“远公”指晋代高僧慧远。如果直译的话读者必然不知所云,而注解又会使译诗臃肿烦琐、影响阅读快感,所以译者将其意译为“hermit”,直指词汇的象征意义。

4.化解省略

译者基于不同的语境,有时简化处理唐诗中的专名,将其意思化解入诗句中别的语言成分中,甚或直接省略。以崔颢《黄鹤楼》中两句为例:

晴川历历汉阳树， By sunlit river trees can be counted one by one;

芳草萋萋鹦鹉洲。 On parrot Islet sweet green grass grows fast and thick.

此例中原文“汉阳”用于修饰“树”，主要目的是为了和下句中的“鹦鹉洲”对仗，体现唐诗的平仄韵律和形式美感，但对全诗主题意蕴的表现而言则并非举足轻重，作者翻译时综合考虑到译诗的韵律和内容需求。将“汉阳”这个专有地名略去不译。

再如，孟郊《古别离》中有两句“不恨归来迟，莫向临邛去”，委婉表现出女主人公对丈夫依恋不舍的情愫、对离别忧虑不安的心理。临邛，是汉代司马相如在客游中与卓文君相识相恋之地，诗歌用此地名暗喻男子寻觅新欢之处。如果直接音译，便不能传递出其中丰富的文化内涵，造成理解断层，而音译加注，虽能达意，却又突兀冗长，影响阅读过程中的审美感受。因此译者将词句译为：“Your late returning brings me less woe/Than your heart being stolen away.”，省略了地名典故，保留了意义内涵，旨在增加译文的可达性。

5.专名音译

对于部分人名和地名的翻译，可以使用音译的方法，或音译与意译相结合的方法。如将古诗题目《送陈章甫》译为“Farewell to Chen Zhangfu”.直接音译人名是因为该人物是诗歌的直接交流对象，是实指人物，且在题目中处于重要的位置。而某些地名的译法早已固定，译者会直接沿用，如采用音译专名成分、意译通名成分的方法将“庐山”称为“Mount Lu”。采用音译或音译结合意译的方法翻译的例子还有：“钱塘湖(Qiantang Lake)”、“崔雍崔衮(Cui Brothers)”、“昆仑(Mount Kunlun)”“易水(River Yi)”等。

值得注意的是，译者在诗集的专名翻译中表现得十分灵活，对不同诗歌中出现的相同专名的译法并不拘泥固定，而是根据该词的语篇功能和译诗的表达要求，选择更加合适的翻译策略。

5.2 中国诗歌的动词拟声词英译

5.2.1 诗歌中动词的解读

俄国著名作家托尔斯泰指出，在艺术语言中，最重要的是动词。在古诗创作中，诗歌语言在言简意赅的要求下，要做到音、形、意的统一，又要讲究节奏、押韵、平仄等。从语法角度上看，动词一般充当谓语，是一句话的核心，主要的动作、行为、状态都要通过动词表达，所以动词是诗歌创作中遣词造句的重要手段。如果某个动词用得贴切而巧妙，整句诗因此而生辉。最出名的是贾岛"鸟宿池边树，僧敲月下门"中关于"推"和"敲"的故事足见诗人在动词使用上的斟酌。

动词是语言艺术化的重要手段，在写人、状物、描景、叙事中都必不可少。首先，动词如在诗歌中运用得当能展现事物的立体感，如杜甫的《绝句》："两个黄鹂鸣翠柳，一行白鹭上青天。窗含西岭千秋雪，门泊东吴万里船。""鸣"对仗"上"，"含"对仗"泊"，形成了诗歌的结构美，创作出富有动感的画面。其次，动词使诗歌结构严谨有序，有机衔接上下文，如王安石的名句"春风又绿江南岸"中的动词"绿"以及陶渊明"悠然见南山"中的"见"都有一种动态美，丰富了诗句的涵义。动词的妙用还能起到传神的作用，如王维的"月出惊山鸟"，一个"惊"字把月出之象描写得出神入化。诗歌的意境就是客观形象与诗人思想感情的契合，而在"情"与"景"的交融中，动词的作用不可低估，反映了诗人的生活情趣和审美理想，如韩愈《春雪》中的"白雪却嫌春色晚，故穿庭树作飞花"，"嫌"和"穿"两个动词使雪花仿佛有了人的灵性，也增加了诗的趣味性。因此，鉴赏中国古典诗歌特别要注意诗中的动词，对动词的翻译更是衡量一位译者语言驾驭能力和跨文化交际能力的重要标尺。

5.2.2 诗歌中动词的翻译策略

1.直译法

在不影响理解的情况下，可采用动词原义进行直译，尽可能真实准确地再现原文特色，这也是翻译应该遵循的基本原则。

例如，贺知章《咏柳》：

“碧玉妆成一树高，万条垂下绿丝绦。”

the slender beauty’s dressed in emerald all about;

a thousand branches droop like fringes made of jade.

“妆”译为“dress”，“垂”译作“droop”，高高的柳树像碧玉装扮而成，万千柳枝都垂下绿色的丝条。这句译诗抓住了垂柳的特征，翠玉般的枝条在风中摇曳生姿，通过柳树之美来赞美春的活力。

又如李白《望庐山瀑布》：

“飞流直下三千尺，疑是银河落九天。”

as if the silver river fell from the blue sky.

本句诗中的“下”和“落”分别译为“dash”和“fell”，壮观的瀑布从高处急冲直流而下，让人怀疑这是从天上倾泻下来的银河。通过直译，读者也能真切感受到庐山瀑布一泻千里的磅礴气势。

2.变换动词改译法

动词的使用，具有一定的民族文化背景和特定的语言表达习惯，为求语句通顺、语义明确，翻译时可不按动词所指称的概念翻译，而是依据它们在特定语境中的模糊语义，变换动词译出其语用含义即可。

例如，王维《竹里馆》：“深林人不知，明月来相照。”

only the bright moon peeps at me.

“月光照射”如果直译应为“the moon shines to me”，而译者这里巧妙地把“照”译为“peep at”，即为“偷看、窥视”之意，赋予了月亮拟人化的色彩。这句译诗人景合一，以自然平淡的笔调描绘出月夜幽林的意境。诗人虽僻居深林却悠然自得，虽无人知晓也并不孤单，空中的明月已然成为他的知心朋友。

又如杜甫《春夜喜雨》：“随风潜入夜，润物细无声。”

一个“潜”字是整首诗的点睛之笔，其意为“暗暗地，悄悄地”，这场春雨来得悄无声息，却滋润了大地万物。译者将其译为“steal”可谓异曲同工，颇具情趣地抒发了作者的喜悦之情。

3.增添动词意译法

有时原诗并没有出现动词,但为了使译文能更好地传达诗人的思想或达到一定的艺术效果,在个别情况下可酌情增加一些动词,使译文更具感染力。

例如王维《使至塞上》:

"大漠孤烟直,长河落日圆。"

in boundless desert lonely smokes rise straight;

over endless river the sun sinks round.

这句诗中的"直"和"圆"本身都是形容词,而在译诗中翻译为"rise straight"和"sink round"。这就是在原文的基础上增加了动词而使译文衔接更加自然、流畅。在荒无人烟的沙漠上,没有一丝风,一缕青烟袅袅升起,远处一轮圆圆的落日使整个画面既壮美又温暖,描绘出一幅荒凉中略有生气的大漠风光图。

又如白居易《钱塘湖春行》:

"几处早莺争暖树,谁家新燕啄春泥。"

disputing for sunny trees,early orioles thrill;

4.省略动词法

有时诗歌中的某些动词没有实际意义,只是诗人为了凑足音节或促成叙事人和读者直接对话,使其出现在诗句中。这种情况下省略动词也不会影响诗句的意义,而且更符合英语的语言习惯。

例如孟浩然《春晓》:

"夜来风雨声,花落知多少。"

译诗省略了"知",却不影响这句诗的押韵和意境,一夜的暴风雨后,有多少花儿落下呢!体现诗人对春光流逝的淡淡哀怨和无限遐想。

又如李白《黄鹤楼送孟浩然之广陵》:"故人西辞黄鹤楼,烟花三月下扬州。"

虽然译诗没有翻译"下",但与上句结合,不难理解老友孟浩然在黄鹤楼与诗人辞别,正值花红柳绿的春天去往扬州。诗句并没有表现出离别的哀伤,而是有一种清爽、欢快之情。

5.词类转换法

词类转换法是一种常用的翻译技巧,古诗英译时常常要将原文里的动词转换成其他词类,如形容词、副词、分词等等。有时也会将原诗中的其他词类转换为动词。

例如杜牧《寄扬州韩绰判官》:

"青山隐隐水迢迢,秋尽江南草未凋。"

the dreaming green hills stretch as far as the blue streams;

at autumn's end grass seems still green on southern shore.

首先将"隐隐"和"迢迢"这样的形容词转换为动词"stretch",这对叠字的翻译描绘出山清水秀的江南美景。而后将"未凋"译为"still green",即将动词转换为形容词,暗示虽已过深秋,草木仍有绿意。全诗情趣盎然,可见诗人对江南青山绿水及故人的思念。

又如黄巢《题菊花》:

"飒飒西风满院栽,蕊寒香冷蝶难来。"

your fragrance is too cold to invite butterfly.

译诗巧妙地将副词"难"转译为"too cold to invite",所谓"难"也就是天气太冷而不能邀请蝴蝶。秋末冬初,寒风萧瑟,满院菊花虽散发着幽冷的清香却难以吸引蝴蝶。作者既赞赏菊花迎风而开的顽强生命力,也为它们所处的环境而惋惜不平。

5.2.3 诗歌中拟声词的翻译策略

汉语中,拟声词存在两种说法。一种是拟声词在汉语语言系统中独立存在,将其归入形容词、副词或叹词等已有的其他此类都是不恰当的;另一种是拟声词在汉语中具有形容词特征,可以做独立成分,亦可做状语、定语和补语,只有很少一部分可兼做动词,在句中做谓语。在英语中,拟声词不单独成为一类,只作为一种修辞现象时才被提及,英语拟声词通常由动词和名词担任,并可派生成形容词、副词等,既可单独使用,亦可嵌入句中做一切成分。鉴于英汉拟声词的特点、差异以及诗歌语言形式的特殊性，在中国诗歌英译中的拟声词的处理要采用灵活的方法。

1.把拟声词翻译出来

即用英语中相应的拟声词将古诗词的拟声词所蕴含的声响直接展现出来。这特别适用于对汉语中那些典型的拟声词的处理。从原则上说，凡是着力渲染音响效果，以达到增强文字的感染力，美化古诗词意境的拟声词都应该直译出来，这样可以最大化地展现原作的美。

由于英汉拟声词的差异，在英译的过程中有时会出现英语拟声词缺省的现象，但对于人们常见的、典型的自然声音的模拟，无论在汉语中还是英语中都不乏拟声词，较易确定对应关系。例如，在汉语古诗词中有大量有关马的拟声词，诸如嘶、啾啾、萧萧等，但最常见的拟声词"嘶"，恰好与英语中的 neigh 相对应，我们应照直译出。另外，拟声词"萧萧"形容群马奔腾时的声音，亦常见于古诗词曲中，译者可根据具体情况选用 rumble、grumble 或 neigh 等。

例如杜甫《兵车行》中"车辚辚，马萧萧"一句，拟声词"辚辚"和"萧萧"的使用，让人感觉到如风至潮来，这气势雄浑而悲壮的声响令读者不仅仿佛亲眼目睹了逼民从军、哭喊送别的凄惨景象，而且还会联想到人仰马翻、残酷厮杀的战争场面。因此，无论从修辞的角度还是谋篇布局的角度来看，我们都应在译文中再现这扣人心弦的兵车战马声。为了充分体现原文声势的浩大繁杂，可分别用拟声词 rumble 和 grumble 来做如下翻译：Chariots rumble and horses grumble。

2.增加拟声词的翻译

汉语拟声词常用叠字形式，且数量有限，句法功能欠灵活，在古诗词曲中使用并不那么自由。有时出于对音韵的考虑或由于某些拟声词的缺省，作者不得不忍痛割爱，放弃使用拟声词，或用描述性的语言将声音蕴含其中。

在诗歌英译实践中，有时根据意境的需要，我们可以酌情添加拟声词，这样的译文才更加地道、传神。增译拟声词主要适用于汉语古诗词中某些暗含拟声的动词或名词。一些汉语动词虽然本身不是拟声词，但其所表示的动作必然带来某种声响；某些名词虽然一般不具有拟声作用，但在古诗词曲的特定意境中，作者强调了这些名词指称的事物所发出的声响。为了增强译文的感染力和更加准确地传达原作的意境,我们在英译时可以选择恰当的英语拟声词来表达这些动词和名词意义的同时,展现它们的声响效果。

如《诗经》中的“硕鼠硕鼠,无食我黍”,本来没有拟声词,但老鼠啃咬谷物时一般都会发出“咯嘣咯嘣”的声响。而且,本诗旨在控诉剥夺者的贪婪和残酷。根据这个意境,将“食”译成拟声词 gobble(咯嘣咯嘣很快地咬吃)就会凸显翻译的效果:

Big rat, big rat, do not gobble our millet!

译文中拟声词 gobble 将剥夺者贪婪地攫取劳动人民劳动果实的罪恶嘴脸绘声绘色地表现了出来,令人听在耳里,怒在心头。若将其换成非拟声词 eat,虽字面上达意,但表达效果不佳,意境不美。

受古诗词特殊形式的限制或汉语某些拟声词缺省的影响,诗词作者在叙述非人物类声响时,常不使用拟声词而采用“发声体+发声动词(如鸣、啼、响等)”形式或只点明发声主体(即“发声体+声”的形式)。这种对声响的非拟声性描述符合汉语习惯,使用起来较自由,既能满足古诗词曲在形式上的特殊要求,又能唤起人们对所描述的声音的联想,产生较强的声音形象。与汉语相比,英语拟声词丰富得多且句法功能灵活,常用专门的拟声词来表达动物鸣叫和草虫之声。因此,为了使译文更加流畅地道和增强译文的体验性及表现力,在英译时可以将这些描述性的语言用拟声词来表达。

例如张继的《枫桥夜泊》中“月落乌啼霜满天,江枫渔火对愁眠”一句中,“乌啼”在诗句的景象组合中处于承接前后的关键位置和作用:树上的栖乌因月落前后光线明暗变化而啼叫,幽暗静谧的秋夜乌啼声更能勾起孤孑不眠的旅人的乡愁,使他感到寒气从四周袭来而产生“霜满天”的错觉。为了实现三种景物的艺术组合,诗人采用了一般动词“啼”来表现这一声响,符合汉语习惯。但英语习惯用专门拟声词 caw 来表达乌鸦的鸣叫,英译时应遵循这一点。译文如下:

Moon setting, crows cawing, frost filling the sky,

Through river maples, fishermen, confront my uneasy eyes.

3.省略拟声词的翻译

这种方法指的是古诗词中出现了拟声词,但在译文中换一种表达方式,不使用拟声词。主要有两种情况:一种是拟声词状物兼拟声,另一种是拟声词起强势语作用。

有些拟声词兼具有拟声和状物两种功能,而且在古诗词曲的特定意境中,有时状物功能更加明显;有些拟声词虽然拟声功能很强,但有时由于意境的需要,其声音形象不是对真实声响的模拟产生的,而是由视觉、动觉等其他感觉与听觉的类比联想的结果,拟声词的这种用法是借听觉感受来更加具体形象地描摹事物的状态以及环境气氛,因此,其要旨是状物而不是拟声。对于这两种情况,英译时往往无法同时兼顾拟声词的拟声和状物两种功能,我们只有舍弃声音,一心一意地描绘出事物的情态和作者所融入的情感。

如诗句"无边落木萧萧下,不尽长江滚滚来"中,"萧萧"既摹风雨之声,又状凄凉之貌。诗人登高远眺,一阵秋风吹过,他既能见落叶飘零之貌,亦可闻叶落凄凉之声。但联系下句,其状物功能应更强些,因为目之所及,落叶纷纷,才和长江滚滚而来的宏大气势相称,才能烘托出诗人韶光易逝、壮志难酬的感怆。在英译时,无法兼顾拟声词"萧萧"的拟声和状物两种功能,应抓住主要方面——集中精力将落叶纷纷飘零的宏大气势展现出来。译文如下:

The boundless forest,sheds its leaves shower by shower;

The endless River rolls its waves hour after hour.

在英译时当然没有必要强加声音形象,只需酌情添加一些说明语,以增强译文的气势即可。如白居易的《琵琶行》诗句:"岂无山歌与村笛,呕哑嘲哳难为听",说的是诗人谪居偏僻的九江郡,虽然亦有"山歌与村笛",但由于没有"同是天涯沦落人"之间的心灵相通,他完全无心欣赏,他从山歌与村笛之声中听到的是两种刺耳的声音"呕哑"和"嘲哳"。他将它们发出的声音叠加在一起,更是为了说明山歌与村笛声之难听。因此,译者只需译出这些乐声让诗人听起来如何难受即可,不必复制其声响效果。译文如下:

Of course I've mountain songs and village pipes to hear,

But they are crude and strident and grate on the ear.

5.3 中国诗歌的模糊数词英译

5.3.1 数词及其模糊性

1.数词的定义

数词是表示数、量或程度的词类。《牛津高阶英汉双解词典》对数词定义为,“一个词、一个数字或一个符号,表示一定的金额或数量。”数词在语言中是一个重要的组成部分,具有提供信息的功能。数词的功能首先就是用来表达一定的数量或者是作为排列顺序的标志。在科学的领域,数字可以用以表达精确的测量和计算。然而,随着人们对数词的使用越加深入以及历史、文化、宗教、传说及习俗对其的影响,数字被赋予了一种神秘的文化色彩。因此数字既可以被看作一种语言,也可以作为一种思考或者交流的工具。

随着社会和科学的发展,数词的翻译已经取得了很大的进步。有许多论文对数词的翻译做了研究,并且在这方面取得了很大的成功。对中英文中数词的分析和翻译可以帮助学习者了解文化的差异,增加文化知识并且减少在不同语言之间的沟通障碍。

同一数字在用法上意义并不是一成不变的,就说汉语数字“三”的含义就有几种,如“三言两语”“三寸金莲”中的“三”表示“少”、“短”,而在“三令五申”中则表示“多次”,但在“三长两短”的“三”意为“一旦、万一”。相同数字所表达的意思为何会有差异甚至相反呢?数字“三”本意表示“少”,因它仅多于“一”“二”,所以与“千言万语”相比,“三言两语”中的“三”意为“少”,但相对“一心一意”而言,在“三心二意”里则为“多”。在英文中“three”衍生概念“three-dimension”(三维),给人们以真实之感,另外,“three”还可表示混乱之意,如“three-ring circus(一片喧闹)”“Three in one(三位一体)”“three sheets in the wind(大醉)”。

有些相同的数字在中英文里表示同样的概念与含义。如汉语的“四面八方”的“四”与英语“the four corners of the earth”的“four”都指“到处”,又如“四只眼”与“four eyes”都是对戴眼镜者的不雅的称呼。某些不同的数字在中英文里却能表示相同的概念与含义,如汉语“百里挑一”和英语“one in a thousand”中的“一”与“one”均为“最优秀、最出色的人”,两者的“百”和“thousand”都是数字的夸张用法,不指具体数字,而表多数,无数量上的差别。又如中国人说“十分感谢”“万分感谢”,英语里只用“a thousand thanks”,它们都表示“非常感谢”之意。

2.数词的模糊性

精确的数字能传达清晰、确切的语义信息,但在语言的实际运用中,尤其是在文学作品中,其语义由精确转变为模糊。

模糊性是人类自然语言的客观属性。罗素曾经在他的著名论文《论模糊性》中指出:“整个语言或多或少是模糊的。”(伍铁平,1999:98)美国哲学家布莱克也认为模糊性是自然语言必不可少的基本特征(伍铁平,1999:109)。模糊作为语言的一种本质属性,是指自然语言的不确定性。由于人脑的有限性和客观世界的无限性,用来描绘客观世界的语言就不可避免地产生了模糊。语义的模糊性是指在某一个语义范畴内,人们难以决定某些边缘情况是否属于该范畴。这种不确定性使得语义范畴之间没有清晰的分界,从而使语义得不到明确的规定。语言的模糊性根源于客观实在。在客观实在中,词语所指示的各类事物或现象之间存在着过渡状态,当人们在认识这些客观实在时,由于认识的主观能动性和认识能力的局限性,人们对这些客观事物或现象的划分就带有一定的任意性或主观性,这样,语词就不可避免地会产生模糊义。语言模糊性的产生是历时的,一般来讲,一个基本的语言意义单位在刚开始大多是单义的,后来随着义项的增多,如上义、下义、引申义等,模糊也就产生了。简言之,模糊性是指对象类属边界小清晰和性态不确定的特性。关海鸥(2007)指出:“模糊性既指客体即认识对象本身客观存在的类属与状态的不确定性;又指主体对客体即认识对象的不确定的认知,即对客体认知的不确定性;也指主客体在认识过程中相互作用而呈现的不确定性。从认识论和认知科学的视角而论,语言的模糊性是在对客体、主体、主—客体关系这三种因素的认识进程中形成的。”

数是观念和符号的结合,它的基本功能是计算。但在其实际语用中,许多数词除了表示事物的数量或顺序外,经过“泛化”,抒情达意、增强语势或广泛应用于成语或词组中,作为夸张或比喻等修辞手段,使语言凝练生动,达到言简意赅,渲染气氛的效果。这种泛化的虚数就是数字的语义模糊现象。尤其在文学作品中,大多数数词,作为语言的一部分,在赖以形成和发展的文化语境的影响和制约下,已失去其精确的指称意义,向模糊语义转化。数词所具有的模糊性使其英译不再如同人们以前所认为的在目的语中寻找与源语相对应的数词形式那么简单了。数词在实际使用中表现出的模糊性,已被越来越多的人认识并加以研究。英语中数词的模糊现象分为两类:一是由数字和近似词构成的模糊数量表达,二是用约整数来表达模糊数量。在国内,包惠南(2001)、陈琳霞(2005)、高岩杰(2006)、肖跃田(2008)等都从不同层面分析了汉语中数词的模糊语义,并探讨了其翻译方法。包惠南指出,“从一定意义上说,文学作品的生动性、形象性和艺术性,在很多情况下来自于作品语言的模糊性,而数字语义的模糊性起着至关重要的作用,往往具有明显的‘比喻’或‘夸张’的修辞效果”。王秉钦先生也认为,“数”除了“计算”这一基本功能外,还有语言上的修辞功能(陈琳霞,2005)。当一个数不表示具体的实数,而只是一个虚数时,在语义上就会产生模糊的现象,当被放在特殊的语境时,这些数字就会由数量向特定的形象转变。

5.3.2 诗歌中数词的模糊性

诗歌是我国文学宝库中的一颗明珠,是中华文明的精华之一,因此吸引了许多中外的翻译家将其翻译出版,向世界人民介绍这一辉煌的艺术成果。诗歌之美,在于诗中各种形象营造出来的意境之美。而意境以意蕴、情趣取胜,展现的往往是一种模糊美。诗歌的模糊美使诗具有开放性和包容性,增加和扩大了诗意的深度和广度,给读者留下广阔的想象和审美空间。诗歌营造模糊美的手法多种多样,其中一个重要的方法是借助模糊数字语言,以简胜繁,使诗情趣横溢、回味无穷。在诗

歌中,用精确数字来修辞,表达模糊效果的例子举不胜举。例如:

长安一片月,万户捣衣声。(李白《子夜吴歌》)

万壑树参天,千山响杜鹃。(王维《送梓州李使君》)

山中一夜雨,树杪百重泉。(王维《送梓州李使君》)

千呼万唤始出来,犹抱琵琶半遮面。(白居易《琵琶行》)

以上诗句中的“万”“千”和“百”等,本来都是精确语言,在这里的诗句中都是虚指,是极言其多,具有模糊性,是数词模糊语义在文学作品中的具体运用。读者在此并不理会诗中那些具体数字准确与否,却能从这些精确数字中影影绰绰地塑造出一个形象,体会一种朦朦胧胧的美感。

5.3.3 诗歌中模糊数词的修辞用法

诗歌中模糊数词的修辞用法可分为以下几种。

1.夸张

夸张是指“为了启发听者或读者的想象力和加强所说的话的力量,用夸大的词句来形容事物”的一种修辞方式(《现代汉语词典》,2005:790)。诗歌中数词出现的频率很高,并且有大量的数词用以夸张。例如,李白的《望庐山瀑布》中的“飞流直下三千尺,疑是银河落九天”,这里的“三千尺”便是夸张的用法,诗人以“三千尺”描绘瀑布的雄壮气势。同样,李白《秋浦歌》中的“白发三千丈,缘愁似个长”,以“三千丈”言愁之绵长,独辟蹊径,激发读者的想象力。试想白发长达三千丈,该有多少深重的愁思,正是这白发的模糊长度和愁的模糊度量创造了朦胧的模糊美。两首诗中,数词所烘托出的雄伟和宏大是任何妙语都无法取代的,也体现了诗人李白独有的豪迈气势。当然,这里的数词具有语义模糊性。许渊冲将前者译为:“Its torrent dashes down three thousand feet from high, As if the Silver River fell from the blue sky”,“三千尺”译为“three thousand feet”,保留了数词的夸张用法,使译文也尽显了原诗的气势。Giles 将后者译为:“My whitening hair would be a long long rope.”用“a long long rope”这一具体的形象替代了“三千丈”这个数量短语,取得了意似的效果。

2.对比

汉语中,数词也经常被用在词组或句子中来进行对比,以形成反差,突出事物的特点。例如,“不怕一万,只怕万一”,用“一万”和“万一”来形成巨大反差,以突出效果。诗歌中数词也有类似用法。例如,李白的《蜀道难》中“青泥何盘盘,百步九折萦岩峦”及“一夫当关,万夫莫开”,“百”与“九”对照,凸现了蜀道之难,难于上青天;而“一夫”与“万夫”对照的强烈反差,更是突出了其地势之险要。

3.借代

数词具有构词功能,可以与其他词或词素一起构成新词。在诗歌中也常常用数词构词用作借代,以指其他。例如:“二十五弦弹夜月,不胜清怨却飞来”(钱起《归雁》),“一封朝奏九重天,夕贬潮阳路八千”(韩愈《左迁至蓝关示侄孙湘》),“阶前逢阿姊,六甲颇输失”(李商隐《骄儿诗》)等。这些诗句中的“二十五弦”指一种叫作瑟的弦乐器,“九重天”在这里指代皇帝,“六甲”是古代一种类似下棋的游戏。所以,其中数词已与其本身所表示的确切数量没有多大关系。

5.3.4 诗歌中模糊数词的翻译方法

数词作为语言中的一个词类,在语言的实际应用中具有模糊性。诗歌中大量使用数词,而其中大部分数词都具有语义模糊性,用来达到一定的修辞效果,而不再指精确的数量概念。诗歌的翻译是一个非常复杂的理解和表达过程,而模糊数词的使用又给翻译带来了一定的困难,在翻译时,必须时刻注意数词语义的模糊性,根据不同的情况,采取不同的翻译方法。换言之,译者一定要对具体语言环境,即上下文关系做深入细致的分析,准确判断数词的模糊性的运用情况,这样才能使用适当译法,使语言表达更鲜明、生动、形象,译文才能准确而得体。下面针对诗歌中的模糊数词的翻译方法做一分析。

1.以模糊译模糊

数词语义虽存在着模糊性,并且不同的语言中数词的模糊性也不尽相同。但这并不妨碍不同语言之间的对等。事实上,在许多情况下,我们都是采用模糊对等译法,即用一种语言的模糊词去翻译另一种语言的模糊词。对于诗歌中的大多数模糊词语,都可以采取这种译法。

例如:千山鸟飞绝,万径人踪灭。孤舟蓑笠翁,独钓寒江雪。(柳宗元《江雪》)

译文:A hundred mountains and no bird.

A thousand paths without a footprint.

A little boat,a bamboo cloak.

An old man fishing in the cold river snow.(Bynner 译)

汉语中数词"万"常用其来表达数量之多,范围之广,程度之深等模糊语义;而英语中没有"万"这个词,要表达"万"这个概念时,要用"ten thousand"两个词来表达,故英语中很少用"万"来喻指模糊语义,要表达这个概念时,英语中常用"千"这个词。汉语中"千"和"万"经常一起使用,以增强语言表达效果,而英语中则用"百"和"千"的连用来达到同样的修辞效果。以上翻译中,译者采用了英语中表达模糊语义的"A hundred"和"A thousand"来译汉语中的模糊数词"千"和"万",即采用语用对等的原则改变了数词,却也同样给读者无限想象的空间,译出了原诗模糊的意境。

2.以具体形象代替模糊数词

模糊数词在诗歌中多用于达到修辞效果,基本已不表"数"。也有译者将诗歌中的模糊数词替换为一具体或模糊形象而略去数词。例如:

白发三千丈,缘愁似个长。不知明镜里,何处得秋霜?(李白《秋浦歌》)

Herbert A.Gilse 译为:

My whitening hair Would make a long long rope,

Yet could not fathom all my depth of woe;

Though how it comes within a mirror's scope,

To sprinkle autumn frosts,I do not know。

译者将"三千丈"代之以具体形象"a long long rope",婉转自然而切合原意,不云"三千丈",看似不及原诗夸张之甚,实则较原诗意义更进一步。

又如:万壑树参天,千山响杜鹃。山中一夜雨,树杪百重泉。(王维《送梓州李使君》)

The trees in your valley scrape the sky,

You'll hear in your hills cuckoo's cry.

If it rained at night in your mountain,

You'd see your tree tips hung like fountain.(许渊冲译)

原诗中的数词“万”“千”“一”和“百”都为模糊用法，分别在译文中代之以它们所修饰的模糊形象“valley”“hills”“night”和“fountain”，虽然没有了原诗的夸张效果，却也同样传达了原诗模糊、朦胧的意境；虽然看似不“忠实”，却体现了功能对等的真正内涵，能给译文读者与原文读者基本相近的感受。

3.以精确译模糊

毛荣贵、范武邱指出，中国文化传统，“以和谐、含蓄、体悟与综合为其主旋律，正是这种文化传统的独特性造成了中国传统文艺审美观的独特性，也就造成了中国历代翻译大师们思维方式的独特性。他们强调从整体上去把握原作，从心灵上去感悟原作，从想象中去获得意境，从主体直接经验上去发掘原作内在、隐蔽的因素，并力图把这些因素融合在译本中，从而达到一种‘神似’‘化’的境界。汉语在‘模糊中传递语义，朦胧中孕育意境’，而英语则反其道而行之，逻辑与分析携手，语义清朗，表述精确”。所以汉英译者要以逻辑驱走模糊，以分析排斥朦胧，即“以精确译模糊”。诗歌翻译中用具体的英语数词去翻译原诗中模糊数同，看似抹杀了原诗的模糊美，其实却能收到意外的效果，也不失为一种可取的手法。例如：

尔来四万八千岁，不与秦塞通人烟。(李白《蜀道难》)

Have passed forty-eight thousand years,

And few have tried to pass its border.(许渊冲译)

南朝四百八十寺，多少楼台烟雨中。(杜牧《江南春》)

Four hundred eighty splendid temples still remain

of Southern Dynasties in the mist and rain.(许渊冲译)

“四万八千”和“四百八十”在诗中都是虚指，是言极其多，具有明显的模糊意义。译者按其字面意思分别直译为“forty-eight thousand”和“Four hundred eighty”，充分传达了岁月之久、数量之众，体现了许先生“意美”的要求，达到了不错的效果。

第6章 中国诗歌英译中的音韵节奏

6.1 音韵节奏的重要性

美学家朱光潜先生说:“韵的最大功用在把涣散的声音联络贯串起来,成为一个完整的曲调。它好比贯珠的串子,在中国诗里这串子尤不可少。”韵律是诗歌形式的一部分,而形式是诗歌的灵魂,体现了诗歌的音乐性特征。也是诗歌怡情和审美的重要品质。优美的韵律和意境一起构成了中国古典诗歌的两大主要审美特征。换言之,韵律和意境可以说是中国古典诗歌的灵魂。陆时雍甚至认为中国古典诗歌“有韵则生,无韵则死;有韵则雅,无韵则俗;有韵则响,无韵则沉,有韵则远,无用则局”。这就把诗歌韵律的重要性提高到了无以复加的地步。

从诗歌的起源上讲,诗和音乐是密不可分的。诗歌的韵律和节奏赋予了诗的生命。诗人借助韵律、节奏抒发思想感情,烘染情调和气氛,表现诗歌独特的意境。诗人创作时往往随情选韵,音义相生,情由声出。如汉诗中,声音响亮的韵辙可以用来表达热烈的情感,而声音低沉的韵辙可以倾吐沉痛的哀思。

由此可见,音韵对于中国古典诗歌的创作和诗意表达是极为重要的。既然如此,我们在将中国诗歌译为英语时,是不是要遵循“至诚至善”的翻译伦理原则将韵进行到底,原封移植呢?对于这一问题。我们要放弃“绝对忠实”的幻想,遵循“灵活适度”的“用中”思维,从以下两个方面加以权衡,抉择翻译策略。

首先要从目的论的角度来考虑,英译中国诗歌时是否需要移植其韵律形式。威密尔提出的翻译目的论(Skopostheory)认为,翻译是一种转换活动,在翻译过程中，一些交际的语言符号和非语言符号从一种语言转换成另一种语言。威密尔认为，译者是根据客户(client)的要求，结合翻译的目的和译文读者的情况，在原作提供的多源信息中进行选择性的翻译。在该理论中决定翻译目的的重要因素就是处于特定文化中，具有特定的知识和交际需求的译文读者，翻译就是在译语文化中以满足译文读者的某种需求为目的而进行的一项活动。在这一理论关照下，译者在跨文化的文学交际中不仅要传递原文的信息，还要再现原文的表达方式及语言特征。根据这一理论，中国诗歌英译是要尽可能地再现或移植原诗的内容和形式所包含的信息，以满足读者对异质文化了解的需求，达到跨文化交际的目的。中国古典诗歌的韵律是诗歌形式所包含的重要信息，它不仅是诗人表达意义的辅助手段，也传达了诗人及汉语民族的审美取向，因而具有重要的文化交际价值。基于这一目的的中国诗歌英译，应以尽可能地再现原诗在内容和形式方面的文化和审美信息为目的，在确保原诗诗意不受损害的前提下，尽可能地传达原诗的形式信息，包括韵律。在这方面，国内译者汪榕培、许渊冲、王宝童、卓振英、吴钧陶等抱着传播中华文明的历史责任感，大多采用了韵译中国诗歌的策略和方法，而且取得了相当的成功。其中，许渊冲提出的"三美论"——"意美、音美、形美"，对诗歌英译有很好的借鉴作用。"借形传神"，或者可以称作"借诗还魂"，是这种以诗译诗策略的主要选择。比如，译者大多采用英语中某种相近的或流行的格律诗形式来翻译中国格律诗。竭力以韵译韵，将词义和韵律巧妙地结合起来，以便体现出诗味，再现原诗独特的意境美和艺术效果，力图使读者感受到原诗的魅力。形神皆似是这种译诗方法追求的最高目标。

对诗歌形式，包括韵律的移植也要考虑读者的接受因素。威密尔提出的翻译目的论(Skopostheory)认为，翻译就是在译语文化中以满足译文读者的某种需求为目的而进行的一项活动。决定翻译目的的重要因素就是处于特定文化中，具有特定的知识和交际需求的译文读者。因此译者应结合译文读者的情况，在原作提供的多源信息中进行选择性的翻译。另一方面，20 世纪 60 年代中后期出现的以姚斯(Robert Jauss)和伊瑟尔(Wolfgang Iser)为代表的接受美学思想能为此提供更多的理论支持。

接受美学(Receptional Aesthetics)以现象学(Phenomenology)和阐释学为(Hermeneutics)主要理论基础,通过对以往文艺理论的考察与反思,认为传统的文学作品的外部研究(以作家为中心的研究)或内部研究(以作品为中心的研究),割断了文学作品与读者的联系,没有考虑读者的能动的参与作用。单纯的作品文本研究与单纯的作家心灵研究都具有明显的片面性,它们都只抓住了文学总体活动中的一个维度,将文学活动这一动态连续过程(作家—作品—读者)分割成静态封闭、互不相连的领域,忽视了人的活生生的交流和文学社会接受效果问题。姚斯和伊瑟尔理论中所采用的一些重要概念,诸如“期待视野”“效果史”“未定点”“具体化”等,均是从海德格尔的“先在结构”“理解视野”和伽达默尔的“成见”“视野融合”以及英加登(Ingarden)的“具体化”等概念范畴衍化而来。

接受美学理论认为,作者—作品—读者所形成的总体关系中,读者绝不是可有可无、无关紧要的因素。相反,从根本意义上说,文学作品是注定为读者而创作的,读者是文学活动的能动主体。姚斯说:“读者本身便是一种历史的能动的创造力量。文学作品历史生命如果没有接受者的能动的参与介入是不可想象的。因为,只有通过读者的阅读过程,作品才能够进入一种连续性变化的经验视野之中。”

在姚斯看来,艺术作品的审美价值并不是客观的,而是与读者的价值体验有着密切关系的。文学作品唤醒读者以往阅读记忆,将读者导入特定的体验中,并唤起他们的期待。接受美学理论重视读者的接受和反应,这一点与威密尔提出的翻译目的论重视作者的目的和读者的期待有相似之处。

根据目的论和接受美学理论,译者在英译中国古典诗歌时,必须将读者的阅读习惯,审美体验和审美期待纳入翻译策略选择的考虑范围之内。就译诗是否用韵的问题,首先考察一下韵诗在英语读者中的接受情况应该很有必要。在这方面,王宝童进行了有意义的探索。他发现,英诗的韵虽由东方传入,但在英国诗史上从乔叟开始的600余年当中,尤其是到19世纪末为止的500多年中,韵已经成为英诗本体的一部分,除素体诗(blank verse)外,无韵的英语诗作是很少成功的。他总结了现代英语诗冷落诗韵的原因,一是英语不易押韵的性质所决定,二是今人已不尚诗韵,三是受时代因素影响。不过,据1995年英国广播公司(BBC)组织的“民众最喜爱的 100 首英语诗”的全国性民意调查,以及他在剑桥大学访学期间所做考察,他认为诗韵不但没有退出历史舞台,而且有再度时兴之势。

由此可见,读者的审美情趣并不是一成不变的,它具有鲜明的时代性。译者应充分考虑这一因素,以满足译入语读者的审美期待。当然,读者因个人所受教育程度等众多因素影响,同一时代的不同读者审美情趣也会因人而异,甚至与主流审美意识相去甚远。这在某种程度上可以解释在汉诗英译过程中,英美本土译者如翟理斯、韦利等分别采取韵译和散译等不同策略翻译中国古典诗歌都取得一定成功的原因。

就汉语诗歌而言,押韵是一大特色,尤其是古典诗歌。上自《诗经》,鲜有不押韵者:古风、格律诗、民谣、辞赋、散曲等,无不给人以音韵优美的感受。即使是新诗也多有韵律优美之作。当然,英诗历史上格律优美的诗作也非常丰富。

因此,综合考虑,从文化交流的角度来说,译者应以韵译韵,“借形传神”,或“借诗还魂”,即借用英诗的形式翻译汉诗,以再现或重构原诗的神韵。将诗意和韵律巧妙地结合起来,再现我国诗歌独特的音韵美。

6.2 中国诗歌英译的音韵处理

6.2.1 中英诗歌中的音韵差异

音韵是中国诗歌的一个重要特征。音韵可以串联起涣散的诗句,推进诗歌的情感表达和气势,从而形成一个乐感和谐、意义连贯的有机体。诗的音韵表现方式多种多样,英汉诗歌的用韵方式并不完全一致。

在汉语诗歌中,所谓押韵,就是选用韵母发音相同的字放于句末。汉语律诗、绝句往往于偶数行押韵,且一韵到底、严谨整齐,极富回环跌宕的音乐节奏感。不换韵脚对汉语而言比较容易实现,因为所有汉字绝大多数以韵母结尾,具有相同韵母的汉字数量很多,且无语法形态之变化。叠字与双声叠韵等语音修辞手法也频频出现于诗文,使得古诗的音韵更加优美流畅、悦耳动听。

英语的押韵方式总体上更加复杂多变。英语韵式比较繁复,如:全韵(perfect rhyme)、头韵(alliteration)、谐韵(assonance)、辅音韵(consonance)、视韵(eye rhyme)等,而这些韵式不一定都表现于句末。此外,英文诗歌很少一韵到底.句末转韵的现象十分常见,很多诗每隔几行(甚至两行)就转换韵脚。究其原因,英语属于元音和辅音相拼交错成词的印欧语系,且绝大多数词都有两个以上的音节,同音词的数量很少。霍尔姆斯曾指出,"真正押韵词汇的稀缺"构成从任何其他语言译为英语的特殊译诗障碍。加上英语对形态曲折变化的要求,许多单词必须根据语法变化词形,从而影响其读音。英语诗句的尾韵模式灵活多变,常见的韵法包括:aabb 联韵、abcb 隔行韵、abab 交叉韵、abba 交错韵、aaaa 同韵和 aaba 韵。

总之,由于人类对音乐美的共识和通感,中西诗人都曾在创作中极尽能事、运用音韵唤起读者的美好心理感受。

6.2.2 中国诗歌英译的音韵处理

中英诗歌音韵的表现不同。在中国诗歌英译时,需要巧妙地利用英诗的多种韵式、韵法和语音修辞手段,尽可能地消除中英诗歌音韵表现存在的矛盾,从而达到音韵优美的效果。这里介绍一些处理方法。

1.巧妙转韵

要使译诗忠实传达原意而又首首押韵,对译者来说极富挑战性,为此要借助各种词汇、句法手段,形成不同的诗歌押韵模式。在译集中最常使用的英诗韵法是两行联韵(aabb)和隔行交韵(abab)。对于多数篇幅较短、只有四行或八行的唐诗,译者并不企图模仿原诗一韵到底的韵法,而是避开英语同韵词数量相对少的短处,在译诗中采用联韵或交韵中的某一种模式。而少量长诗(如白居易长达 120 行的七言乐府《长恨歌》)本身的韵式就复杂多变,对此译者则交替使用英诗的不同韵法。

《长恨歌》被称为爱情的千古绝唱,其凄婉动人、缠绵悱恻的美学效果离不开诗人对音韵出神入化的运用。原诗在开头和结尾都是八句一韵(分别为波歌韵和支思韵),中间多数是四句一韵,也有几处是两句一韵,共转韵 13 次。且诗人不拘一格,除了偶句之外,有时奇句也押韵,取得了出奇制胜的音乐效果。而语言体系的限制使译者不可能对原诗韵式如法炮制,只能在一定程度上展示出原诗的音韵美。译诗与原诗行数一致,每行基本 6 个音步,节奏感强,且译者根据表达需要灵活使用交韵和联韵韵法(中间第 49—72 行采用隔行交韵法,其余各行采用两行联韵法),在一定程度上传达了动听优美的音韵效果。

2.添减押韵

意义的完整表达往往会带来参差的句长、韵脚和韵律,因此可以常通过添减的技巧以求形似音美。如在调节句长的过程中,经常添加原文形式所无、原文内容所有的东西,或删减部分内容却不改变整体意义。

实际上,译者在译诗时,添加词语或短语的情况随处可见,而对于删减原诗成分则比较谨慎。这一方面是由于诗歌言简意赅、高度凝练的语言特征不同于英文的表达习惯,另一方面则显示了译者对原作的尊重态度,仿佛原诗的每个字都渗透着诗人推敲的心血,译者不可等闲视之、轻易舍弃篡改,如若舍之,必于它处设法说明。如翻译唐代诗人祖咏的一首五言绝句:

《终南望馀雪》“Snow atop the Southern Mountain”

终南阴岭秀,How fair the gloomy mountainside!

积雪浮云端。Snow-crowned peaks float above the cloud.

林表明霁色,The forest’s bright in sunset dyed,

城中增暮寒。With evening cold the town’s overflowed.

第一句的译文省略了对“终南”一词的翻译,只谈“阴岭秀”,整句译文则长度适中,兼能与第三句和尾韵。而这种删减并不产生歧义、损害意境,因为在题目的翻译中,译者已经对地理名词“终南”采取了一种简洁易懂的释义性译法“the Southern Mountain”,提示了全诗的描写范围,而第一句紧挨题目,清晰的语境使译者能够大胆减词。

同理,添词押韵的前提是不违背原诗的隐含意思,不可因韵害意。如果所添加的内容在押韵的同时,还对意境的传达起到了增益的作用,则取得了添词押韵的最

佳效果。举例来说,许译《望庐山瀑布》的前两句是:

日照香炉生紫烟,The sunlit Censer Peak exhales incense-like cloud;

遥看瀑布挂前川。Like an upended stream the cataract sounds loud.

对比原文,细心的读者会发现译诗第二行末尾"sounds loud"属于添加成分。这样,译文不仅描述出瀑布飞流直下的形状,还激起读者的听觉想象,仿佛听到湍急猛烈的瀑流轰鸣,突出了庐山瀑布的雄伟气势。这种添加一举多得,音形俱佳,意境优美,体现了翻译的创造性。

3.突破语法

宋代王安石提到过"诗家语",就是说诗受到韵律的限制,可以用与散文不一样的语言,用精练、含蓄、跳跃的表达,突出诗的形象意境。诗人通过选词组句,使诗歌"意义后退、意味走出,交际功能下降、抒情功能上升",充满"音乐性、弹性和随意性"。

不拘一格的搭配、不合语法的表达、自由变换的词性、颠倒反常的语序,成为中西诗歌的创作特权,也是诗歌魅力的源泉和标志。西方诗论中"诗之破格(poetic license)",与"诗家语"可谓异名同旨,认为"精确语法"是"缺乏诗意的可靠标志",从而赋予诗歌打破文法的特权①。总体而言,形合的英语对语法的要求远比汉语严格,所以英语诗歌的"破格"现象尤其引人注目,令语法学家无可奈何,也令读者感觉突兀而不失真切。英美诗人常常仿造词汇、忽略数格、倒装语序或省略句子成分,以求形象鲜明、韵律和谐。例如,英国诗人 Robert Burns 在《我的爱人像一朵红红的玫瑰》中写道:

And fare thee well, my only love!
And fare thee well a while!
And I will come again, my love.
Though it were ten thousand mile.

例诗末句中"mile"一词按语法规则本应使用复数形式。但诗人为了押韵缘故仍用单数形式,并不担心语法的不精确,读者也未因此而诟病诗人。

① 张智中.许渊冲与翻译艺术[M].武汉:湖北教育出版社,2006.

在翻译中打破语法规定，使用破格，也能取得良好的音韵效果。例如，翻译贺知章的《回乡偶书》时，其中两行译诗两次破格，不合语法要求，却换来韵脚的工整。

儿童相见不相识，

My children whom I meet do not know who am I.

笑问客从何处来。

“Where do you come from, sir?” they ask with beaming eye.

首先，“儿童相见不相识”译文末尾“who am I”是个宾语从句而非单独的问句，所以其句序并非正确的语法表达形式，这样倒装乃是为了与下句的“eye”押韵。而语序倒置在英语格律诗中也十分常见，它不仅可以照顾尾韵，还可强调语义重心，突出了诗句的灵动鲜活。其次，末句“eye”使用了单数形式，如果不是在诗歌语言中，必然被贴上错误的标签，但用于此处，合情合理。

4.运用语音修辞

语音修辞是为了使语言的韵律匀称协调、优美动听，而对语言材料进行调整和组合、以调动人的听觉审美的各种手段和方法。恰当运用语音修辞，可使诗歌音韵优美、抑扬顿挫、悦耳动听。

英汉诗歌中语音修辞格的方式和使用频率不尽相同。汉语诗歌的传统语音修辞手段除了句末押韵，还包括平仄声调的变化、音节组合的调整（如：双声、叠韵、叠词）、拟声词的运用等。此外，排比、反复、顶针、回环等常见的修辞格，也主要是从语音的角度增强表达效果的。

例如诗经的首篇《关雎》音律和谐、节奏鲜明、朗朗上口，不能不归功于各种语音修辞手段的恰当运用。该诗韵脚整齐、平仄相向，仅其头四句“关关雎鸠，在河之洲。窈窕淑女，君子好逑”就运用了双声（“雎鸠”）、叠韵（“窈窕”）、叠音（“关关”）各种音节组合手段。学者袁行霈认为：“铿锵、宛转、荡漾、促节的细微区别，虽未必尽然，但双声、叠韵的音乐效果是确实存在的，而且叠音词的效果也是一样。它们的音乐效果可以这样概括：即在一连串声音不同的字中，出现了声韵部分相同或完全相同的两个邻近的字，从而强调了某一个声音以及由此声音所表达的情绪，铿锵的越发铿锵,宛转的益见宛转,荡漾的更加荡漾,促节的尤为促节。"①因而,双声叠韵、叠音反复等汉语语音修辞手段,不仅可以形成声韵回环的音律美,还有助于凸显语气、渲染情绪、增强意境。

而英语诗歌的语音修辞手段常借助于各种韵式。英诗韵脚除了全韵(perfect rhyme)外,谐韵(assonance)、辅音韵(consonance)、视韵(eye rhyme)都很常见。尾韵之外,英诗还喜欢在句中使用头韵(alliteration)。头韵是指相连词语的起首字母发音相同而产生的音韵。它简洁生动、悦耳动听,常可以起到突出重点、增强节奏、抒发感情等作用。行内韵(internal rhyme)也是英语诗歌的特色韵法,即使诗行中间停顿处的重读音节与句末重读音节押韵。虽然总体而言英语讲究参差繁富之美,但其诗歌也经常重复字词或诗节以强调主题,而同源修辞格(paregmenon)的使用,即在句中并列使用两个或两个以上的同源词语,可算是体现英语特色的一种特殊重复方式。

由上观之,英汉语音修辞手段有同有异,译文不太可能一一对应地再现原文的语音修辞特色,译者需化解翻译难点、发挥译语优势,用语音修辞格巧妙委婉地表达原作的音韵之妙。

5.跨行趁韵

唐诗简洁凝练,每行诗相当于一个单句意群,意义比较完整独立;而英文诗歌由于语法的要求,句子成分比较完整,表达相对繁复,在有限的句长内有时不能容纳完整的意义,所以跨行句式比较常见。跨行句式将意义分散表达于两句或多句诗行之中,便于韵脚的调整,也对读者的注意力有更高的要求。张智中认为"跨行句式可以使读者在视觉上和听觉上造成短暂的停顿,从而调整欣赏心境,集中注意力去欣赏下一行诗句",以突出重要的语言成分。同时跨行句式不把意群单位固定于单句之中,而使意义的表达更加曲折、诗歌的句式更加灵活、篇章更加连贯。许渊冲对此也有充分认识,他说:"汉诗一般是不跨行的.但跨行却符合英诗的格律,

① 袁行霈.中国诗歌艺术研究[M].北京:北京大学出版社,1996.

也就是英诗之所长,趁韵而跨行可以说是扬长避短。①”因而在唐诗英译中,许渊冲多次利用英语诗句可以跨行的优点,将译诗句子拆分表达,使译诗韵律和谐、衔接紧密、形式地道,增强了语言的气势和张力。例如白居易的《长恨歌》:

姊妹弟兄皆列土, Her sisters and brothers all received rank and fief.

可怜光彩生门户。And honors showered on her household, to the grief

遂令天下父母心, Of fathers of mothers who would rather give birth

不重生男重生女。To a fair maiden than to any son on earth.

在这四句的译文中,后三句跨行表达,连贯流畅、一气呵成。其中第二行译文增补了“to the grief”的短语,以夸张讽刺的口吻生动地表现了时人对杨玉环光耀门楣方式的艳羡心态,从而反衬出杨玉环受宠程度之剧。这种增添不背离原文的总体意义,并且与上句形成尾韵,与下句自然衔接,表述从容,增加了译诗语言的地道性和逻辑性,兼顾了诗歌翻译的押韵需求。

6.3 中国诗歌英译的节奏调整

6.3.1 中英诗歌中的节奏差异

节奏是诗歌中最重要的要素。诗歌有时可以不押韵,却绝不能缺乏节奏。《现代汉语词典》中指出,节奏为一种音乐术语,是“音乐中交替出现的有规律的强弱、长短的现象”。目前泛指“审美对象的构成中有关成分交替出现,做合规律的错综变化,能造成类似音乐所引起的和谐流动的审美效果”。诗的节奏通过音节的长短、快慢、轻重等物理特性的规律变化,形成音乐美感,激发读者的听觉生理感受,进而引发愉悦哀伤等心理反应。郭沫若说:“节奏之于诗,是她的外形,也是她的生

① 许渊冲.翻译的艺术[M].北京:中国对外翻译出版公司,1984.

命”。朱光潜认为诗咏叹情趣,必须从声音节奏上表现出来,而不能单靠文字意义。

汉语以字为音节,在汉诗中,节奏主要体现在用字的平仄和音节的停顿上。汉字平仄产生的基础是四声声调。声调表示汉字的固定音高特性,不同的汉字组合形成声调的错落搭配,可带来抑扬顿挫的语音效果,成为中国古诗音美特征的重要一面。中国古诗的句内节奏单位是“顿”,也叫音组或音步,由语义相对独立完整的音节构成。古诗的“顿”法有一定规律,“四言二顿,每顿两个音节;五言三顿,每顿的音节是二二一或二一二;七言四顿,每顿的音节是二二二一或二二一二”。节拍用字的平仄或交错、或对立、或相粘,须遵从古诗的格律要求。古诗的平仄和节拍有利于吟唱和抒情,读者在回环往复的节奏中很容易为诗歌的优美韵律所感染,与诗人产生共鸣。所以节奏美虽属于形式美的范畴,有相对独立的欣赏价值,但同时也能强化诗歌内容的传达,增强意象的鲜明性和整体性,有助于意境的整体呈现。

英语诗歌则多用音节的数量和轻重音的规则排列来表现不同的节奏。英语的节奏单位由分布均匀的重音构成,各个重音之间的轻音数目一致,一个重音音节和一个或几个轻音音节(一般不超过两个)构成一个音步。根据诗行中的重音音节数可以确定音步的数目,而根据重轻音的规则排列模式可以确认音律。重音音节的发音往往长而高扬,轻音音节的发音往往短而低抑,这样,英诗的音律有抑扬格、扬抑格、抑抑扬格、扬抑抑格等多种不同的形式。音步和音律共同构成了英诗的节奏模式。

英汉诗歌节奏模式存在一些相通之处。例如韦利曾详细分析汉诗平仄声的不同声音效果,认为汉语平声发音一般比较高长,类似英语中的重音音节,而仄声一般则比较急短,类似英语中的轻音音节。然而古诗英译时不需要也不可能用英语的重轻音对应取代汉语的平仄,因为汉英语音系统之间毕竟异大于同,如果翻译时对原诗的节奏硬性追随,强求音步、音调的对应一致,必然吃力不讨好;而译者如能适度变通,使译诗音韵和谐、节奏优美、富于乐感,并在可能的情况下使节奏符合诗歌的主题意境,译诗也就达到了音美的要求。

6.3.2 中国诗歌英译的节奏调整

英语是重音计时语言,汉语是音节计时语言。中国诗歌译者选用近似的音步数目可以对应原诗的音节数目(即字数)。在此过程中,译者可以适度使用添加和缩略的翻译技巧,使译诗音步稳定匀称,并肖仿原诗节奏。

1.添加技巧

添词调整节奏与添词押韵的原则一致,都需符合原诗意境,但为押韵而添加的内容都位于句末,而为凑足音步所添加的内容多位于句中或句首。试举岑参《逢入京使》中两句为例:

故园东望路漫漫, I look eastward, long, long my homeward way appears;

双袖龙钟泪不干。My old arms tremble and my sleeves are wet with tears.

这两句诗的意思是诗人极目东望故园,却只见到茫茫荒野,顿时涌出许多离愁别绪,不禁落泪,而双袖都因拭泪而透湿。译者采用六音步诗行翻译,不仅传达了原文的已知信息,还在第二句添加了诗人拭泪时胳臂发抖的细节("My old arms tremble")。这个细节虽然未在原诗中出现,却合情合理,其添加不仅凑足了音节,而且更生动地刻画了一位思乡情切的年迈诗人的形象,跳出了原文的字词束缚,没有因声损意,反而增益了译诗的形式和意境。

2.缩略技巧

译者常用的缩略词包括对"be"动词、情态动词或介词的缩写。例如对柳宗元的《溪居》进行翻译时,译者以抑扬格四音步对应五言原诗的节奏,文风简洁、用词生动,较好地再现了原文的形式和内容。而译诗第四行使用了"over"一词的缩略语,则是为了音步整齐的效果,这种缩略形式在英语格律诗中十分常见。

晓耕翻露草, At dawn I cut grass wet with dew;

夜榜响溪石。My boat comes o'er pebbles at night.

在译诗音步与原诗音节相近的基础上,有时译者还会根据原诗的情绪和意境,增加标点、使用断行技巧,延缓诗句的节奏。这样诗句看似形断、实则意连,诗句的参差变化之美和韵律节奏之美都得以丰富和增强,重心突出,余味悠长。

第7章 中国诗歌英译中的意境传达

7.1 诗歌意境的解读

7.1.1 意境的内涵

意境是诗歌创作与鉴赏理论中的核心问题。从创作主体而言,意境是诗人的主观之情、理与被表现的客观事物之形、神以及诗人对现实人生的独特感悟所形成的艺术画面。绝大多数的诗歌不以塑造人物,描述故事为己任,它所要表现的是诗人心灵思绪的片断,借助的常常是与之相对应的山水草木等事物的形貌,赋之以灵性,寄之以情思,它们不同的艺术形态,则是诗人独特匠心的展示。从接受主体而言,则是凭借诗歌艺术语言的媒介,糅合一已之人生经验,再现诗歌中的艺术情景,并从中体悟、玩索与反观自身,从而产生心灵的回应与共鸣。正如晚清词家况周颐所云:"读词之法,取前人名句意境绝佳者,将此意境缔构于吾想望中。然后澄思渺虑,以吾身入乎其中而涵泳玩索之。"所谓"缔构"者,盖因诗歌之审美形象皆为零碎、片断、跳跃之故,需读者驰骋联想再予补充、丰富、完美之,从这个意义上讲,读者之鉴赏又何尝不是一种艺术的创造呢。诗歌的创作与鉴赏,实乃艺术审美形象之传递与转换,如此而已。

在中国诗歌史上,任何一首历经岁月、脍炙人口的佳作,都是诗歌意境创造的成功范例。《诗经》《楚辞》中已不乏其例。例如《诗·秦风·蒹葭》:"蒹葭苍苍,白露为霜。所谓伊人,在水一方。溯洄从之,道阻且长。溯游从之,宛在水中央。"《九歌·湘夫人》:“帝子降兮北渚,目渺渺兮愁予。袅袅兮秋风,洞庭波兮木叶下。”前者表现诗人可望不可即之心绪,含咫尺千里之感伤,风格婉约柔美,意境朦胧悠远。后者则寓愁思于落叶秋波之中,遂起千古“悲秋”之意象,意境萧瑟而闳约。

与意境创造之实践相比,意境理论的产生与成熟却要晚得多。“意境”一词,盖出于佛经。佛经中的“六根”——眼、耳、鼻、舌、身和意,产生了所谓“六境”。《门经·卷第九》就有:“眼根色境”“耳根声境”“鼻根香境”“舌根味境”“身根触境”和“意根法境”等经论。《阿毗达摩俱舍论·卷第一》中又有:“于六根中。眼等前五唯取现境。是故先说。意境不定。三世无为。”佛经以为人体与外界事物之联系,当以人之感官最为直接,与视觉、听觉、嗅觉、味觉和触觉对应的便是色、声、香、味、触之“五境”,因为此五者“唯取现境”,具有直觉性。唯有人之“意境”,乃“意念之境”,它既依托于人体及意识的感知经验,又可以超越自身之“现境”,因而其与道家之“坐驰”和艺术之“想象论”也就最为接近。从哲学上讲,佛教所云之“境”,在某一层面上,实质是指诉之于人之感官与意识的形象感知。

最早将“境”作为诗学术语引入诗歌领域的是唐人。唐代诗僧皎然《诗式·取境》云:“取境之时,须至难至险,始见奇句。成篇之后,观其气貌,有似等闲,不思而得,此高手也。”这里的“境”,就包含了主客观统一、驰骋艺术想象的意思,就是指意境的创造问题。皎然还在《秋日遥和卢使君游何山寺宿扬上人房论涅槃经义》中有“诗情缘境发,法性寄筌空”的诗句,也说明了诗人的情思是包容在诗歌的意境之中的。只是我们今天所说的“意境”,古人往往只称“境”或“境界”。

7.1.2 诗歌意境的特点

根据古人意境理论的特点,诗歌的意境大致具有发散性、相关性和多样性等特点。

1.发散性

诗歌贵在以有限之文字表达无限之情思。钟嵘《诗品序》释“兴”曰:“文已尽而意有余,兴也。”“兴”有感发、联想之义。皎然《诗式》:“缘境不尽曰情。”刘禹锡《董氏武陵集纪》:“境生于象外。”梅尧臣所云“状难写之景如在目前,含不尽之意见于言外”(欧阳修《六一诗话》引),均是。诗人营造的意境,读者完全可以读出不同的意味。这已是作诗与读诗的常识,不必多言。

2.相关性

皎然《诗式·辨体》云:“取境偏高,则一首举体便高;取境偏逸,则一首举体便逸。”认为“高古”“飘逸”等风格均从诗歌的意境中体现出来,故风格论与意境论关系甚密。司空图《二十四诗品》便是通过描绘不同的艺术意境来展示不同的诗歌风貌的。王国维《人间词话》,则将“词眼”与意境相联系。评赏宋祁《玉楼春》中“红杏枝头春意闹”一语,有“著一‘弄’字而境界全出矣”的名言。作为诗歌的核心理论,举凡诗歌的创作、风格、表现、鉴赏等理论最终都与意境理论相关。甚至可以这样说,其他理论其实都是围绕着意境论来构建的。

3.多样性

古人论诗有“情”“景”“事”“理”四要素之说。故而意境者绝非仅仅用“情景交融”四字便可简单涵盖者。在具体的诗作中,往往呈现出不同的意境类型。在这方面,唐代王昌龄《诗格》中的“三境说”极值得注意。其云:

诗有三境:一曰物境。欲为山水诗,则张泉石云峰之境,极丽绝秀者,神之于心,处身于境,视境于心,莹然掌中,然后用思,了然境象,故得形似。二曰情境。娱乐愁怨,皆张于意而处于身,然后驰思,深得其情。三曰意境。亦张之于意而思之于心,则得其真矣。

对王昌龄的“三境”,向有不同之理解。其实古人与今人的最大不同,就是古人从不从理论到理论地玩“纯理论”,他们都坚持从创作中来,再回到创作中去,他们的论诗和赏诗,都是最终为写诗服务的。明乎此,王昌龄的“三境”就不难理解。这里的“三境”,实际上就是意境的三种类型。只是把偏重于描写景物的(如山水诗)称为物境,偏重于抒写情怀的称为情境,偏重于说理言志的称为意境。

第一种:物境。其意境特点是:以景为主,景中藏情。景重,情浓,意淡。比如曹操的《步出夏门行·观沧海》:

东临碣石,以观沧海。水何澹澹,山岛竦峙。树木丛生,百草丰茂。秋风萧瑟,洪波涌起。日月之行,若出其中;星汉灿烂,若出其里。幸甚至哉,歌以咏志。

这是诗人于建安十二年(207)北征乌桓大获全胜后,于是年秋天回师经过河北碣石山时所作。这是我国较早的一首描写山水的诗,“水何澹澹”以下十句,写出了山海的壮阔和雄浑,我们的眼前仿佛看到了起伏澎湃的波涛,突兀耸立的山岛。接下来写秋风秋色,诗人一反传统的悲秋情绪,把秋天写得极富生机,树木繁茂,百草丰美,充盈着顽强的生命力。然后再写大海,在秋风中其浩渺波涌的气势,似乎要囊括日月,包容星河,吐纳宇宙。这种描写,正是诗人眼中景和胸中情交融而成的艺术境界,也是诗人宏伟的政治抱负和建功立业雄心壮志的艺术展示。唐代大诗人李白的《蜀道难》《梦游天姥吟留别》《望庐山瀑布》等,均是这一类作品。也有的写景更客观,情思更隐蔽,更追求一种景物之外的韵味。如韦应物的名作《滁州西涧》:

独怜幽草涧边生,上有黄鹂深树鸣。春潮带雨晚来急,野渡无人舟自横。

全诗以客观的描景写物见长,直抵物境。诗之尾句最为有名,宋代以后常为绘画之题,其神韵情味可见一斑。上联两句写西涧白日之景,有静有动,有声有色;下联状春夜潮涌舟横之象,“野渡无人舟自横”一句,写出野趣,一个“横”字,点出姿态。清人黄叔灿的《唐诗笺注》评此诗:“闲谈心胸,方能领略此野趣。所难尤在此种笔墨,分明是一幅画图。”王渔洋《唐人万首绝句选》也说:“写景清切,悠然意远。”虽然也有人以诗人当时之处境心情,认为:“‘幽草’‘黄鹂’,此君子在野,小人在位。‘春潮带雨晚来急’,乃季世危难多,如日之已晚,不复光明也。末句谓宽闲寂寞之滨,必有贤人如孤舟之横渡者,特君不能用耳。此诗人感时多故而作也。”(高棅《唐诗品汇》引谢叠山语)不管诗歌是否为“诗人感时多故而作”,但此诗之传世,肯定是写景之自然,韵味之无穷的缘故。宋代寇准《春日登楼怀旧》:“野水无人渡,孤舟尽日横”,欧阳修《采桑子》词:“残阳夕照西湖好,花坞萍汀,十里波平,野渡无人舟自横”,均是袭用韦应物诗中景语,足见其影响。李白《独坐敬亭山》、王维《山居秋暝》《终南山》《鸟鸣涧》等,均是这类作品。宋人苏舜钦《淮中晚泊犊头》诗,正可与韦诗相媲美:“春阴垂野草青青,时有幽花一时明。晚泊孤舟古祠下,满川风雨看潮生。”其“物境”,与韦诗也是一脉相承的。

第二种:情境。特点是:以情为主,景为情设,情中带景。情重,景散,意明。这类诗歌的意境构不成整体的艺术画面，它是根据情感的需要设置情境，为抒情服务。且看杜甫的《闻官军收河南河北》诗：

剑外忽传收蓟北， 初闻涕泪满衣裳。却看妻子愁何在？漫卷诗书喜欲狂。

白日放歌须纵酒， 青春作伴好还乡。即从巴峡穿巫峡， 便下襄阳向洛阳。

清人浦起龙《读杜心解》称此诗为老杜“生平第一首快诗”，忧国忧民的诗人终于等来了“安史之乱”被平定的喜讯，满心的喜悦不可抑制，倾泻而出。全诗就是围绕着一个“喜”字，来展开情境。首联写喜出望外之情，用喜极而泣加以烘托。颔联紧承上面写来，先写妻子的愁容一扫而光，继写自己匆匆收拾准备回乡的狂喜之情。下面四句乃想象之辞，战乱一旦结束，一路返乡不用再担惊受怕，所以可以放歌纵酒，伴随着春天万物复苏的景色，与妻儿们高高兴兴地出发，颈联所表达的情景，恰与其《春望》中的“感时花溅泪，恨别鸟惊心”的感伤之辞形成了鲜明的对照。这里是何等的快意！尾联用“即从”“便下”与“穿”“向”四个极其连贯的动词，绾结四个地名，一气直下，酣畅淋漓地写出了归心似箭的迫切心情。由于诗人扣住了“喜”字来写，以情为重心，以此带景，移步换形，主宾虚实，累累如贯珠。正如《杜诗说》所云：“言愁者使人对之欲哭，言喜者使人对之欲笑。盖能以其性情，达之纸墨，而后人之性情，类为之感动故也。”这说出了杜诗善于营造情境的特点。这类诗歌的艺术画面虽不如山水诗那样的统一浑成，但在画面与画面之间仍有着意脉上的贯串和联系。再如杜甫的《春夜喜雨》《咏怀古迹五首》，刘禹锡《酬乐天扬州席上见赠》，李商隐的《锦瑟》等诗均是。

第三种：意境。特点是：以意为主，以气取胜，富有理趣，意中传情。意重，情浓，景淡。这里的“意境”与今天概念不同，特指一种以立意和理趣取胜的作品。在人们通常的认识中，总把意境等同于可以再现的艺术画面，这没有什么不对，但从创作的实际出发，这样的认识又欠全面。因为有不少佳作，如果说有什么艺术画面的话，它不是通过诗歌的字面去获得，而是要依靠读者从诗人所表现出的精神面貌和气概中去把握。所以王国维在《人间词话》中说：“境非独谓景物也，喜怒哀乐亦人心中之一境界，故能写真景物、真感情者，谓之有境界，否则谓之无境界。”这里说的“喜怒哀乐”，除了指人的情感外，当还包含有诗人对人生的体验和理解。当然这种理性的认识，是要通过感性的美的形式来表现的。比如曹操的《步出夏门行·龟虽寿》诗：

神龟虽寿，犹有竟时；腾蛇乘雾，终为土灰。老骥伏枥，志在千里；烈士暮年，壮心不已。盈缩之期，不但在天；养怡之福，可得永年。幸甚至哉，歌以咏志。

此作将诗情与哲理相结合。前四句以龟蛇为喻，说明万物都有"竟时"的客观规律，中间四句以老骥起兴，写出壮士暮年雄心不减的豪情，后面四句直赋哲理，指出虽然万物有终，生命有限，但生命的长短却掌握在自己的手中，只要保持乐观的精神，就可得到生命的延长。诗人一反常人悲衰嗟老的颓丧情绪，以辩证的思想，诗化的哲理，升华出一种积极乐观的人生态度，给人以鼓舞和启迪。这无疑也是一种诗的意境。诗化的哲理，有时可以超过形象的描写。比如王之涣的《登鹳雀楼》："白日依山尽，黄河入海流。欲穷千里目，更上一层楼。"另一唐代诗人畅当的《登鹳雀楼》："迥临飞鸟上，高出世尘间。天势围平野，河流入断山。"两首同题诗意境相似，俱为佳作。但王诗的三、四句，将眼前之景升华到一种极富哲理的艺术境界，给人以广泛而深刻的启示，不能不说要略高后者一筹。唐代杜牧的《乌江亭》诗则借项羽之事全篇议论："兵家胜败事不期，忍羞包耻是男儿。江东子弟多才俊，卷土重来未可知。"更是理趣多于情致。

也有的以意取胜、以气取胜之作，看似形象性不足，但其审美价值正在于凛然之正气和正义之中，也是一种意境。比如：

十年磨一剑，霜刃未曾试。今日把示君，谁有不平事？（贾岛《剑客》）

生当作人杰，死亦为鬼雄。至今思项羽，不肯过江东。（李清照《绝句》）

前一首宛若一幅泼墨写意的剑客图，剑光闪闪，豪气逼人，语意劲直，却又意在言外，余味无穷。后一首借助历史，言短意长，决绝刚烈。

还有的诗意很朴素、清晰，但却能引起人的思索和联想。如：

春种一粒粟，秋收万颗籽。四海无闲田，农夫犹饿死。（李绅《悯农》）

曾向钱塘住，闻鹃忆蜀乡。不知今夕梦，到蜀到钱塘。（家铉翁《寄江南故人》）

这两首以关注农民疾苦，感叹盘中之餐来之不易而家喻户晓，传诵不衰。

7.2 中国诗歌的常见意象

意境是由主观思想感情和客观景物环境交融而成的意蕴或形象,其特点是描述如画,意蕴丰富,启发读者的联想和想象,有着超越具体形象的更广的艺术空间,因此,意境是比较抽象主观、难以把握的概念。意境的传达要通过具体意象的呈现。

意象是指客观物象经过创作主体独特的情感活动而创造出来的一种艺术形象。对于诗歌而言,意象是经过诗人审美经验的筛选,再融入诗人思想感情、用语言媒介表现出来的物象是主观的"意"(情思)和客观的"象"(景物)的有机融合。中国诗歌的常见意象如下。

7.2.1 树木类

1.松柏

松柏是傲霜斗雪的典范,自然是众人讴歌的对象。刘桢《赠从弟》:"岂不罹凝寒,松柏有本性。"诗人以此句勉励堂弟要像松柏那样坚贞,在任何情况下都要保持高洁的品质。李白《赠书侍御黄裳》:"愿君学长松,慎勿作桃李。"韦黄裳一向谄媚权贵,李白写诗规劝他,希望他做一个正直的人。

2.竹子

竹子具有"性直""心空""节贞"等特点,用以比拟君子的品德修养。王维《竹里馆》:"独坐幽篁里,弹琴复长啸。深林人不知,明月来相照。"竹子、竹林深为隐者所爱。

3.杨柳

"柳"谐音"留",常作留客之意,又因柳丝柔长,风吹而成缠绵难舍之状,故古人常折柳送别。乐府《横吹曲辞·折杨柳》"上马不捉鞭,反折杨柳枝,蹀座吹长笛,愁杀行客儿"即取此意。将别情用柳化成形象语句的是柳永，他在《雨霖铃》中写道："今宵酒醒何处？杨柳岸，晓风残月"。以杨柳岸配合晓风、残月等意象，把自己与情人分别的凄惨之意描绘得淋漓尽致。

4.梧桐

梧桐凄凉悲伤的象征。如王昌龄《长信秋词》："金井梧桐秋叶黄，珠帘不卷夜来霜。熏笼玉枕无颜色，卧听南宫清漏长。"写的是被剥夺了青春、自由和幸福的少女，在凄凉寂寞的深宫里，形孤影单、卧听宫漏的情景。诗歌的起首句以井边叶黄的梧桐破题，烘托了一个萧瑟冷寂的氛围。元人徐再思《双调 · 水仙子 · 夜雨》："一声梧叶一声秋，一点芭蕉一点愁，三更归梦三更后。"以梧桐叶落和雨打芭蕉写尽愁思。其他如"一叶叶，一声声，空阶滴到明"(温庭筠《更漏子》)、"梧桐更兼细雨，到黄昏、点点滴滴"(李清照《声声慢》)等。

5.芭蕉

"芭蕉"和"梧桐"的意象差不多，都是离情别绪孤独忧愁的象征。常常与孤独忧愁特别是离情别绪相联系。南方有丝竹乐《雨打芭蕉》，表凄凉之音。李清照曾写过："窗前谁种芭蕉树，阴满中庭。阴满中庭，叶叶心心舒卷有舍情。"把伤心、愁闷一股脑儿倾吐出来，对芭蕉为怨悱。吴文英《唐多令》："何处合成愁？离人心上秋。纵芭蕉，不雨也飕飕。"葛胜冲《点绛唇》："闲愁几许，梦逐芭蕉雨。"雨打芭蕉本来就够凄怆的，梦魂逐着芭蕉叶上的雨声追寻，更令人觉得凄恻。

6.折桂

比喻科举及第。温庭筠《春日将欲东归寄新及第苗绅先辈》："犹喜故人先折桂，自怜羁客尚飘蓬。"《晋书》："武帝于东堂会送，问诜曰：'卿自以为何如。'诜对曰：'臣举贤良对策，为天下第一，犹桂林之一枝，昆山之片玉。'"唐人权德舆《伏蒙十六叔寄示喜庆感怀三十韵因献之》："握兰中台并，折桂东堂春。"

7.怀橘

指孝顺双亲。典出《三国志 · 吴志 · 陆绩传》："绩年六岁，于九江见袁术，术出橘，绩怀三枚，去，拜辞坠地。术谓曰：'陆郎作宾客而怀橘乎？'绩跪曰：'欲归遗母。’术大奇之。”唐人张祜《送魏尚书赴镇州行营》诗云：“伍员忠是节，陆绩孝为心。”范成大《送詹道子教授祠养亲》：“下马人门怀橘拜，身今却在白云边。”

7.2.2 花草类

1.红叶

传情之物。朱淑真《恨春》：“碧云信断惟劳梦，红叶成诗想到秋。”据唐人范摅《云溪友议》：相传唐人卢渥从宫墙外水沟中拾到一片写有怨诗的红叶，后珍藏起来。宣宗放宫女嫁人，卢渥选中的宫女，正巧就是在红叶上题诗的人。后来借指以诗传情。如高明《二郎神·秋怀》：“无情红叶偏向御沟流，诗句上分明永配偶，对景触目恨悠悠。”

2.黄叶

秋风萧瑟，落叶飘零，常给人凄凉孤独之感，故古典诗歌中黄叶常常指凋零或美人迟暮之意。王勃《山中》：“况属高风晚，山山黄叶飞。”司空曙《喜外弟卢纶见宿》：“雨中黄叶树，灯下白头人。”刘长卿《酬李穆见寄》：“欲扫柴门迎远客，青苔黄叶满贫家。”许浑《咸阳城西楼晚眺》：“鸟下绿芜秦苑夕，蝉鸣黄叶汉宫秋。”温庭筠《送人东归》：“荒戍落黄叶，浩然离故关。”贾岛《忆江上吴处士》：“秋风生渭水，落叶满长安。”

3.采薇

借指隐居生活。《史记·伯夷列传》记载：“武王已平殷乱，天下宗周，而伯夷、叔齐耻之，义不食周粟，隐于首阳山，采薇而食之。”说的是伯夷、叔齐隐居山野，义不侍周的故事。孟郊《感怀》：“举才天道信，首阳谁采薇。去去荒泽远，落日当西归。”后来也表现坚守节操。文天祥《南安军》：“山河千古在，城郭一时非。饥死真吾志，梦中行采薇。”

4.红豆

即相思豆，借指男女爱情的信物，比喻男女爱情或朋友情谊。源自王维的《相思》诗：“红豆生南国，春来发几枝，劝君多采撷，此物最相思。”诗人借生于南国的红豆,抒发了对友人的眷念之情。清人朱彝尊《怀汪进士煜》:“安床红豆底,日日坐相思。”意为睡在相思树下,日日思念汪进士。

5.芳草

“芳草”意象的运用,远可追溯到战国时期,屈原所作《离骚》最引人注目的意象之一便是香草。“扈江离与辟芷兮,纫秋兰以为佩”,屈原以香草自喻,抒发了自己出淤泥而不染的高洁情怀,寓含了自己对美好事物生生不息的追求信念。唐宋两代是诗词高度繁荣的时期,而“芳草”意象的内蕴也在这一时期得到最为淋漓尽致的体现。在唐宋诗词中,漫漫无边际的离离芳草寄托了多少文人的别情离绪、思旧念旧之情。如孟浩然《留别王维》:“欲寻芳草去,惜与故人违。”苏轼《蝶恋花》:“天涯何处无芳草。”李煜《清平乐》:“离恨恰如春草,更行更远还生。”晏殊《玉楼春》:“绿仰芳草长亭路,年少抛人容易去。”古典诗词中常以远接天涯、绵绵不尽、无处不生的春草来喻离别的愁绪;春草茂盛,春光撩人,不免引起思妇登楼伫望,故也表达对远方伊人的思念;草枯草荣,也常惜时,叹人生苦短之意。

6.落花

“落花”的意象,往往代表生命的短暂,惜春、伤时的惆怅和对于死亡的焦虑、忧伤。诗人由花落而感叹人生的无常,这是中国古代诗歌的一个典型主题。如李煜《浪淘沙》“流水落花春去也,天上人间”,唐人刘希夷《代悲白头翁》“洛阳女儿惜颜色,坐见落花长叹息”,晏殊《浣溪沙》“无可奈何花落去,似曾相识燕归来”,元无名氏《朝天子·庐山》“客去斋馀,人来茶罢,叹浮生指落花。楚家、汉家、做了渔樵话”。

7.菊花

作为傲霜之花,它一直得到文人墨客的青睐,有人称赞它坚强的品格,有人欣赏它清高的气质。屈原《离骚》:“朝饮木兰之坠露兮,夕餐秋菊之落英。”诗人以饮露餐花象征自己品行的高尚和纯洁。唐人元稹《菊花》:“秋丛绕舍似陶家,遍绕篱边日渐斜。不是花中偏爱菊,此花开尽更无花。”表达了诗人对坚贞、高洁品格的追求。其他“宁可枝头抱香死,何曾吹落百花中”(宋人郑思肖《寒菊》)、“寂寞东篱湿露华,依前金靥照泥沙”(宋人范成大《重阳后菊花二首》)等诗句,都借菊花来寄寓诗人的精神品质,这里的菊花无疑成为诗人一种人格的写照。

8.梅花

梅花在严寒中最先开放,然后引出烂漫百花散出的芳香,因此梅花与菊花一样,受到了诗人的敬仰与赞颂。宋人陈亮《梅花》:“一朵忽先变,百花皆后香。”诗人抓住梅花最先开放的特点,写出了不怕打击挫折、敢为天下先的品质,既是咏梅,也是咏自己。王安石《梅花》:“遥知不是雪,为有暗香来。”诗句既写出了梅花的因风布远,又含蓄地表现了梅花的纯净洁白,收到了香色俱佳的艺术效果。陆游的《咏梅》:“零落成泥碾作尘,只有香如故。”借梅花来比喻自己备受摧残的不幸遭遇和不愿同流合污的高尚情操。元人王冕《墨梅》:“不要人夸颜色好,只留清气满乾坤。”也是以冰清玉洁的梅花表现自己不愿同流合污的品质,言浅而意深。

9.莲

由于“莲”与“怜”音同,所以古诗中有不少写莲的诗句,借以表达爱情。如南朝乐府《西洲曲》:“采莲南塘秋,莲花过人头;低头弄莲子,莲子清如水。”“莲子”即“怜子”,“清如水”象征爱情的纯洁。这里是实写也是虚写,采用谐音双关的修辞,表达了一个女子对所爱的男子的深长思念和爱情的纯洁。晋《子夜歌》:“雾露隐芙蓉,见莲不分明。”雾气露珠隐去了荷花的真面目,莲叶可见但不甚分明,这也是利用谐音双关的方法,写出一个女子隐约地感到男方爱恋着自己。

10.咏絮

谓女子咏雪。指女子工于吟咏,有非凡的才华。唐人卢纶《宴赵氏昆季书院》:“咏雪因饶妹,书经为爱鹅。”据刘义庆《世说新语》:“谢太傅寒雪日内集,与儿女讲论文义。俄而雪骤,公欣然曰:‘白雪纷纷何所似’。兄子胡儿曰:‘撒盐空中差可拟。’兄女曰:‘未若柳絮因风起。’公大笑乐。”另见《晋书·王凝之妻谢氏传》东晋谢道韫聪明有才辩,其叔父要求比拟白雪,谢郎谓空中撒盐,而她答以柳絮因风起,深得谢安赏识。后来“咏絮”即指咏雪,“咏絮才”即非凡才华。《红楼梦》(第三回):“可叹停机德,堪怜咏絮才。”“咏絮才”指的就是林黛玉非凡的咏诗才华。

11.荷花

荷花,“出淤泥而不染,濯清涟而不妖”,素来是纯洁、清高的象征。南北朝萧衍的《子夜四时歌》:“江南莲花开,红光覆碧水。色同心复同,藕异心无异。”此首以莲藕为喻,写女子希望和情人深结同心,永远相爱。

7.2.3 鸟兽类

1.杜鹃

古代神话中,蜀王杜宇(即望帝)因被迫让位给他的臣子,自己隐居山林,死后灵魂化为杜鹃。于是古诗中的杜鹃也就成为凄凉、哀伤的象征了。李白《闻王昌龄左迁龙标遥有此寄》:“杨花落尽子规啼,闻道龙标过五溪。我寄愁心与明月,随风直到夜郎西。”子规鸟即杜鹃鸟。起句写即目之景,在萧瑟悲凉的自然景物中寄寓离别感伤之情。三、四句以寄情明月的丰富想象,表达对友人的无限怀念与深切同情。宋人贺铸《忆秦娥》:“三更月,中庭恰照梨花雪;梨花雪,不胜凄断,杜鹃啼血。”三更月光照在庭院里雪白的梨花上,杜鹃鸟在凄厉地鸣叫着,使人禁不住倍加思念亲人,伤心欲绝。词人通过描写凄清的景物,寄托了幽深的乡思。其他又如“可堪孤馆闭春寒,杜鹃声里斜阳暮”(唐人秦观《踏莎行》)、“子规夜半犹啼血,不信东风唤不回”(宋人王令《送春》)等,都以杜鹃鸟的哀鸣,来表达哀怨、凄凉或思归的情思。

2.燕子

燕子属候鸟,随季节变化而迁徙,喜欢成双成对,出入在人家屋内或屋檐下。因此为古人所青睐,经常出现在古诗词中,或惜春伤秋,或渲染离愁,或寄托相思,或感伤时事,意象之盛,寓情之丰富,非其他物类所能及。

(1)表现春光的美好,传达惜春之情,如欧阳修《采桑子》:“笙歌散尽游人去,始觉春空。垂下帘栊,双燕归来细雨中。”晏殊《破阵子》:“燕子来时新社,梨花落后清明。”韦应物《长安遇冯著》:“冥冥花正开,飏飏燕新乳。”

(2)表现爱情的美好,传达思念情人之切,如《诗经·燕燕》:“燕燕于飞,差池其羽，之子于归，远送于野。”晏几道《临江仙》：“落花人独立，微雨燕双飞。”晏殊《破阵子》：“罗幔轻寒，燕子双飞去”等。

(3)表现时事变迁，抒发昔盛今衰、人事代谢、亡国破家的感慨和悲愤，如刘禹锡《乌衣巷》：“旧时王谢堂前燕，飞入寻常百姓家。”晏殊《浣溪沙》：“无可奈何花落去，似曾相识燕归来，小园香径独徘徊。”张炎《高阳台》：“当年燕子知何处，但苔深韦曲，草暗斜川。”

(4)代人传书，幽诉离情之苦，如唐代郭绍兰《寄夫》：“我婿去重湖，临窗泣血书，殷勤凭燕翼，寄于薄情夫。”冯延巳《蝶恋花》：“泪眼倚楼频独语，双燕来时，陌上相逢否？”张可久《塞鸿秋·春情》：“伤心燕足留红线，恼人鸾影闲团扇。”曹雪芹《红楼梦》：“我婿去重湖，临窗泣血书，殷勤凭燕翼，寄于薄情夫。”其悲情之苦，思情之切，让人为之动容。

3.鹧鸪

鹧鸪的鸣声听起来像“行不得也哥哥”，极容易勾起旅途艰险的联想和满腔的离愁别绪。如“落照苍茫秋草明，鹧鸪啼处远人行”(唐人李群玉《九子坡闻鹧鸪》)、“江晚正愁余，山深闻鹧鸪”(辛弃疾《菩萨蛮·书江西造口壁》)等，诗中的鹧鸪都不是纯客观意义上的一种鸟。

4.寒蝉

寒蝉(秋蝉)是悲凉的同义词。唐人骆宾王《咏蝉》：“西陆蝉声唱，南冠客思深。”以寒蝉高唱，渲染自己在狱中深深怀想家园之情。宋人柳永《雨霖铃》：“寒蝉凄切，对长亭晚，骤雨初歇。”还未直接描写别离，“凄凄惨惨戚戚”之感已充塞读者心头，酿造了一种足以触动离愁别绪的气氛。“寒蝉鸣我侧”(三国人曹植《赠白马王彪》)等诗句也表达这样的情思。

5.鸿雁

鸿雁是大型候鸟，每年秋季南迁，常常引起游子思乡怀亲之情和羁旅伤感。如隋人薛道衡《人日思归》：“人归落雁后，思发在花前。”早在花开之前，就起了归家的念头；但等到雁已北归，人还没有归家。诗人在北朝做官时，出使南朝陈，写下这思归的诗句,含蓄而又婉转。以雁写思的还有“夜闻归雁生相思,病入新年感物华”(欧阳修《戏答元稹》)、“残星数点雁横塞,长笛一声人倚楼”(唐人赵嘏《长安秋望》)、“星辰冷落碧潭水,鸿雁悲鸣红蓼风”(宋人戴复古《月夜舟中》)等。也有以鸿雁来指代书信。鸿雁传书的典故大家比较熟悉,鸿雁作为传送书信的使者在诗歌中的运用也就普遍了。如“鸿雁几时到,江湖秋水多”(杜甫《天末怀李白》)、“朔雁传书绝,湘篁染泪多”(李商隐《离思》)等。

6.梦蝶

《庄子·齐物论》:“昔者庄周梦为胡(蝴)蝶,栩栩然胡(蝴)蝶也。自喻适志与,不知周也。俄然觉,则蘧蘧然周也。不知周之梦为胡(蝴)蝶与?胡(蝴)蝶之梦为周与?周与胡(蝴)蝶,则必有分矣。此之谓物化。”庄子以此说明物我为一、万物齐等的思想。后来文人用来借指迷惑的梦幻和变化无常的事物。如陆游《冬夜》诗云:“一杯罂粟蛮奴供,庄周蝴蝶两俱空。”

7.双鲤

代指书信。汉乐府《饮马长城窟行》诗云:“客从远方来,遗我双鲤鱼。呼儿烹鲤鱼,中有尺素书。”后来即以双鲤借代远方来信。《敦煌曲子词·鱼游春水》:“凤箫声绝沆孤雁,望断清波无双鲤。云山万重,寸心千里。”字面上好像是清波上无双鲤跳跃,其实是指千里之外,烟波浩淼,音信全无。清人宋琬《喜周华岑见过》:“不见伊人久,曾贻双鲤鱼。”写的也是睹物(双鲤鱼)思人。

8.莼羹鲈脍

指家乡风味。刘义庆《世说新语·识鉴》:“(张翰)在洛,见秋风起,因思吴中菰菜羹、鲈鱼脍,曰:‘人生贵得适意尔,何能羁宦数千里以要名爵。’遂命驾归。”菰(gū)菜羹:菰菜、莼(chún)羹。后来文人以“莼羹鲈脍”“莼鲈秋思”借指思乡之情。例如:辛弃疾《沁园春·带湖新居将成》:“意倦须还,身闲贵早,岂为莼羹鲈脍哉。”徐自华《慧僧先生解职归见》:“转瞬西风又起,忽摇动莼鲈乡思。”

9.哀鸿

比喻哀伤苦痛、流离失所的人。考其源流,“哀鸿”一语出自“鸿雁”。《诗·小雅·鸿雁》曰:“鸿雁于飞,哀鸣嗷嗷。维此哲人,谓我劬(qú,劳苦)劳。”诗歌写使臣行于四方,见流民如鸿雁飞集于野,流民喜使者到来,皆合词倾诉,如鸿雁哀鸣之声不绝。后来以鸿雁在野、哀鸿遍野喻指百姓流离失所。龚自珍《己亥杂诗》:“三更忽轸(zhěn,悲痛)哀鸿思,九月无襦淮水湄。”写的就是人民痛苦流离的生活。

10.青鸟

青鸟是传书的信使。传说西王母有三只青鸟,一只先被遣为信使,前来给汉武帝报信,另外两只随西王母而来,并服侍在王母身旁。南唐中主李有诗:“青鸟不传云外信,丁香空结雨中愁。”李商隐诗云:“蓬山此去无多路,青鸟殷勤为探看。”

11.沙鸥

沙鸥,是诗人们常常用来抒发内心因漂泊无依而伤感的意象。

杜甫《旅夜书怀》:“名岂文章著,官应老病休。飘飘何所似,天地一沙鸥。”诗人即景自况以抒悲怀,水天空阔,沙鸥飘零,人似沙鸥,转徙江湖。陆游《秋思》:“利欲驱人万火牛,江湖浪迹一沙鸥。日长似岁闲方觉,事大如山醉亦休。”同样含有飘零之意。

12.乌鸦

乌鸦因形象不美,叫声难听,常用以描写荒凉之景,表凄清之情;也指“小人、俗客、庸夫”。李白《乌夜啼》:“黄云城边乌欲栖,归飞哑哑枝上啼。”张继《枫桥夜泊》:“月落乌啼霜满天,江枫渔火对愁眠。”李白《乌栖曲》:“姑苏台上乌栖时,吴王宫里醉西施。”严维《丹阳送韦参军》:“日晚江南望江北,寒鸦飞尽水悠悠。”李商隐《隋宫》:“于今腐草无萤火,终古垂杨有暮鸦。”秦观《满庭芳》:“斜阳外,寒鸦万点,流水绕孤村。”马致远《天净沙·秋思》:“枯藤老树昏鸦,小桥流水人家。”陈英《山坡羊》:“晨鸡初叫,昏鸦争噪,哪个不去红尘闹。”张可久《折桂令·九日》:“回首天涯,一抹斜阳,数点寒鸦。”

13.哀猿

源于大自然对人的影响而积淀下来,内涵是哀愁凄厉。这种悲愁常与思乡、怀人或迁谪的痛苦相联系。如杜甫《九日》:“殊方日落玄猿哭,故国霜前白雁来。”王昌龄《卢溪别人》:“行到荆门上三峡,莫将孤月对愁猿。”刘禹锡《竹枝词》:“巫峡苍苍烟雨时,清猿啼在最高枝。”孟浩然《登万岁楼》:“天寒雁度堪垂泪,日落猿啼欲断肠。”

14. 黄莺

黄莺善于歌唱,是春天的象征。“千里莺啼绿映红,水村山郭酒旗风”(杜牧《江南春》),杜牧用黄莺歌唱写出江南美丽的春景;“几处早莺争暖树,谁家新燕啄春泥”(白居易《钱塘湖春行》),白居易用黄莺鸣啼、燕子轻飞来说明春天的来到。

7.2.4 自然现象

1.残阳

夕阳残照,能引起无穷思绪:家国之悲,身世之感,古今之情,人天之思,往往错综交织,感慨万千。诗人笔下的夕阳(包括斜阳、残阳等)多给人以失落凄凉、漂泊沧桑之感。李商隐的《乐游原》:“夕阳无限好,只是近黄昏。”古人常用“夕阳”发思古之幽情。《三国演义》开篇词“青山依旧在,几度夕阳红”,李白的《忆秦娥》词末“西风残照,汉家陵阙”,都以“夕阳”写怀古,充满历史沧桑感。

古人还常用“夕阳”写男女相思,柳永的《八声甘州》:“渐霜风凄紧,关河冷落,残照当楼”,范仲淹的《苏幕遮》“山映斜阳天接水,芳草无情,更在斜阳外”,清朝纳兰性德的《点绛唇》“萧寺怜君,别绪应萧索。西风恶,夕阳吹角,一阵槐花落”。都是借助“夕阳”来渲染男女朝思暮想而不得相见的伤感情思。

2.白云

见月怀人,望云思友,是古代诗词中常表现的情感。如唐杜甫的《恨别》“思家步月清宵立,忆弟看云白日眠”,诗人卧看行云,倦极而眠,借白云曲折地表现了怀念亲人的无限情思。唐刘长卿的《谪仙怨》“白云千里万里,明月前溪后溪”,写别后相隔之遥,思念之深,希望悠悠的白云,把自已的一片思念之情带给千里万里之外的友人。

白云往往同隐者联系在一起的。南朝时,陶弘景隐居在句曲山,齐高帝萧道成有诏问他:“山中何所有?”他作诗答说:“山中何所有? 岭上多白云。”从此白云与隐者结下了不解之缘,白云自由不羁,洁白无瑕,是隐者品格的最好象征。如李白的《白云歌送刘十六归山》:“楚山秦山皆白云,白云处处长随君。长随君,君入楚山里,云亦随君渡湘水。湘水上,女萝衣,白云堪卧君早归。”白云寄托着诗人对刘十六归隐生活的羡慕。

3.白衣苍狗

亦叫白云苍狗,比喻世事变幻无常。出自杜甫诗《可叹》:“天上浮云似白衣,斯须改变如苍狗。古往今来共一时,人生万事无不有。”人事变化,犹如浮云,一会儿像白云,一会儿像灰狗。宋刘克庄《沁园春·和吴尚书叔永》:“笑是非浮论,白衣苍狗,文章定价,秋月华星。”人生是是非非如同天上白云,变化无常,难以逆料,只有“定价”文章如“秋月华星”,光照人间。

4.月亮

月亮是诗人抒情达意争相选取的一种意象。它在许多诗人笔下都是思乡、念亲的标志。李白的《静夜思》中写道:“举头望明月,低头思故乡”,月已成为千百年来人们思乡的意象。杜甫在《月夜忆舍弟》中“露从今夜白,月是故乡明”,游子流浪在外,思念家乡,总觉得无论什么事物都是故乡的好,连天上的月亮也是故乡的又圆又亮。“月是故乡明”是异乡游子对家乡深切思念的外现。

5.流水

流水常常能引起人对时光流逝,愁绪绵长,历史变迁的感叹。“百川东到海,何时复西归?”(《乐府诗集·相和歌辞》)诗人见流水思年华易逝;“抽刀断水水更流,举杯消愁愁更愁”(李白),“问君能有几多愁,恰似一江春水向东流”(李煜《虞美人》),水流的持续不断而给人以无奈;“山围故国周遭在,潮打空城寂寞回”(刘禹锡《石头城》),流水带着寒心默默退去,给人一种故国萧条,人生凄凉的感伤。

6. 细雨、烟雾

细雨蒙蒙,烟雾无边,寄托诗人无边的愁绪和郁闷的心情。“无边丝雨细如愁”(秦观),细雨绵绵,愁也弥漫。“日暮乡关何处是,烟波江上使人愁”(崔颢)归家不得,或者漂泊他乡,不知家在何处,渐渐升起的烟雾使人生出诸多愁绪。

7.2.5 时令节日

1.春

春是在自然节序变化的感召下孕育成形的。其最初的内涵是温暖、生命、兴盛。后升华出富有人事哲理色彩的象征意义,如青春年华、男女情爱、美好理想等,寄寓的具体情感体验又如或叹惜红颜难驻,青春易逝,或惆怅佳偶不见,思虑煎人,或追寻安憩的家园,或憧憬人生的理想,或关心国运时世,或叹惜功名,惜春是古典诗歌中最动人心灵的旋律之一。

2.秋

秋风多厉,草木凋落,万物蛰伏。在这样的生理感受和心理体验下,秋意象积淀着民族的悲剧性的心理记忆。它的主要内涵是凄凉、愁怨和悲伤。如刘禹锡《秋风引》:“何处秋风至,萧萧送雁群。朝来入庭树,孤客最先闻。”施闰章《舟中之秋》:“垂老畏闻秋,年光逐水流。”

3.中秋

八月十五日,是阖家赏月的佳节,所以人们在这一天大多思念亲人。如唐王建《十五夜望月》:“今夜月白人尽望,不知秋思落谁家?”

4.重阳

九月初九日,古人以九为阳数故云。重阳日古人有登高饮酒的习俗。如杜甫《九日》中所写:“重阳独酌杯中酒,抱病起登江上台。”

5.寒食

节日名,清明节前一天或两天。传说晋国介子推隐居山中,晋文公用烧山之法逼他出来做官,介子推不出被烧死。晋文公为纪念介予推,在其死亡之日禁止举火,只吃冷食。该节由此而来。唐韩翃《寒食》:“春城无处不飞花,寒食东风御柳斜。”“寒食”与冷清、萧条有关。

6.清明

三月的节气名,也是祭祖扫坟的日子。例如杜牧的《清明》:“清明时节雨纷纷,路上行人欲断魂。”

7.3 中国诗歌英译中的意境传达

意境是诗歌的灵魂。意象词是中国诗歌意境表达的主要词语。在翻译实践中,要实现忠实地传达原诗意境,需要对意象词采用一些灵活的翻译策略。

7.3.1 意象词的直译

人类的思维认知模式有一定的共通之处,这也是语言交流和翻译行为得以进行的基础。人类针对某些事物所产生的心理反应可能一致或相似,而不受限于某一地域或文化风俗的影响,比如花开使人欣喜、叶落让人惆怅、寒夜象征孤寂、朝阳带来希望。对于这类可能在目标语读者心中产生类似于源语读者的心理反应的意象,即建构在中西文化相似心理结构上的意象,一般采取直译的方法,保留原诗的文化意象。以王维一首五律《使至塞上》的翻译为例:

单车欲问边,A single carriage goes to the frontier;

属国过居延。An envoy crosses northwest mountains high.

征蓬出汉塞,Like tumbleweed I leave the fortress drear;

归雁入胡天。As wild geese I come under Tartarian sky.

大漠孤烟直,In boundless desert lonely smokes rise straight;

长河落日圆。Over endless river the sun sinks round.

萧关逢候骑,I meet a cavalier at the camp gate;

都护在燕然。In northern fort the general will be found.

这首诗是诗人的纪行之作,通过一系列的意象描绘表现了出塞途中的所见所感,其中无论是引发诗人飘零失意之感的"征蓬、归雁",还是代表雄奇边塞风光的"大漠、孤烟、长河、落日",都鲜明生动、贴合意境.尤为是五、六句诗自然天成、形象逼真,历来被传诵为写景的名句。译者对诗中典型意象的翻译基本采用直译("征蓬”一词除外)，恰恰因为“归雁、大漠、孤烟、长河、落日”这类意象词在特定的诗歌语境下，会使中西读者产生类似的景物联想。无论来自哪种文化，读者应该都能从这一系列意象中领略到一派黄沙莽莽、辽阔壮丽的边境风光。

有时，古诗中一些意象词汇浸染了一定的中国文化特色，直译成英文对读者来说也许有些陌生，但这些意象词的外延与内涵意义联系直观紧密，译者只要在上下文中形象再现原诗的情景，英美读者凭借理解鉴赏力应该不难从中体会意象的涵义及原诗的意境。译集中这样的例子多处可见，如：将“山林客”译为“hillside guest”、“绮窗”译为"gauze window”、“红袖”译为“red sleeves”、“青旗”译为“blue streamers”、“锦衣”译为“silken dress”、“书剑”译为“sword and books”。这些直译既通过上下文巧妙传达了原诗意象的内涵意义，保持唐诗的文化风韵，又可增添译诗的新鲜感，丰富译语的表达方式，促进中西文化的共同提高，具有一定的跨文化交流意义。

还有些意象词外延意义貌似寻常，实则含有委婉深厚的文化内涵，直译之后读者可能会忽略其对诗歌意境的重要烘托作用，译者则在直译意象词的基础上，添加了简短而必要的意义提示语，点明这些意象的内在特征及其激发的感觉与情绪，以确保英美读者在阅读时能正确领会意象所蕴含的象征和隐含意义，深化文化交流。

例如：“杜鹃”是古诗词表达悲痛愁怨情绪的传统意象，因其啼声悲苦，相传是蜀中望帝死后的化身。白居易用杜鹃啼血声衬托谪臣的凄凉处境——“其间旦暮闻何物，杜鹃啼血猿哀鸣”；李商隐在杜鹃悲鸣中寄托多情易感的春心——“庄生晓梦迷蝴蝶，望帝春心托杜鹃”；李贺通过杜鹃口血类比采玉老夫的悲苦命运——“夜雨冈头食蓁子，杜鹃口血老夫泪”；李白借月夜子规的哀啼渲染蜀道之奇险难攀——“又闻子规啼夜月，愁空山”。对于这种重要的诗歌意象，一般以直译为主，但考虑到中西读者的不同感知模式和文学传统，就会加上必要的修饰性词汇或搭配语，以引导读者对诗意的正确解读。如对于李白的诗句“杨花落尽子规啼”，译文是“All willow-down has fallen and sad cuckoos cry”，添加了“sad”一词，有效地传达了“子规”意象的愁郁内涵，否则英美读者可能误解诗句的感情基调，因为英诗中杜鹃的意象经常给人以春天的喜悦和希望。而在翻译李白的《蜀道难》时，“又闻子规啼夜月,愁空山”一句可译为“And hear home-going cuckoos weep/Beneath the moon in mountais deep”,添加了“home-going”这样的修饰语,兼用动词“weep”对应杜鹃啼声,揭示了子规啼血与去国离家之痛的内在关联,更好地表现了艰难攀登蜀道之人对故园的思念。

7.3.2 意象词的意译

诗歌中还有些意象词文化内涵丰富,如果对之直译加注,会影响译诗的外形美感和欣赏者的阅读兴趣,而目标语中又不存在类似的意象表述以供译者进行替换。此时可以对其采取意译的方法。意译法弃象译意,在一定程度上折损了诗歌语言的生动和简洁,然而翻译必有所失,在中西文化和文学传统交汇的有限空间里,译者有时不得不以保全诗歌的整体意义为重。

例如“砧”是古诗中的常见意象。古人在秋天做御冬棉衣之前,先要把浆洗过的布帛放在大石板上,用杵将布帛打平捣软,使做出的棉衣柔软舒适。这种捣衣时用以垫底的石块叫“砧”。因为秋风一过千家万户都会捣衣,而所捣之衣又多为征衣,要寄给远方征人,所以砧杵之声响彻一片的情景,最能引发思人怀乡的情感。李颀在《送魏万之京》中这样写道:“关城树色催寒近,御苑砧声向晚多”,饱含着离愁别绪。但英语文化中不知“砧声”为何物,即使译者勉强解释出来,累赘臃肿的译文已远离言近旨远的诗风,更不要期待读者会因此体味到诗中忧伤凄美的意境。此时可以采用意译的方法,将上面两句诗译为:

Yellow leaves hasten the cold to come near.

Could washerwomen's song reach their men's ear?

这样,译者绕开了对于“砧”这种中国文化特色物的字面解释,直接将砧杵的使用者引入译诗中,将“砧声”间接表述为“捣衣妇人的哀歌(washerwomen′s song),转换了叙述视角,使译文简洁易懂,主题鲜明。同理,译者在别的诗作中也都对“砧”做了巧妙地意译,如翻译张若虚的《春江花月夜》:

玉户帘中卷不去, She may roll curtains up, but light is in her bower;

捣衣砧上拂还来。She may wash, but moonbeams still remain on the stone.

7.3.3 意象词的替换

有时意境的成功传递不在于精确地翻译描述某些意象,而在于唤起读者恰当的感情和联想。如果某些意象对全诗意境至关重要,同时又带有浓厚的中国文化特色和约定俗成的象征意义,这时应将诗中的意象转换成英语中功能对应的固有意象,简洁而又有效地激发读者产生与原诗读者相似的心理反应。亦即,对于具有明显的地域特色或文化心理建构差异的意象,译者一般避免生僻的直译和啰唆的解释,而采用替换法进行翻译。

例如:古诗对蓬草的称呼很多,包括:"征蓬、飞蓬、飘蓬、转蓬、孤蓬"等等,一般象征身世飘零的天涯游子。蓬草俗称扎莫棵,干多分枝,枝上密排细叶,似圆形草球,枯后遇风往往被拦根折断,卷起飞旋,恰似游子客居外地、漂泊无依。这种植物在英文中被称为"fleabane",但这个词汇的术语性太强,普通人对之感觉陌生,反而不及另一个英文词汇"tumbleweed"(风滚草)贴近蓬草的意象。风滚草通常生长在干旱或其他条件恶劣的地区,在极度缺水的情况下,其根部就会枯萎干缩、脱离土壤,整个植物蜷成一团、随风翻滚,直至遇到湿润适宜的土壤,重新舒展茎叶、落地生根。可见风滚草的习性与飞蓬有相似之处,而其拼写方式也易于使人产生相关联想(因为 tumble 即滚动的意思),所以在翻译王维的"征蓬出汉塞,归雁入胡天"和李白的"飞蓬各自远,且尽手中杯"等诗句时,一概用"tumbleweed"这个意象替换原诗蓬草意象,简洁而又形象。一般来说,替换法的运用主要根源于中西文化差异,如将"笠、筑、玉壶、槲叶、银汉"等诗歌中的文化特色意象词分别替换为"hat, lute, crystal vase, leaves of oak, milky way"等英语常见意象词,其主要目的是为了避免译诗的过度异化,减轻读者的阅读障碍,激发读者的类似心理反应,从而提升译文的阅读效果。

译者有时也会出于诗学效果的考虑而替换意象,以兼顾译诗的"三美"。例如李商隐的五律《落花》中的颔联两句及其译诗分别是:

参差连曲陌,Here and there overe the winding way,

迢递送斜晖。They say goodbye to parting day.

这两句从空间和时间的不同角度描写落花的具体样态。落花无时无刻不在零落纷飞，直至铺满曲陌，送走斜阳。“斜晖”之意象十分重要，诗人藉此表达出内心的无奈与伤感，使诗歌的意境无限凄美。译诗既要传达“斜晖”这个意象及其内涵，又要使诗句节奏匀称、音韵优美，于是译者将“斜晖”译为“parting day”，替换的意象与原诗意象含义紧密相连，同时又可与前一句诗押韵，在不改变诗歌意境的前提下兼顾了译诗的文体效果。

第8章 中国经典诗歌译文

8.1 经典诗名译文欣赏

白石滩　王维

White Stone Beach Wang Wei

鸟鸣涧　王维

Birds Chirping over the Hill Creek Wang Wei

相思　王维

Love's Yearnings Wang Wei

游子吟　孟郊

For Her Son Who'll Be Away for a While Meng Jiao

春晓　孟浩然

Spring Morn Meng Haoran

登鹳雀楼　王之涣

Going up the Stork Tower Wang Zhihuan

竹里馆　王维

A Cottage Among Bamboos Wang Wei

寻隐者不遇　贾岛

Visiting a Recluse but Finding Him out Jia Dao

江雪　柳宗元

Snow on the River Liu Zongyuan

九月九日忆山东兄弟　王维

Missing My Brothers on Double Ninth Day Wang Wei

乐游原　李商隐

A Spin Round Ancient Plain Li Shangyin

赋得古原草送别　白居易

Seeing off a Friend at Ancient Plain Bai Juyi

静夜思　李白

Musings on a Quiet Night Li Bai

山中送别　王维

Seeing off an Old Friend from These Mountains Wang Wei

淮上与友人别　郑谷

Parting from a Friend at Yangzhou Zheng Gu

送杜少府之任蜀川　王勃

Sending off a Friend Who Has Been Appointed

a County-Level Official in Far-Away Sichuan Wang Bo

望月怀远　张九龄

Gazing at the Moon and Thinking of Someone Faraway

Zhang Jiuling

春夜喜雨　杜甫

Propitious Rain Falling at Midnight Du Fu

宿建德江　孟浩然

Staying Overnight on Jiande River Meng Haoran

滁州西涧　韦应物

Chuzhou's West Brook Wei Yingwu

题破山寺后禅院　常建

Meditation Rooms at the Back of the Cleft-Boulder Hill Temple Chang Jian

绝句　杜甫

A Heptasyllabic Quatrain Du Fu

阙题　刘眘虚

A Poem Lacking a Title Liu Shenxu

送元二使安西　王维

Sending off a Friend，Who Has Been Appointed Envoy to the West Lands Wang Wei

凉州词　王之涣

Liangzhou Song Wang Zhihuan

凉州词　王翰

Liangzhou Song Wang Hah

夜宿山寺　李白

Staying Overnight in a Mountain Temple Li Bai

问刘十九　白居易

Asking a Friend Bai Juyi

风　李峤

Wind Li Qiao

马诗　李贺

A Horse Poem Li He

秋浦歌　李白

Autumn Waterside Songs Li Bai

剑客　贾岛

Jianke Jia Dao

于易水送人　骆宾王

Sending off a Warrior By the Yishui River LuG Binwang

春怨　金昌绪

Complaint Against Spring lin Changxu

晚春　韩愈

Late Spring Han Yu

山亭夏日　高骈

A Summer's Day in a Hill Garden Gao Pian

秋日　耿讳

An Autumn Day Geng Wei

白雪歌送武判官归京　岑参

Snow (For Chief of Secretarial Staff Wu,
Who Was Being Called Back to the Capital) Cen Shen

过故人庄　孟浩然

Visiting an Old Friend's Country Place Meng Haoran

江村即事　司空曙

Scene from a Riverside Village Sikong Shu

社日　王驾

Community Day Wang Jia

送人游吴　杜荀鹤

Seeing off a Friend, Who Was Going to Tour Suzhou Du Xunhe

枫桥夜泊　张继

Night Boat Call at Maple Bridge, Suzhou Zhang Ji

早发白帝城　李白

Sailing Early from Baidi Town Li Bai

黄鹤楼送孟浩然之广陵　李白

Seeing off Fellow Poet Meng Haoran, Who Was
Leaving the Yellow Crane Tower for Yangzhou Li Bai

黄鹤楼　崔颢

The Yellow Crane Tower Cui Hao

夜雨寄北　李商隐

A Letter Sent North about These Nightly Rains in Bashan Mountains Li Shangyin

无题　李商隐

Poem Without a Title Li Shangyin

登幽州台歌　陈子昂

Ascending Youzhou Terrace Chen Zi'ang

与诸子登岘首　孟浩然

Climbing Mount Xianshou with Scholarly Friends Meng Haoran

滕王阁　王勃

Prince of Teng's Pavilion-House Wang Bo

洛阳道　储光羲

The Luoyang Highway Chu Guangxi

遣悲怀　元稹

Venting My Sorrow Yuan Zhen

8.2　经典诗句译文欣赏

但愿人长久,千里共婵娟。

We wish each other a long life so as to share the beauty of this graceful moonlight, even though miles apart.

独在异乡为异客,每逢佳节倍思亲。

A lonely stranger in a strange land I am cast, I miss my family all the more on every festive day.

大江东去，浪淘尽，千古风流人物。

The endless river eastward flows; with its huge waves are gone all those gallant heroes of bygone years.

二人同心，其利断金。

If two people are of the same mind, their sharpness can cut through metal.

富贵不能淫，贫贱不能移，威武不能曲，此之谓大丈夫。

It is a true great man whom no money and rank can confuse, no poverty and hardship can shake, and no power and force can suffocate.

海内存知已，天涯若比邻。

A bosom friend afar brings distance near.

合抱之木，生于毫末；九层之台，起于累土；千里之行，始于足下。

A huge tree that fills one's arms grows from a tiny seedling; a nine-storied tower rises from a heap of earth; a thousand li journey starts with the first step.

祸兮，福之所依；福兮，祸之所伏。

Misfortune, that is where happiness depends; happiness, that is where misfortune underlies.

见贤思齐焉，见不贤而内自省也。

On seeing a man of virtue, try to become his equal; on seeing a man without virtue, examine yourself not to have the same defects.

江山如此多娇，引无数英雄尽折腰。

This land so rich in beauty has made countless heroes bow in homage.

举头望明月，低头思故乡。

Raising my head, I see the moon so bright; withdrawing my eyes, my nostalgia comes around.

俱往矣，数风流人物，还看今朝。

All are past and gone; we look to this age for truly great men.

君子成人之美,不成人之恶。

The gentleman helps others to achieve their moral perfection but not their evil conduct.

君子独立不惭于影,独寝不愧于魂。

A righteous man never feels ashamed to face his shadow when standing alone and to face his soul when sleeping alone.

君子之交淡如水,小人之交甘如醴。君子淡以亲,小人甘以绝。

The friendship between men of virtue is light like water, yet affectionate; the friendship between men without virtue is sweet like wine, yet easily broken.

老吾老以及人之老,幼吾幼以及人之幼。

Expend the respect of the aged in one's family to that of other families; expend the love of the young ones in one's family to that of other families.

礼尚往来。往而不来,非礼也;来而不往,亦非礼也。

Propriety suggests reciprocity. It is not propriety not to give out but to receive, or vice versa.

两情若是久长时,又岂在朝朝暮暮。

If love between both sides can last for aye, why need they stay together night and day

路漫漫其修远兮,吾将上下而求索。

The way ahead is long; I see no ending, yet high and low I'll search with my will unbending.

民为贵,社稷次之,君为轻。

The people are the most important element in a state; next are the gods of land and grain; least is the ruler himself.

千丈之堤,以蝼蚁之穴溃;百尺之屋,以突隙之烟焚。

A long dike will collapse because of an ant-hole in it; a tall building will be burned down by a spark from a chimney's chink.

锲而舍之,朽木不折,锲而不舍,金石可镂。

Carve but give up half way, even a decayed piece of wood will not break; carve without stop, even metal and stone can be engraved.

人有悲欢离合,月有阴晴圆缺,此事古难全。

People have sorrow and joy; they part and meet again. The moon dims or shines; it waxes or wanes. Nothing is perfect, not even in the olden days.

人之于文学也,犹玉之于琢磨也。

Learning and culture are to a person what polished and grinding are to jade.

三人行,必有我师焉。择其善者而从之,其不善者而改之。

Among any three people walking, I will find something to learn for sure. Their good qualities are to be followed, and their shortcomings are to be avoided.

士不可以不弘毅,任重而道远。仁以为己任,不亦重乎? 死而后已,不亦远乎?

An educated gentleman cannot but be resolute and broad-minded, for he has taken up a heavy responsibility and a long course. Is it not a heavy responsibility, which is to practice benevolence Is it not a long course, which will end only with his death?

士之为人,当理不避其难,临患忘利,遗生行义,视死如归。

A moral intellectual is one who escapes no danger in face of truth, discards personal interests in front of disaster, practices righteousness at the expense of life, and looks upon death as going home.

逝者如斯夫! 不舍昼夜。

The passage of time is just like the flow of water, which goes on day and night.

顺天者存,逆天者亡。

Those who follow the Heaven's law will survive; those who go against it will perish.

8.3 经典诗歌译文欣赏

关雎

关关雎鸠，
在河之洲。
窈窕淑女，
君子好逑。

参差荇菜，
左右流之。
窈窕淑女，
寤寐求之。

求之不得，
寤寐思服。
优哉游哉，
辗转反侧。

参差荇菜，
左右采之。
窈窕淑女，
琴瑟友之。

参差荇菜，
左右芼之。
窈窕淑女，
钟鼓乐之。

Cooing And Wooing

Translated by Xu Yuanchong

By riverside are cooing
A pair of turtledoves;
A good young man is wooing
A fair maiden he loves.

Water flows left and right
Of cress long here, short there;
The youth yearns day and night
For the good maiden fair.

His yearning grows so strong,
He can not fall asleep,
But tosses all night long,
So deep in love, so deep!

Now gather left and right
Cress long or short and tender!
O lute, play music bright
For the bride sweet and slender!
Feast friends at left and right
On cress cooked till tender!
O bells and drums, delight
The bride so sweet and slender!

大风歌

刘邦

大风起兮云飞扬，
威加海内兮归故乡。
安得猛士兮守四方！

SONG OF THE GREAT WIND

Translated by Xu Yuanchong

A great wind rises, oh! The clouds are driven away.
I come to my native land, oh! Now the world is under my sway.
Where can I brave men, oh! To guard my four frontiers today!

垓下歌

项羽

力拔山兮气盖世，
时不利兮骓不逝。
骓不逝兮可奈何，
虞兮虞兮奈若何！

XIANG YU'S LAST SONG

Translated by Xu Yuanchong

I could pull mountains down, oh! With main and might,
But my good fortune wanes, oh! My steed won't fight.
Whether my steed will fight, oh! I do not care.
What can I do with you, oh! My lady fair!

龟虽寿

曹操

神龟虽寿，
犹有竟时。
螣蛇乘雾，
终为土灰。
老骥伏枥，
志在千里。
烈士暮年，
壮心不已。
盈缩之期，
不但在天；
养怡之福，
可得永年。
幸甚至哉，
歌以咏志。

INDOMITABLE SOUL

Translated by Xu Yuanchong

Although long lives the tortoise wise,
In the end he can not but die.
The serpent in the mist may rise,
But in the dust he too shall die.
Although the stabled steed is old,
He dreams to run for mile and mile.
In life's December heroes bold

Won't change indomitable style.
It's not up to Heaven alone
To lengthen or shorten our day.
To a great age we can live on,
If we keep it fit, cheerful and gay.
How happy I feel at this thought!
I croon this poem as I ought.

七步诗

曹植

煮豆燃豆萁，
豆在釜中泣。
本是同根生，
相煎何太急。

WRITTEN WHILE TAKING SEVEN PACES

Translated by Xu Yuanchong

Pods burned to cook peas,
Peas weep in the pot:
"Grown from same root, please,
Why boil us so hot?"

神情诗

顾恺之

春水满四泽，
夏云多奇峰。
秋月扬明辉，
冬岭修寒松。

SPIRIT OF THE FOUR SEASONS

Translated by Xu Yuanchong

Spring water overbrims the streams;

Summer could fancy peaks outshines;

The autumn moon sheds brilliant

On winter cliffs stand cold-proof pines.

归园田居

陶渊明

种豆南山下，

草盛豆苗稀。

晨兴理荒秽，

带月荷锄归。

道狭草木长，

夕露沾我衣。

衣沾不足惜，

但使愿无违。

RETURN TO NATURE

Translated by Xu Yuanchong

I sow beans' neath southern hill;

Bean shoots are lost where weeds o' erthepath grow.

I weed at dawn though early still;

I plod home with my moonlit hoe.

The path is narrow, grasses tall,

With evening dew my clothes wet,
To which I pay no heed at all,
If my desire can but be met.

回乡偶书

贺之章

(一)

少小离家老大回，
乡音未改鬓毛衰。
儿童相见不相识，
笑问客从何处来。

IHOME-COMING

Translated by Xu Yuanchong

I

Old, I return to the homeland while young,
Thinner has grown my hair, though I speak the same tongue.
My children, whom I meet, do not know am i.
"Where are you from, dear sir?" they ask with beaming eye.

(二)

离别家乡岁月多，
近来人事半消磨。
惟有门前镜湖水，
春风不改旧时波。

Ⅱ

Since I left my homeland, so many years has passed,

So such has faded away and so little can last.

Only in Mirror Lake before my very door

The vernal wind still ripples the water as before.

在狱咏蝉

骆宾王

西陆蝉声唱，

南冠客思深。

不堪玄鬓影，

来对白头吟。

露重飞难进，

风多响易沉。

无人信高洁，

谁为表予心。

THE CICADA HEARD IN PRISON

Translated by Xu Yuanchong

Of autumn the cicada sings;

In prison I'm worn out with care.

How can I bear its blue-black which remind me of my gtey hair?

Heavy with dew, it can not fly;

Drowned in the wind, its song's not heard.

Who would believe its spirit high?

Could I express my grief in word?

登鹳雀楼

王之涣

白日依山尽，
黄河入海流。
欲穷千里目，
更上一层楼。

ON THE STOCK TOWER

Translated by Xu Yuanchong

The sun beyond the mountain glows;
The Yellow River seawards flows.
You can enjoy a great sight
By climbing to a greater height.

春晓

孟浩然

春眠不觉晓，
处处闻啼鸟。
夜来风雨声，
花落知多少。

SPRING MORNING

Translated by Xu Yuanchong

This spring morning in bed I'm lying,
Not to awake till birds are crying.
After one night of wind and showers,
How many are the fallen flowers?

从军行

王昌龄

青海长云暗雪山，
孤城遥望玉门关。
黄沙百战穿金甲，
不破楼兰终不还。

ARMY LIFE

Translated by Xu Yuanchong

Clouds on frontier have darkened mountains clad in snow;
The town with Gate of Jade stands far away, forlorn.
We will not leave the desert till we beat the foe,
Although in war our golden armour be outworn.

静夜思

李白

床前明月光，
疑是地上霜。
举头望明月，
低头思故乡。

A TRANQUIL NIGHT

Translated by Xu Yuanchong

Before my bed a pool of night—
Can it be hoarfrost on the ground?
Looking up, I find the moon bright;
Bowing, In homesickness I'm drowned.

早发白帝城

李白

朝辞白帝彩云间，
千里江陵一日还。
两岸猿声啼不住，
轻舟已过万重山。

LEAVING THE WHITE KING'S TOWN AT DAWN

Translated by Xu Yuanchong

Leaving at dawn the White King crowned with rainbow cloud,
I have sailed a thousand miles through Three Georges in a day.
With monkeys' sad adieus the riverbanks are loud;
My boat has left ten thought mountains far away.

送友人

李白

青山横北郭，
白水绕东城。
此地一为别，
孤蓬万里征。
浮云游子意，
落日故人情。
挥手自兹去，
萧萧班马鸣。

FAREWELL TO A FRIEND

Translated by Xu Yuanchong

Green mountains bar the northern sky;
White grids the eastern town.
Here is the place to say goodbye;
You'll drift like lonely thistledown.
With floating cloud you'll float away;
Like parting day I'll part from you.
You wave your hand and go your way;
Our steeds still neigh, "adieu, adieu!"

黄鹤楼

崔颢

昔人已乘黄鹤去，
此地空余黄鹤楼。
黄鹤一去不复返，
白云千载空悠悠。
晴川历历汉阳树，
芳草萋萋鹦鹉洲。
日暮乡关何处是？
烟波江上使人愁。

YELLOW CRANE TOWER

Translated by Xu Yuanchong

The stage on yellow crane was gone amid clouds white.
To what avail is Yellow Crane Tower left here?
Once gone, the yellow crane will ne'er on earth alight;
Only white clouds still float in vain from year to year.

By sunlit river trees can be count'd one by one;
On Parrot Islet sweet green grass grows fast and thick.
Where is native land beyond the setting sun?
The mist-veiled waves of River Han make me homesick.

春望

杜甫

国破山河在，
城春草木深。
感时花溅泪，
恨别鸟惊心。
烽火连三月，
家书抵万金。
白头搔更短，
浑欲不胜簪。

SPRING VIEW

Translated by Xu Yuanchong

On war-torn land streams flow and mountains stand;
In towns unquiet grass and weeds run riot.
Grieved o'er the years, flowers are moved to tears;
Seeing us part, birds cry with broken heart.
The beacon fire has gone higher and higher;
Words from household are worth their weight in gold.
I can not bear to scratch my grizzling hair;
It grows too thin to hold a light hairpin.

枫桥夜泊

张继

月落乌啼霜满天，
江枫渔火对愁眠。
姑苏城外寒山寺，
夜半钟声到客船。

MOORING BY MAPLE BRIDGE AT NIGHT

Translated by Xu Yuanchong

At moonset cry the crows, streaking the frosty sky;
Dimly lit fishing boats 'neath maples sadly lie.
Beyond the city walls, from Temple of Cold Hill
Bells break the ship-borne roamer's dream and midnight still.

复得古原草

送别

白居易

离离原上草，
一岁一枯荣。
野火烧不尽，
春风吹又生。
远方侵古道，
晴翠接荒城。
又送王孙去，
萋萋满别情。

GRASS ON THE ANCIENT PLAIN-FAREWELL TO A FRIEND

Translated by Xu Yuanchong

Wild grasses spread o'er ancient plain;
With spring and fall they come and go.
Wild fire can't burn them up; again
They rise when vernal breezes blow.
Their fragrance overruns the way;
Their green invades the ruined town.
To seemy friend go far away,
My sorrow grows like grass o' ergrown.

乐游原

李商隐

向晚意不适，
驱车登古原。
夕阳无限好，
只是近黄昏。

ON THE PLAIN OF TOMB

Translated by Xu Yuanchong

At dusk my heart is filled with gloom;
I drive my cab to ancient tomb.
The setting sun seems to sublime,
But it is nearing its dying time.

江上渔者

范仲淹

江上往来人，
但爱鲈鱼美。
君看一叶舟，
出没风波里。

THE FISHERMAN ON THE STREAM

Translated by Xu Yuanchong

You go up and down stream;
You love to eat the bream.
Lo! The fishing boat braves
Perilous wind and waves.

梦中作

欧阳修

夜凉吹笛千山月，
路暗迷人百种花。
棋罢不知人换世，
酒阑无奈客思家。

WRITING IN DREAM

Translated by Xu Yuanchong

A flute has chilled the moon over a thousand hills;
Dim sight is dazzled by a hundred daffodils.
After a game of chess, the world has changed its face;
Sobered from wine, can one not miss his native place?

绝句

李清照

生当作人杰，

死亦为鬼雄。

至今思项羽，

不肯过江东。

A QUATRAIN

Translated by Xu Yuanchong

Be man of men while you are alive;

Be soul of souls e'en though you're dead!

Think of Xiang Yu who'd not survive

His men, whose blood for him was shed.

观书有感

朱熹

半亩方塘一鉴开，

天光云影共徘徊。

问渠哪得清如许？

为有源头活水来。

THE BOOK

Translated by Xu Yuancho

There lies a glassy oblong pool,

Where light and shade pursue their course.

How can it be so clear and cool?

For water fresh comes from its source.

秋思

马致远

枯藤老树昏鸦，
小桥流水人家。
古道西风瘦马，
夕阳西下，
断肠人在天涯。

AUTUMN THOUGHTS

Translated by Xu Yuanchong

Over old trees
Wreathed with rotten vines fly evening crows;
Under a small bridge near a cottage a stream flows;
On ancient road in the west wind a lean horse goes.
Westward declines the sun;
Far, far from home is the heartbroken one.

石灰吟

于谦

千锤万凿出深山，
烈火焚烧若等闲。
粉身碎骨浑不怕，
要留清白在人间。

SONG TO THE LIME

Translated by Xu Yuanchong

You come out of deep mountains after hammer blows;
Under fire and water tortures you are not in woes.
Though broken into pieces, you will have no fright;
You'll purify the world by washing it e'er white.

泊船瓜洲

王安石

京口瓜洲一水间，
钟山只隔数重山。
春风又绿江南岸，
明月何时照我还。

MOORED AT MELON ISLET

Translated by Xu Yuanchong

A river severs Northern shore and Southern land;
Between my home and me but a few mountains stand.
The vernal wind has greened the Southern shore again.
When will the moon shine bright on my return? O when?

过零丁洋

文天祥

辛苦遭逢起一经，
干戈寥落四周星。
山河破碎风飘絮，
身世浮沉雨打萍。
惶恐滩头说惶恐，

零丁洋里叹零丁。
人生自古谁无死，
留取丹心照汗青。

SAILING ON LONELY OCEAN

Translated by Xu Yuanchong

Delving in the Book of Change, I rose through hardship great,
And desperately fought the foe for four long years.
Like willow down the war-town land looks desolate;
I sink or swim as duckweed in the rain appears.
For the perils on Perilous Beach I have sighs;
On Lonely Ocean now I feel dreary and lonely.
Since olden days there's never been a man but dies;
I'd leave a loyalist's name in history only.

晓征

戚继光

霜溪曲曲转旌旗，
几许沙鸥睡未知。
笳鼓声高寒吹起，
深山惊杀老阇黎。

MARCH AT DAWN

Translated by Xu Yuanchong

Our banners undulate along the winding stream,
Without disturbing the riverside birds from their dream.
Suddenly we beat drums and how our bugles shrill,
To startle even the deaf old monk beyond the hill.

花前

屈大均

花前小立影徘徊，

风解吹裙百褶开。

已有泪光同白露，

不须明月上衣来。

BEFORE THE FLOWERS

Translated by Xu Yuanchong

Before the flowers she stands, with her shadow she roves;

To blow apart her hundred-fold dress the wind loves.

Her face is bathed in tears as bright as dewdrops white.

Why should the moon shed on her dress its silver light?

竹石

郑燮

咬定青山不放松，

立根原在破岩中。

千磨万击还坚韧，

任尔东西南北风。

BAMBOO IN THE ROCK

Translated by Xu Yuanchong

Upright stands the bamboo amid green mountains steep;

Its toothlike root in broken rock is planted deep.

It's strong and firm though struck and beaten without rest,

Careless of the wind from north or south, east or west.

过分水岭

温庭筠

溪水无情似有情，
入山三日得同行。
岭头便是分头处，
惜别潺湲一夜声。

AT THE WATERSHED

Translated by Xu Yuanchong

The heartless stream appears to have a heart;
Three days among the hills we go along.
At watershed on mountain crest we part;
All the night long it sings a farewell song.

金缕衣

无名氏

劝君莫惜金缕衣，
劝君惜取少年时。
有花堪折直须折，
莫待无花空折枝。

THE GOLDEN DRESS

Translated by Xu Yuanchong

Love not your golden dress, I pray,
More then your youthful golden hours.
Gather sweet blossoms while you may
And not the twig devoid of flowers!

塞下曲

卢纶

林暗草惊风，

将军夜引弓。

平明寻白羽，

没在石棱中。

A BORDER SONG

Translated by Xu Yuanchong

In gloomy woods grass shivers at wind's howl,

The general takes it for a tiger's growl.

He shoots and seeks his arrow-plume next morn

Only to find a rock pierced'mid the thorn.

河满子

张祜

故国三千里，

深宫二十年。

一声河满子，

双泪落君前。

THE SWAN SONG

Translated by Xu Yuanchong

Homesick a thousands miles away,

Shut in deep palace twenty years.

Singing the dying swan's sweet lay,

O how can she hold back her tears!

别董大

高适

千里黄云白日曛，
北风吹雁雪纷纷。
莫愁前路无知己，
天下谁人不识君。

FAREWELL TO A LUTIST

Translated by Xu Yuanchong

Yellow clouds spread for miles and miles have veiled the day,
The north wind blows down snow and wild geese fly away.
Fear not you've no admirers as you go along!
There is no connoisseur on earth but loves your song.

题滕王阁

王安石

滕王平昔好追游，
高阁依然枕碧流。
胜地几经兴废事，
夕阳偏照古今愁。
城中树密千家市，
天际人归一叶舟。
极目沧波吟不尽，
西山重叠乱云浮。

PRINCE TENG'S PAVILION

Translated by Xu Yuanchong

Pretty Teng was fond of visiting each pretty scene;
His lofty tower still o'erlooks the river green.
The ups and downs of dynasties have come in view;
The setting sun slants, laden with griefs old and new.
The town is thick with trees that shade a thousand shops;
The horizon is dotted with a sail that flops.
Endlessly I sing of waves stretching out of sight
And watch o'er Western Hills cloud upon cloud in flight.

桃花源记

陶渊明

晋太元中,武陵人捕鱼为业,缘溪行,忘路之远近.忽逢桃花林,夹岸数百步,中无杂树,芳草鲜美,落英缤纷.渔人甚异之。复前行,欲穷其林。林尽水源,便得一山。山有小口,仿佛若有光,便舍船从口入。初极狭,才通人。复行数十步。豁然开朗,土地平旷,屋舍俨然。有良田美池桑竹之属。阡陌交通,鸡犬相闻。其中往来种作,男女衣着,悉如外人。黄发垂髫,并怡然自乐。见渔人,乃大惊。问所从来,具答之。便邀还家,以设酒杀鸡作食。

村中闻有此人,咸来问讯。自云先世避秦时乱,率妻子邑人,来此绝境,不复出焉,遂与外人间隔。问今是何世,乃不知有汉,无论魏晋。此人一一为具言,所闻皆叹惋。余人各赴延至其家,皆出酒食。停数日,辞去。此中人语云:"不足为外人道也。"

既出,得其船,便扶向路,处处志之。及郡下,诣太守,说如此。太守即遣人随其往,寻向所志,遂迷,不复得路。

南阳刘子骥,高尚士也。闻之,欣然规往,未果,寻病终。后遂无问津者。

The Peach Blossom Visionary Land

During the Tai-yuan years of the dynasty Jin, a fisherman from the county of Wuling strolled on the bank of a stream, forgetting the distance of his track, into a grove of blossing peach trees all at once. For several hundred steps along the bank side, there were no other trees; the sward was freshly green and fallen petals of the peach blooms were scattered on the grass verdure. The fisherman, surprised by the sight, walked on to see where the grove would end. It ended at the source of the stream, where there was a mountain. An aperture opened on the mount, from which light seemed to be emitted.

The man abandoned his boat and entered the opening. It was narrow at first, just enough to pass through. After several tens of steps, the way led to vast spaciousness. The land was level and expanded, houses were spread out in good order; goodly farms, fair ponds and mulberry and bamboo thickets were to be seen everywhere. The ways and cross roads were stretched out far and wide. Cocks' crew and dogs' barking were heard here and there. The men and women coming and going in their tilling and handicraft work were dressed all like people outside. The aged with hair of light beige and children with cut hair fringing their foreheads all looked gay and contented. Seeing the fisherman, people were greatly surprised, asking him whence he came from and being replied to. They then invited him to their homes, offering wine and killing chickens for entertainment. When it was generally known in the village that there was this man, more people came to see and ask questions of him. They all said that their forefathers, fleeing from turmoils during the Qin Dynasty, led their families and villagers hither to this isolated district to stay, and so being separated from the outside world. They asked what time it was then, knowing not there was any dynastyHan, to say nothing of thoses of Wei and Jin. The man answered them all in details, whereon they heavedsighs and exclamations. All the others also invited him severally to their homes for hospitality. After many a day, he made his departure. They told him not to pubicize his sojourn there .

When out ,he sought out his boat and noted closely the way leading to the aperture of the mount. After his return to the chief town of the county, he went to the alderman and mande a report of his outlandish excursion. The county official dispatched a man to follow him whereto he would lead .But he could not find the spots he had noted on his way back and so lost the whereabouts of the grove of blossoming peach trees .Liu Ziji of Nanyang, a scholar of high repute, hearing of the story sought to find out the place .He fell sick and died, before his attempted trial. Thereafter ,no one ever ventured the visionary deed.

Tr . August 14,1980.

将进酒

李白

君不见黄河之水天上来，
奔流到海不复回？
君不见高堂明镜悲白发，
朝如青丝暮成雪？
人生得意须尽欢，
莫使金樽空对月。
天生我才必有用，
千金散尽还复来。
烹羊宰牛且为乐，
会须一饮三百杯。
岑夫子，
丹丘生，

将尽酒，

君莫停，

与君歌一曲，

请君为我倾耳听。

钟鼓馔玉不足贵，

但愿长醉不复醒。

古来圣贤皆寂寞，

惟有饮者留其名。

陈王昔时宴平乐，

斗酒十千恣欢谑。

主人何为言少钱?

径须沽取对君酌。

五花马，

千金裘，

呼儿将出换美酒，

与尔同销万古愁。

Carouse, Please

Seest thou not

The waters of the Luteous River rush down from the sky,

And roll off to the sea forevermore not to come back ?

Seest thou not

White locks are wailed at before bright mirrors in halls high,

For turning at wailed at dusk into snowflakes from their morning ' s jet black?

Seize the moments of content in life and make full mirth of them ;

Let not your golden beakers stay empty to glint at the moon .

Heaven hath endowed me with talents certes for good use ;
A thousand pieces of gold being scattered bumpers at one carouse .
My friends sire Cen and good Danqiu, pause not in drinking ,
Let me sing s ditty for you , let me your kind ears arouse .
Banquets with bell-strikings and drum-beats are not by me prized ,
But I wish to drink deep always , ne'er sadly sober remain.
Since olden times , saints and sages have all been solitary,
While drinkers throughout the ages their renown do retain .
When king Chenzhi of literary fame feasted at Pingle
Ten thousand coins were spent for each dipper of rare old vintage .
Why doth our taverner say there is any lack of cash ?
We doth our taverner say there is any lack of cash ?
We should not lack means to get wine your mind to assuage .
My mottled steed and the fur-lined robe of a thousand crowns ,
Let my boy lead and fetch out to barter for drinks divine,
In order to banish with ye both our griefs eternal trine.

Tr . May 31, 1980.
Rev . July 20, 1981.
Rev . April 20, 1983.

蜀相

杜甫

丞相祠堂何处寻?
锦官城外柏森森。
映阶碧草自春色,
隔叶黄鹂空好音。

三顾频烦天下计，
两朝开济老臣心。
出事未捷身先死，
长使英雄泪满襟。

Chancellor of Shu

The Memorial Hall of the Chancellor—where is its site to be found ?

Beyond th'walls of Jinguan Town, a cedar old riseth there thickset and tall .

The fresh verdure of th' lawn reflecteth on the steps vernal hues by itself;

In the foliage chanteth in vain the golden oriole's tuneful call .

Being viseted thrice and then ofttimes conferred on affairs of state-craft,

In instaling and propping up two reigns as their adamantine support ,

You in person the state's corps dispatch led, but died before triumph could be won:

It doth make all our heroes, for mourning your noble cause ,to tears e'er resort.

参考文献

[1]许渊冲.翻译的艺术[M].北京:五洲传播出版社.2006.

[2]许钧.翻译论[M].武汉:湖北教育出版社,2006.

[3]杨贤玉.英汉翻译概要[M].中国地质大学出版社,2010.

[4]吕俊.价值哲学与翻译批评学[J].外国语,2006.

[5]刘文军.翻译?文学?形象他者建构[J].外语与翻译,2010.

[6]朱徽.中国诗歌在英语世界——英美译家汉诗翻译研究[M].上海:上海外语教育出版社,2009.

[7]谢天振.翻译的理论建构与文化透视[M].上海:上海外语教育出版社,2000.

[8]陈历明.翻译:作为复调的对话[M].成都:四川大学出版社,2006.

[9]马红军.从文学翻译到翻译文学[M].上海:上海译文出版社,2006.

[10]张全.全球化语境下的跨文化翻译研究[M].昆明:云南大学出版社,2010.

[11]张智中.许渊冲与翻译艺术[M].武汉:湖北教育出版社,2006.

[12]李天道.中国古代诗歌美学思想研究[M].北京:中央编译出版社, 2015.

[13]包惠南.文化语境与语言翻译[M]. 北京: 中国对外翻译出版公司, 2001.

[14]华先发,杨元刚.翻译与文化研究[M].武汉:武汉大学出版社, 2017.

[15]王峰.唐诗经典英译研究[M].北京:中国社会科学出版社, 2015.

[16]张焱.汉英翻译过程中的难译现象处理[M].北京:中国社会科学出版社, 2015.

[17]王铁红,刘婧,杨洋.文学的音韵美[M].西安:西安出版社, 2008.

[18]许渊冲.唐诗. 上[M].北京:海豚出版社有限责任公司, 2015.

[19]许渊冲.唐诗. 下[M].北京:海豚出版社有限责任公司, 2015.

[20]方梦之.译学词典[M].上海:上海外语教育出版社,2004.

[21]傅勇林.文化范式:译学研究与比较文学[M].成都:西南交通大学出版社,2000.